KB117650

당 신 과
행 복 을
이 야 기 하 고
싶 습 니 다

당신과 **행복**을 **이야기**하고 싶습니다

1판 1쇄 발행 2017. 2. 10.
1판 5쇄 발행 2017. 11. 27.

지은이 조근호

발행인 고세규
편집 강지혜 | 디자인 조명이
발행처 김영사
등록 1979년 5월 17일(제406-2003-036호.)
주소 경기도 파주시 문발로 197(문발동) 우편번호 10881
전화 마케팅부 031)955-3100, 편집부 031)955-3250 | 팩스 031)955-3111

값은 뒤표지에 있습니다.   ISBN 978-89-349-7711-7 03810

독자 의견 전화 031)955-3200
홈페이지 www.gimmyoung.com   블로그 blog.naver.com/gybook
페이스북 facebook.com/gybooks   이메일 bestbook@gimmyoung.com

좋은 독자가 좋은 책을 만듭니다.
김영사는 독자 여러분의 의견에 항상 귀 기울이고 있습니다.

이 도서의 국립중앙도서관 출판시도서목록(CIP)은 서지정보유통지원시스템 홈페이지
(http://seoji.nl.go.kr)와 국가자료공동목록시스템(http://www.nl.go.kr/kolisnet)에서
이용하실 수 있습니다.(CIP제어번호 : CIP2017001325)

행복경영 전도사 조근호 변호사의 인생 공부 서른다섯 편

당신과 행복을 이야기하고 싶습니다

조근호 지음

김영사

행복한 인생을 살려면

저는 대학을 졸업한 뒤 사법연수원생으로 2년, 검사로 28년, 변호사로 5년을 살았습니다. 2008년 3월 11일에 대전지검장이 되면서 직원들과 어떻게 소통할까 고민을 하게 되었습니다. 그래서 매주 월요일마다 직원들에게 편지를 쓰기로 하였습니다. 초임검사 시절 상사에게 "일기를 쓰지 않으니 문장이 이렇지"라고 야단맞은 제가 편지를 쓰기로 마음먹은 것은 직원들에게 제 마음을 전할 유일한 방법은 편지뿐이었기 때문입니다.

3월 24일 첫 번째 월요편지를 썼습니다. 그에 대한 직원들의 반응이 생각납니다. 검사장의 편지를 받은 직원들이 답장을 할 것인지 말 것인지 고민한다기에 두 번째 편지에 답장하지 말라고 적었습니다. 2008년 3월부터 2009년 1월까지 대전지검장으로 월요편지 마흔두 통을 썼습니다. 이를 묶어 《조근호 검사장의 월요편지》라는 책을 냈습니다. 월요편

4

지는 계속 이어져 서울북부지검장 시절 스물다섯 통(2009년 1월~7월),
부산고검장 시절 일흔세 통(2009년 8월~2011년 1월), 법무연수원장 시
절 스물여섯 통(2011년 1월~8월)을 썼고, 이 중 몇십 편을 모아 《오늘의
행복을 오늘 알 수 있다면》이라는 책을 냈습니다.

2011년 8월 검찰을 떠나자 월요편지에도 변화가 생겼습니다. 검찰에
있을 때는 검찰 이야기를 주로 썼지만, 퇴임 뒤에는 제 인생 이야기를 쓰
기로 하였습니다. 월요편지를 쓰기 전에는 하루하루 업무에 좇겨 인생을
고민할 여유가 없었습니다. 하지만 월요편지를 쓰면서부터는 적어도 일
주일에 한 번은 '내가 누구인지 Who am I?' '인생이 무엇인지 What is life?' '어
떻게 살아야 하는지 How to live?' 옛날 그리스 철학자들이 하던 질문을 스
스로에게 던지고 있습니다. 한마디로 말하면, 월요편지를 통해 어떻게
하면 행복한 인생을 살 수 있을까를 고민하고 있습니다.

저는 몽테뉴를 좋아합니다. 몽테뉴는 1533년에 태어나 1592년 60세
까지 살았습니다. 스물두 살부터 서른일곱 살까지 판사를 하였고, 은퇴
뒤에는 23년간 자신을 관찰한 글 107편을 썼습니다. 이를 묶은 책이
《수상록》입니다.

"월요편지가 점점 몽테뉴의 《수상록》을 닮아가고 있는 것이 아닌가, 하는
생각을 합니다. 주제넘은 생각이지만 그 정신만은 닮고 싶습니다."

(2012.10.8자 월요편지)

저는 종종 왜 이런 귀찮은 작업을 사서 하느냐는 질문을 받곤 합니다.

처음에는 그저 직원들과의 소통수단으로 시작하였기에 그것이 이유인 줄 알았습니다. 그런데 시간이 흐르면서 또 다른 이유가 생겼습니다.

니체는《인간적인 너무나 인간적인》이라는 책에서 이런 이야기를 하였습니다.

"책을 쓴다는 것은 무엇을 가르치기 위함이 아니다. 독자보다 우위에 있음을 과시하기 위함도 아니다. 책을 쓴다는 것은 무언가를 통해 자기를 극복했다는 일종의 증거다. 낡은 자기를 뛰어넘어 새로운 인간으로 탈피했다는 증거다. 나아가 같은 인간으로서 자기 극복을 이룬 본보기를 제시함으로써 누군가를 격려하고자 함이요, 겸허히 독자의 인생에 보탬이 되려는 봉사이기도 하다."

저의 월요편지는 낡은 조근호의 자기극복 과정을 제 스스로 관찰하고 기록한 것입니다. 매주 이메일을 통해 월요편지를 받아보는 분들은 대부분 저를 아는 5천여 분들입니다. 그분들에게 일주일간 살면서 제가 저를 극복한 이야기를 전해드리고 있습니다. 어떤 때는 위로가 되고, 어떤 날은 공감이 되고, 어떤 순간에는 도전이 되는 이야기를 해오고 있습니다. 30년 공직에서 벗어나 50대 후반을 살아가는 한 남자의 인생을 그대로 보여드려 스스로 삶을 돌아볼 기회를 만들어 드리고 싶은 것입니다.

"인생을 여행길이라고 생각하여도 좋고 아니면 저처럼 운명과의 복싱경기라고 생각해도 좋습니다. 중요한 것은 '인생이 무엇일까' 늘 생각해야 한다는 사실입니다. 여러분도 인생 연구가 취미가 되었으면 좋겠습니다. 살아보니 가장 중요한 것은 인생에 대해 '얼마나 자주, 그리고 깊이 있게 생각하느냐' 입니다." (2016.6.7자 월요편지)

2008년 3월 24일 첫 번째 편지를 쓴 이후 2016년 말까지 총 446통의 월요편지를 썼습니다. 이번 책은 2011년 8월 2일 검찰을 떠난 뒤 쓴 280통의 편지 중 같은 주제의 편지 두세 통을 묶어 다시 글을 다듬고 덧붙인 것입니다. 이 작업을 통해 당시에는 깨닫지 못한 것들을 더 담을 수 있었습니다. 글을 새로 쓰는 만큼 힘이 드는 작업이었지만 5년간의 자기 극복 과정을 온전히 돌아볼 수 있는 좋은 시간이었습니다.

니체는 "인생이란 자신이라는 인간을 체험하는 것이다"라고 했습니다. 저는 매주 월요편지를 통해 저를 체험해왔고 앞으로도 저를 계속 체험할 것입니다. 저는 이 체험을 여러분과 나누려고 합니다. "당신과 행복을 이야기하고 싶습니다." 함께해주시겠습니까?

2017년 정월

조근호

차례

1

내   가

누   **구**   **인**   **지**

안   **다** 는   것

인생이란 무엇일까

8년간 월요편지를 쓰면서 특별한 습관이 하나 생겼습니다. 걸핏하면 '인생이란 무엇일까?'를 생각하게 된 것입니다. 이제는 습관이라고 할 정도로 몸에 배었습니다. 친구들에게 "인생연구가 취미"라고 말할 정도입니다. 평소 인생에 관한 책도 많이 읽고, 대화를 나눌 때도 '인생이 무엇일까?'를 화제로 삼습니다. 상대는 의아해합니다. 일상적인 주제가 아니기 때문이지요. 사람인 이상 우리가 살아가는 인생에 대해 고민하는 것은 당연하지 않을까요? 오히려 고민하지 않는 게 이상한 것이지요.

'인생이 무엇일까?' 오래도록 인생은 '여행길'을 닮았다고 생각했습니다. 인생을 '살아간다'고 표현합니다. 살아간다고 할 때 '간다'라는 표현 때문에 자연스럽게 인생을 걸어간다고 상상합니다. 그래서 '인생은 나그넷길'이라는 노랫말이 낯설지 않은 것입니다. 인생을 마라톤이나 등산에 비유하는 것도 이런 연장선상에 있습니다.

인생을 여행길로 비유하는 것이 보편적인 생각입니다. 그런데 인생을 여행길이라고 생각하면 세 가지 개념이 반드시 따라옵니다. 첫째 '목적지', 둘째 '속도', 셋째 '경쟁자'입니다. 그래서 인생이란, 성공이나 행복 같은 목적지를 향해 달리는 것이라 생각하고 기왕이면 남보다 더 빠른 속도로 달려야 한다고 여기게 됩니다.

사람들은 이렇게 자신이 설정한 목적지에 도달하기 위해 욕망을 억제하고 성실하게 살고 있습니다. 그런데 과연 그 목적지에 도달한 사람이 인류 역사상 몇 명이나 있었을까요? 니체는《우상의 황혼》에서 인간이 꿈꾸는 '참된 세계'라는 개념은 허구이고 우상일 뿐이라고 비판했습니다. 우리가 생각하는 인생의 목적지인 성공이나 행복도, 니체가 말하는 우상의 하나가 아닐까요?

생각이 여기에 미치자 '인생은 여행길'이라는 말에 의문이 들었습니다. 내가 인생이라는 여행길을 걸어가는 것이 아니라, 난 가만히 서 있는데 세상 모든 것들이 내게 다가와 스치고 할퀴고 지나가면서 나에게 흔적을 남긴 것, 그것이 인생이 아닐까, 하는 생각이 들었습니다. 이렇게 생각이 바뀌는 데까지는 상당한 시간이 걸렸습니다.

먼저 사람에 대해 이야기해볼까요. 저는 가만히 있는데, 태어나자마자 어머니라는 존재가 저에게 다가오셨습니다. 아버지도 함께 오셨지요. 아버지는 24년간 같이 계시다가 먼저 저세상으로 가셨습니다. 아내는 어떤가요. 제가 스물일곱 살이 되기 전에는 저와 무관한 사람이었습니다. 지금은 저에게 가장 큰 영향을 미치는 사람입니다. 친구들도 대부분 일정 시기 왔다가 떠나갑니다. 아니, 떠나가지 않은 친구도 늘 저에게 붙어 있는 것이 아니라 어느 날 몇 시간 왔다가 몇 달 동안은 오지 않기도 하지요.

물건은 어떨까요. 저의 그 많은 물건은 갑자기 제 인생에 끼어든 것들입니다. 언젠가 찾아와 제가 없으면 못 살 것처럼 붙어 있다가 언제 떠났는지도 모르게 새 물건에게 자리를 내주고 사라지고 말았지요. 핸드폰을 생각하면 이 원리가 매우 자명합니다. 지금 제가 가진 핸드폰은 1년 전에는 저와 무관한 것이었지요. 그러나 지금은 저에게 찰싹 붙어 있는, 가장 가까운 물건입니다. 직업도 마찬가지이지요. 검사라는 직업은 저에게 30년간 붙어 있다가 떠나갔습니다. 저를 속 썩이던 그 수많은 고민거리도 곰곰이 생각하면 일정 기간 내게 붙어 있다가 사라지지요.

어느 해 달력을 보면서, 1년 동안 저에게 왔다가 떠나간 것들을 정리한 적이 있었습니다. 사람도 있고 여행지도 있고 이벤트도 있었습니다. 그중 어떤 것들은 영원히 다시 못 만날 것들도 있었습니다.

이렇게, 사람은 가만히 있는데 수많은 것들이 다가와 그의 인생에 개입했다가 떠나갑니다. 그때마다 그것들은 그에게 크고 작은 흔적을 남깁니다. 그 흔적이 모여 '그의 인생'을 이루는 것이지요.

결국 저는 인생을 '여행길'이 아니라 '복싱경기'라고 생각하게 되었습니다. 만약 우리가 1백 년을 산다면 36,500일을 살게 될 것입니다. 그러면 인생이란 36,500개의 라운딩으로 구성된 복싱경기라는 말입니다. 저는 매일 똑같은 링에 오릅니다. 어제도 오늘도 내일도 똑같은 링에 오르지만, 그 링의 이름은 언제나 '오늘'입니다.

저는 매일 누군가와 싸웁니다. 어느 날은 상대에게 일격을 가해 KO시키기도 합니다. 그런 날은 운이 좋은 날입니다. 그런데, 그런 날이 계속되지만은 않습니다. 치고받고 하다가 다행히 무승부로 끝나면 안도의 한숨을 쉽니다. 이번 라운딩은 잘 버텨냈다고 생각하지요. 반대로 제가 일방적으로 맞는 날도 있습니다. 참 운이 없는 날입니다. 상대의 주먹에 맞아 쓰러지더라도 기어코 일어나야 합니다. 내일 또 다른 라운드가 기다리고 있으니까요.

그런데 지독하게 매일 저에게 주먹질하는 이 상대방은 누구일까요? 지치지도 않고 매일 링에 오르는 그는 누구일까요? 그는 바로 제 '운명'입니다. 저는 매일 제 운명과 목숨을 건 복싱경기를 합니다. 때로는 이기기도 하고 때로는 지기도 합니다. 이렇게 하루하루가 이어집니다.

여행길과는 달리 목적지도 속도도 경쟁자도 없습니다. 그저 제 운명과 매일 똑같은 라운딩을 치르고 있을 뿐이지요. 다행히 매일 똑같은 시합은 없어 지루할 틈이 없습니다. 상대방이 신기술로 무장하여 저의 빈틈을 노립니다. 저도 매일 라운딩을 하다 보니 기술도 늘고 꾀도 생겼습니다. 잘 피하기도 하고 맷집도 제법 좋아졌습니다. 어지간히 맞아서는 아프지도 않습니다.

이 이야기를 듣고 여러분은 인생이 무엇이라고 생각되시나요? 여행길이라고 생각하여도 좋고 아니면 저처럼 운명과의 복싱경기라고 생각해도 좋습니다. 중요한 것은 '인생이란 무엇일까'를 늘 생각해야 한다는 사실입니다. 여러분도 인생 연구가 취미가 되었으면 좋겠습니다. 살아보니 가장 중요한 것은, 인생에 대해 얼마나 자주, 그리고 깊이 있게 생각하느냐입니다. 그런데 대부분의 사람들은 인생에 대해 생각하지 않고 사는 것 같습니다. 사람들에게 돈 벌 공부는 하면서 왜 인생 공부는 하지 않냐고 묻고 싶습니다.

저는 오늘도 인생이라는 링에 오릅니다. 오늘 시합에서는 운명에게 덜 맞고 대신 흠씬 패주었으면 좋겠습니다.

고전을 통한 인생 공부

인생 공부를 하려면 어떻게 해야 할까요? 저는 그 해답을 고전에서 찾으려고 합니다. 고전을 읽기도 하고 고전에 대한 강의도 듣습니다.

2016년 6월부터 11월까지 연세대학교 김상근 교수의 지도하에 열네 권의 고전을 읽는 공부모임을 하였습니다. 고전은 워낙 읽기 어려운 책이라 강의를 맡은 김 교수가 비주얼화하여 그림과 중요 글귀 중심으로 재미나게 설명하였습니다. 그 강의를 듣고 있으면 지금 하고 있는 모든 일을 중지하고, 이 열네 권의 고전만 읽으며 살 수 있으면 얼마나 좋을까, 하는 생각을 하게 됩니다.

6월 한 달 동안 첫 번째 교재인 호머의 《일리아스》 읽기에 도전하였습니다. 《일리아스》는 총 714쪽짜리 책입니다. 생각보다 속도가 더딥니다. 수많은 사람의 이름이 나오고 문체도 어려워서 읽다 말다 합니다.

책을 읽지 않아도 우리는《일리아스》의 내용을 잘 알고 있습니다. 그리스 도시국가 중 하나인 스파르타의 왕 메넬라오스의 아름다운 부인 헬레나를 트로이의 왕자 파리스가 유혹해 데리고 도망가자 메넬라오스의 형인 아가멤논이 주축이 되어 그리스 연합군을 만들어 트로이를 공격하게 됩니다. 그리스 측 최고 장군은 아킬레우스, 트로이 측 최고 장군은 파리스의 형 헥토르입니다. 결국 이 전쟁은 트로이의 목마 때문에 트로이가 멸망하는 것으로 끝이 납니다.

《일리아스》는 마지막 51일간의 전투를 극사실적으로 묘사합니다.

특히 전투장면에서는 '청동으로 입을 찔렀다.' '청동 창이 입을 뚫고 골 밑으로 나왔다.' '두 눈에는 피가 가득 고였다.' '입과 콧구멍에서 피를 뿜어댔다.' '창은 고동치는 심장을 횡격막이 둘러싸고 있는 바로 그곳을 맞혔다.' '죽음이 두 눈과 콧구멍을 덮었다.' '몸에서 창을 뽑았다.' 등의 끔찍한 표현들이 계속됩니다. 저는《일리아스》에서 묘사하고 있는 수많은 사람들의 죽음을 읽다가 호머는 왜 이런 잔인한 묘사를 하였을까, 하는 생각을 하였습니다. 이야기의 재미를 위해 표현하기에는 너무 많은 양을 묘사하고 있습니다. 죽음을 여러 가지 각도에서 설명합니다. 결국 《일리아스》는 죽음백과사전입니다.

왜 이런 이야기가 필요하였을까요?

사람들은 죽어야 할 운명이지만 늘 죽음을 잊고 삽니다. 그런 자세는 삶을 긍정적으로 이끌기도 하지만 죽음을 완전히 망각하게 하여 자신이 불사의 몸인 양 오만하게 굴게 만듭니다. 호머는 이것을 끊임없이 경고하려 한 것 아닐까요? 파트로클로스에게 죽은 사르페논은 리키아의 왕이었습니다. 한 시대 한 나라를 왕으로 지배하였던 사르페논도 호머에게는 그저 죽음의 소재에 불과하였습니다. 한 국가의 왕의 삶도 이렇게 기록되는데 일개 개인에 불과한 우리 삶은 어떠할까요. 1백 년도 안 되어 우리의 이름은 기억에서 사라지고 우리가 한 모든 일은 바람결에 흩어져버리고 말 것입니다.

김 교수는 이번 강의 주제를 '군주의 거울'이라고 하였습니다. '군주의 거울'은 유럽이 중세로 접어들 무렵이던 8세기에, 카롤링거 왕조의 왕자와 봉건 제후의 자녀들을 교육하던 고전목록입니다. 즉, 한 나라의 리더들을 위한 리더십 교재 모음입니다. 그 이후 유럽의 리더들은 늘 '군주의 거울'에 해당하는 고전을 공부하였습니다.

고전의 하나로 그리스 비극을 읽었습니다. 그리스 비극은 인간의 욕망에서 비롯된 파멸의 공식을 제시하고 있습니다. 모든 파멸은 같은 길을 걷는다는 것입니다. 모든 파멸은 '부Olbos(富)'에서 시작합니다. 그 '부'가 절제되지 않고 '무절제Koros'에 빠지면 '오만Hybris'이 시작됩니다. 그 오만은 인간이나 국가를 '파멸Ate'로 이끕니다.

6개월간의 수업에서 읽은 글귀 중에 가장 인상 깊은 표현은 아이스퀼로스의 《아가멤논》에 나오는 '시기를 사지 않는 행복'이라는 표현입니다.

"성공을 지나치게 자랑하는 것은 위험한 일이다. 제우스가 번개로 응징할 테니, 나는 아무도 시기하지 않는 행복을 원하노라. 나는 도시를 무력으로 파괴하고 싶지도 않거니와 포로가 되어 노예신세가 되고 싶지도 않다."

기원전 6세기 비극작가는 이런 인간 삶의 가장 본질적인 부분을 꿰뚫어보고 있습니다. 그때부터 2,500년이 지났지만, 인간은 여기에서 한 발자국도 나아가지 못하고 있습니다.

저는 검찰을 떠난 뒤 늘 이렇게 저 자신을 경계하고 있습니다. "세상에 잘 스며들어 살자." 행복하려면, 아니 운명이 역전되지 않으려면 시기를 사지 않아야 합니다. 마키아벨리는《군주론》에서 군주다운 군주가 되기 위해서는 다음과 같이 하여야 한다고 조언합니다.

"두뇌를 써서 훈련하기 위해서 군주는 역사책을 읽고, 그를 통해서 위인의 행적을 연구해야 합니다. 전쟁을 치르는 데 있어서 위인들이 어떻게 지휘했는지 알아보고, 그들의 승패 원인이 어디에 있었는지 검토하여 하나의 모범으로 삼아야 합니다. 위대한 인물 역시 그들 이전에 세상 사람들에게 칭송을 받고 영광을 누렸던 위대한 인물을 모범 삼아, 그 행동과 업적을 항상 좌우명으로 삼았습니다. 예를 들어 알렉산드로스는 아킬레우스를, 카이사르는 알렉산드로스를, 스키피오는 키루스를 모범으로 삼은 것처럼 말입니다."

이런 이유 때문에 유럽의 왕가는 '군주의 거울'을 왕자들에게 가르친 것 같습니다. 고전이 필요한 이유입니다.

개인이나 가정이나 기업이나 국가나 '어떻게 해볼 수 없는 상태', 그리스어로 아포리아Aporia에 빠질 때가 있습니다. 그때 그 해답을 고전에서 찾을 수 있습니다. 이런 이유에서 저는 고전을 읽으며 인생 공부를 합니다.

나쁜 일이 생길 때마다 '해피 찬스'

우리가 꿈꾸는 행복한 삶이란 무엇일까요? 자연 속의 아름다운 집에서 자고 싶을 때 자고 일어나고 싶을 때 일어나고 먹고 싶을 때 먹고 산책하고 싶을 때 산책하고 영화 보고 싶을 때 보고 음악을 듣고 싶을 때 듣고, 갑자기 어떤 책을 읽고 싶을 때 그 책을 읽을 수 있는 삶. 어떤 의무도 책임도 존재하지 않는 시간, 그저 즐기기만 하면 되는 시간들로 점철된 삶. 누군가를 위해 시간을 쓰지 않고 오로지 자신의 기쁨과 만족만을 위해 시간을 쓸 수 있는 삶. 이런 삶이 우리가 꿈꾸는 삶, 행복한 삶이 아닐까요?

몇 년 전 연휴 나흘간 그렇게 살았습니다. 평소 같으면 여러 가지 계획을 세워 하루하루를 알차게 보낼 궁리를 했을 것입니다. 하지만 이번에는 그저 본능에 삶을 맡겨보기로 한 것입니다. 더군다나 하늘이 도와 핸드폰까지 망가졌습니다. 무엇을 잘못 만졌는지 갑자기 '디바이스 초기화'라는 표시가 나온 뒤로는 핸드폰이 전혀 작동하지 않았습니다. 핸드폰 전원을 껐다가 다시 켜봐도 아무런 변화가 없었습니다. 갑자기 핸드폰을 통한 외부자극마저 봉쇄되어 철저히 마음대로 시간을 보내는 멋진 상황이 된 것입니다.

이 기가 막힌 절호의 상황에서 본능은 저를 어디로 몰았을까요? 나흘 동안 전형적인 '카우치 포테이토 증후군' 환자가 되었습니다. 카우치 포테이토 증후군이란, TV에 중독된 사람들이 소파(카우치)에 앉아 포테이토칩을 먹으면서 마음 놓고 TV를 보고 있는 것을 빗대어 나오게 된 용어입니다.

나흘 동안 자고 싶은 만큼 잤습니다. 평소에는 하루 여섯 시간 정도 잤으나 열두 시간을 자고도 모자라 낮잠을 더 잤습니다. 밥은 먹고 싶을 때만 먹었습니다. 먹기 싫으면 끼니를 걸렀습니다. 하루 종일 TV를 틀어놓고 영화와 드라마를 싫증날 만큼 많이 보았습니다. 딸아이가 재미있다고 추천한 드라마 〈킬미 힐미〉 열네 편을 보기 위해 하루는 밤을 꼬박 새우고 아침 7시에 잠자리에 들기도 했습니다. 산책도 하고 싶은 만큼만 했습니다. 건강을 위해 적어도 한 시간은 걸어야 한다는 룰 같은 것은 염두에 없고 걷다가 싫증이 나면 그만 걸었습니다. 책 읽기도 평소와는 달리 보고 싶은 대로 손에 잡았다가 싫증이 나면 이내 접어버렸습니다.

이처럼 나흘을 본능에 충실하게 살았는데, 과연 행복했을까요? 몸이 편하기는 했으나 기분은 그다지 좋지 않았습니다. 잠을 많이 자도 잠자리에서 일어나는 것이 왠지 찌뿌둥했습니다. 낮잠이 달콤하기는커녕 오히려 자고 일어나면 인생을 낭비했다는 죄책감마저 들었습니다. 영화는 내용과 관계없이 영혼을 중독시키는 괴물로 변해버렸습니다. 눈을 TV 화면에서 떼는 일이 이렇게 어려운지 이번에 새삼 느끼게 되었습니다. 밤을 새워 〈킬미 힐미〉를 보면서 주인공의 매력에 푹 빠진 저를 발견할 수 있었지만 그리 즐겁지는 않았습니다. 영화와 드라마를 즐기기보다는 결말을 알려고 빠르게 감기를 해가기 바빴습니다.

우리가 꿈꾸는 행복의 모든 조건을 갖추고 실제로 그렇게 살았는데, 왜 행복하지 않았을까요? 우리가 평소에 꿈꾸는 행복이란 사실은 허상이었단 말인가요?

저는 '행복'이라는 개념에 대해 다시 생각해보게 되었습니다.

〈온라인 어원사전 Online etymology dictionary〉에 따르면, 행복을 의미하는 '해피 Happy'는 14세기 말에 나온 단어로 "lucky, favored by fortune, being in advantage circumstances, prosperous" of events, "turning out well" from **hap** "chance, fortune"이라고 정의되고 있었습니다. 이 의미를 곱씹어보면 어떤 기회 chance에 일이 잘 풀려 turning out 좋게 well 되었을 때 '해피 Happy'하다고 말하고 있습니다.

즉, 행복하기 위해서는 반드시 어떤 일이 있어야 하고, 그 일은 나쁜 상태에서 좋은 상태로 바뀌어야 합니다. 기억해보면 지난날 행복했던 모든 순간은 부족함이 만족함으로 바뀌었을 때이고 그 바뀌는 과정에는 반드시 사람의 수고가 있었습니다.

저는 평생 행복하기 위해서 모든 것을 가져야 한다고 생각했습니다. 집도 차도 옷도 좋은 것을 가지면 더 행복하다고 생각했습니다. 그래서 행복하기 위해서는 모든 부족함이 제거되어야 한다고 생각했습니다. 즉, 부족함은 행복의 반대 개념이었고 부족함은 불행과 같은 개념이었습니다. 그런데 깊이 성찰해보니, 부족은 행복을 가져오는 전제조건이었습니다. 행복하기 위해서는 반드시 부족해야 합니다. 부족과 행복은 동전의 양면입니다.

수고를 통해 그 부족한 상태를 극복하는 순간, 우리 모두는 행복을 느끼게 됩니다. 그러나 그 행복감은 그리 오래가지 않습니다. 우리는 다음 행복을 위해 부족함을 채우는 수고를 하러 나서야 합니다. 행복이라는 것은 '행복한 세상'에 존재하는 것이 아니라 '부족-수고-행복-부족-수고-행복'이라는 사이클의 한 과정에 불과한 것입니다. 행복은 정태적 개념이 아니라 동태적 개념입니다.

갈증이 난 사람에게는 물 한 잔도 행복을 주지만, 갈증이 나지 않은 사람에게 물 한 잔은 아무런 의미가 없습니다. 그런데 갈증 난 사람에게 물이 주어지더라도 물 달라는 소리에 바로 물 한 잔이 주어진 경우와 사막에서 어렵게 오아시스를 만나 물 한 잔이 주어진 경우를 비교하면, 오아시스의 물 한 잔을 마신 사람의 행복감은 비교할 수 없을 정도로 높을 것입니다. 갈증이라는 '부족함'에 오아시스를 찾는 '수고'가 더해졌기 때문에 행복감이 상승하는 것입니다. 행복감은 결핍이 더 절박할수록 수고가 더 힘들수록 높아지는가 봅니다. 사람들은 왜 굳이 목숨을 거는 수고를 해가며 높은 산에 오를까요? 그곳에는 정복한 사람만이 맛보는 엄청난 행복이 있기 때문입니다.

그렇다면 우리는 행복하기 위해 무엇을 하여야 할까요? 먼저 무엇이 부족한지 알아야 합니다. 부족, 즉 결핍이 있다는 것은 행복해질 조건 하나가 마련된 것입니다. 그리고 그것을 극복하는 수고, 즉 노력을 하게 되어 잘 극복하면turning out well 행복감을 느끼게 되는 것입니다.

지금 모든 것이 다 갖추어져 있습니까? 그러면 안타깝게도 행복감을 느낄 기회는 없을 것입니다. 반대로 부족한 것투성이인가요? 축하할 일입니다. 앞으로 노력 여하에 따라 행복해질 일만 남아 있기 때문입니다.

저는 나흘간 무엇이 부족한지 먼저 깨닫지 못하고 지내는 바람에 행복해질 기회를 놓치고 만 것입니다.

행복에 대한 이런 통찰을 토대로 직원들에게 강의를 한 적이 있습니다. 그 강의 내용 가운데 일부를 지상 중계합니다.

"여러분, 왜 사시나요. 이 변호사, 왜 살고 있나요? 예, 맞습니다. 여러분이 지금 대답하신 대로 우리 모두는 행복하기 위해 살고 있습니다. 인류가 수천 년간 '사람은 왜 사는가?'에 대해 고민한 답이 바로 '행복'입니다. 그래서 행복추구권이라는 것이 헌법에도 들어 있습니다. 그런데 행복, 하면 떠오르는 이미지는 무엇입니까? 가장 먼저 떠오르는 개념이 '낙원Paradise'입니다. 같은 차원에서 행복하면 '가정'이 떠오르기도 하지요. 가정이 낙원의 이미지를 가지고 있기 때문이지요.

낙원에는 어떤 공간의 개념이 있습니다. 즉, 행복한 세상이 존재한다고 어렴풋이 믿는 것이지요. 그 행복한 세상에서 살기 위해 오늘의 작은 행복들을 다 포기합니다. 대학입시를 공부하면서 소소한 행복은 모두 무시합니다. 원하는 대학에 합격하면 그곳에는 매일매일이 행복한 세상, 낙원이 있을 거라 여기기 때문이지요. 그러나 어떻던가요? 원하는 대학에 합격하여도 행복한 감정은 한 달 이상 가지 않습니다. 우리가 행복과 관련해 깨달아야 할 것이 있습니다. 행복한 세상은 없고 행복한 순간만 있다는 사실입니다. 행복한 세상은 행복감이 오래도록 지속되는 곳이 아니라 행복한 순간이 자주 있는 곳입니다.

그러면 행복한 순간은 어떻게 생길까요? 우리가 겪는 일에는 두 가지 종류가 있습니다. 기분 좋은 일과 기분 나쁜 일, 두 가지입니다. 기분 좋은 일을 겪으면 아무 일도 하지 않아도 됩니다. 그 자체로 행복을 느끼기 때문입니다. '복권에 당첨되었습니다. 선물을 받았습니다. 승진을 했습니다. 직장에 취직이 되었습니다. 아기가 태어났습니다.' 세상을 살다 보면 이루 헤아릴 수 없이 많은 기분 좋은 일이 있습니다. 이때는 행복감을 만끽하면 됩니다.

문제는 기분 나쁜 일을 겪게 될 때 어떻게 되느냐입니다. 정신의학자들이 연구한 바에 따르면, 사람이 기분 나쁜 일을 겪게 되면 세 가지 반응을 보인다고 합니다. 첫째 분노, 둘째 불안, 셋째 우울입니다. 그래서 이 세 가지 반응이 오래 지속되면 화병, 범불안증, 우울증 환자가 되는 것입니다. 기분 나쁜 일을 겪으면 이런 세 가지 반응 중 하나가 자동으로 나오는 것 같지만, 정신의학자들의 연구에 따르면 복잡한 심리적 메커니즘을 겪게 된다고 합니다. 기분 나쁜 일이 있으면 반응을 보일 때까지 짧은 순간에 자동적 사고가 작동하여 스스로 통제할 수 없는 상황에서 분노하거나 불안해하거나 우울해진다는 것입니다.

정신의학자 최영희 교수는 이렇게 설명합니다. '직장상사에게 인사를 했는데 상사가 본체만체하고 나가버린 상황을 상상해보십시오. 이 상황에서 자신은 분노('자기가 뭔데, 상사면 상사지 왜 내 인사를 안 받아'), 불안('내가 상사한테 뭐 잘못한 일이 있나, 찍혔나'), 우울('역시 나는 안 돼, 되는 일이 없어') 등의 감정이 자동으로 생깁니다. 이를 자동적 사고라고 하는데, 자동적 사고는 자신의 이전 경험에 의존합니다. 뇌에 축적된 경험이 스키마schema라는 '마음의 해석 모델'을 구성해 가지고 있다가 그 스키마가 기분 나쁜 일에 대해 자동적으로 특정 반응을 불러일으키는 것입니다. 이것을 '인지모델'이라고 합니다.

그런데 가족들이 교통사고로 중환자실에 있다는 소식을 듣고 그 상사가 밖으로 뛰쳐나가던 중이었다면, 이러한 반응은 아무 의미가 없는 것이지요. 자동화 사고란 이런 것입니다. 실제 상황과는 무관하게 나오는 것입니다. 사람은 이전 경험도 바꿀 수 없고 자동화 사고도 바꿀 수 없습니다. 오직 사람이 바꿀 수 있는 것은 스키마입니다. 정신의학과에서 다루는 인지행동 치료란 이 스키마를 바꾸는 작업입니다.'

결국 뇌 속에 형성된 선입견을 바꾸어야 한다는 것입니다. 우리에게는 '기분 나쁜 일이 생기면 행복하지 않다'라는 선입견이 있습니다. 이것 때문에 기분 나쁜 일이 생기면 분노, 불안, 우울 등의 반응이 생기고 그 반응 때문에 행동도 생리작용도 변화하는 것입니다. 심할 때는 병이 되기도 합니다.

그런데 우리는 행복에 대한 새로운 통찰을 통해, 행복은 어떤 일이 있을 때 노력을 통해 좋은 상황으로 바꾸면 느낄 수 있다고 배웠습니다. 그래서 이렇게 결론지었습니다. '부족은 행복을 가져오는 전제조건이다.'

그러면 이 통찰을 인지모델에 대입하여 생각해봅시다. 기분 나쁜 일

(부족)이 있으면 과거에는 스키마가 불행이라고 인식하여 분노, 불안, 우울 등의 반응을 뿜어냅니다. 그런데 바꿔 생각해봅시다. '기분 나쁜 일(부족)은 불행이 아니라 행복을 가져오는 전제조건이다. 이 기분 나쁜 일을 기회로 삼아 내가 노력을 하여 좋은 상황으로 바꾸면 행복한 순간을 맞을 수 있다.' 이렇게 스키마를 바꾸면 기분 나쁜 일이 생길 때마다 행복한 순간을 맛볼 찬스가 주어졌다고 사고하게 되고 그러면 반응 역시 달라질 것입니다.

다시 말하지만, 기분 좋은 일이 생기면 그냥 그 행복을 즐기면 됩니다. 만약 기분 나쁜 일이 생기면 행복해질 기회가 주어졌다고 생각해봅시다. 그러면 반응이 달라질 것입니다. 기분 나쁜 일이 생길 때마다 '해피 찬스Happy Chance'를 외쳐봅시다. 우리의 스키마가 달리 작동하여 자동적 사고를 변형시키고 우리의 반응은 분노, 불안, 우울에서 기대, 희망, 기쁨으로 바뀔 것입니다.

작은 예를 들어보겠습니다. 만약 집에 들어갔더니 현관에 신발들이 마구 어질러져 있었습니다. 평소 같으면 아내에게 분노하는 자동적 사고가 일어났을 텐데 순간 '해피 찬스'를 외치고 신발을 가지런히 하려 노력했습니다. 그랬더니 내 기분도 좋아지고 이를 바라보는 아내도 미안해하며 같이 거들어 집안이 모두 행복해졌습니다. 여러분, 어떠신가요. 다같이 '해피 찬스'를 외쳐야 하지 않을까요?"

기분 좋은 일이 생기면 그냥 그 행복을 즐기면 됩니다.

만약 기분 나쁜 일이 생기면 행복해질 기회가 주어졌다고 생각해봅시다.

기분 나쁜 일이 생길 때마다 '해피 찬스'를 외쳐봅시다.

집착 버리기 연습

이사를 했습니다. 살던 빌라가 오래되어 한 달간 리모델링한 뒤 드디어 이사를 했습니다. 12년 전 이 집으로 이사한 이후 정말 오랜만에 한 이사라 예전에 어떻게 이사했나, 싶을 정도로 이사가 생소했습니다. 아마도 예전에는 사무실 일이 너무 바빠 거의 도와주지 못하고 이사 끝나고 저녁에서야 가보았을 것입니다. 그러나 이번에는 작심을 하고 이사를 직접 했습니다.

이사하기 한 달 전 리모델링을 위해 임시 거처로 이사할 때 보니, 제가 검찰청을 옮길 때마다 집에 가져다 놓은 짐 보따리들이 짧게는 수년, 길게는 십수 년간 보자기도 풀지 않고 그대로 쌓여 있었습니다.

이번 기회에 반드시 그 짐 보따리들을 정리해야겠다고 결심했습니다. 이번에 정리하지 않으면 수년간 아니 어쩌면 다음번 이사할 때까지 그대로 어딘가에 처박혀 있게 될 것입니다.

이삿짐을 정리하는 것은 생각만큼 쉬운 일은 아니었습니다. 짐을 풀어 물건 하나하나를 계속 사용할 것인지 판단하고, 종류별로 모아 훗날 찾기 쉽게 잘 정돈해두는 일은 사용자의 개별 판단이 요구되는 일이어서 쉽지 않았습니다.

그런데, 도대체 사람이 살아가는 데 필요한 물건의 개수는 얼마일까요. 어떤 조사에 따르면, 대부분의 사람들은 2만 개 이상의 물건을 가지고 있다고 합니다. 그중에서 1년에 한 번이라도 사용하는 것이 몇 개나 될까요? 이번에 이사를 해보니 제 물건임은 틀림없는데 10년 이상 저와 무관하게 살아온 물건도 있었습니다. 그러면 매달 한 번 이상 사용하는 물건은 몇 개나 되고 매일 사용하는 물건은 몇 개나 될까요.

미국 샌디에이고 출신의 평범한 가장 데이브 브루노는 재미난 발상을 했습니다. '단 1백 개의 물건으로만 1년을 살아보면 어떨까?' 그는 'The 100 things change'를 하겠다고 자신의 블로그에 밝히고 이를 실천했습니다.

데이브는 이 도전기를 《100개만으로 살아보기》라는 책으로 출간했습니다. 그는 이 책에서 자신의 도전 동기를 이렇게 적고 있습니다.

"내가 도전을 통해 제거하고 싶었던 것은 어리석은 소비였다. 그걸 실천하기 위해 채택한 나름의 방법이 내 어리석은 소비 습관을 타파할 수 있을 때까지 일정 기간 동안 최소 가짓수의 물건으로 살아보는 것이었다."

그는 어리석은 소비 습관을 고치기 위해 1년 동안 꼭 필요한 물건이 아니면 사지 않기로 결심합니다. 삶의 방향을 '소유'에서 '만족'으로 바꾼 것입니다. 호텔에서 근사한 저녁식사를 하는 대신 집에서 가족들과 여유 있는 저녁식사를 즐기고, 옷 한 벌도 꼭 필요할 때만 신중하게 구매했습니다. 또 쇼핑몰에서 물건을 구경하는 대신 아내와 더 많은 대화를 나누었습니다. 쇼핑 시간이 줄면서 시간 여유가 늘었고 소비가 줄면서 가계에도 경제적 여유가 생겼습니다.

저자는 자신이 정리하고 소유한 1백 개의 물건에서조차 매일 평균 사용하는 물건의 숫자는 열네 개에 지나지 않는다는 사실을 발견했습니다. 평범한 사람이 행복한 하루를 보내는 데 필요한 물건은 놀랍게도 열네 개면 충분하다는 것입니다.

그는 이 도전을 통해 물건이 아닌 삶에서 기쁨을 찾는 방법을 배우게 되었다고 고백합니다. 그는 자녀의 학예회 공연 장면을 떠올려보라고 말합니다. 사랑스러운 자녀의 무용 발표회에서조차 그 순간을 포착하는 '물건'인 카메라에 그 장면을 담겠다는 생각에만 몰두한 나머지, 정작 순간 자체를 즐기지 못하고 있다고 지적합니다. 그러나 카메라 렌즈에서 시선을 떼고 새로운 풍경에 주목하는 순간, 더 큰 기쁨을 누리게 된다는 것입니다. 이것은 최신 디지털 기기들이 결코 보장해주지 못할 삶의 기쁨이자 행복의 근원이며, 우리가 결코 포기해서는 안 될 인생의 선물이라고 저자는 강조합니다.

그는 물건에 대한 우리들의 집착을 이렇게 설명합니다. '나는 때로 바보 같은 믿음, 즉 실현 가능성이 거의 없는 희망사항에 의지해 물건을 산

다. 어떤 물건이 내 삶의 다른 부분을 더 낫게 만들어주리라 믿는다.'

정말 맞는 말입니다. 아이패드가 미국에 처음 출시되고 그것을 사기 위해 밤을 새워 줄을 서던 무렵, 저는 아이패드를 가지고 싶어 뉴욕 출장 중 바쁜 시간을 쪼개어 애플 샵에 들러 아이패드를 사고야 말았습니다. 당시 아이처럼 좋아했던 기억이 생생합니다. 그러나 지금은 그저 저의 수많은 전자제품 중 하나가 되었습니다.

몇 년에 한 번씩 포도단식을 했던 적이 있습니다. 포도를 먹기 위해서 필요한 그릇은 접시 하나였습니다. 저는 부엌의 수두룩한 그릇을 보면서, 먹는 데 대한 인간의 욕망이 이렇게 수많은 물건을 만들어냈구나, 하고 생각한 적이 있었습니다. 먹는 것을 절제하는 단식을 하게 되자 평소 보이지 않았던 물건에 대한 새로운 시선이 생긴 것입니다.

어느 분은 자신의 소비에 대한 욕망을 이렇게 컨트롤한다고 합니다. 사고 싶은 물건이 생기면 일단 '구매 노트'에 적고 한 달 뒤에 다시 이를 열어보아 그때도 사고 싶으면 산다는 것입니다. 그런데 대부분의 물건은 한 달 뒤에는 사고 싶지 않더라는 것입니다. 그 한 달의 자제를 지키지 못하고 사들인 물건이, 제가 이번에 이사를 하면서 끙끙댄 이유입니다.

우리는 더 많은 물건을, 더 멋진 물건을 가지면 더 멋진 삶을 살게 될 거라 착각하지만 사실은 그 물건이 우리를 점점 지치게 만들고 있는 것입니다. 저는 이번 이사를 하면서 많은 물건을 버렸지만 또 필요한 물건을 많이 샀습니다.

이 악순환의 고리에서 벗어나는 방법은 없을까요? 그런데, 이 악순환의 고리를 끊고 살고 계신 분을 우연히 만나게 되었습니다.

이사하기 며칠 전, 안디옥 교회 원로목사이신 김장환 목사님 사택을 방문할 기회가 있었습니다. 예배를 마치고 목사님 사택 부근을 산책하다가 우연히 목사님의 큰며느님과 마주쳤습니다. 집이 너무 예뻐 외관을 둘러보고 내려오는 길이라고 했더니 굳이 집 안을 보여주겠다고 초대하시더군요. 목사님도 안 계신 터라 처음에는 사양했으나 목사님 댁을 직접 볼 수 있는 좋은 기회를 놓치기 아까워 실례를 무릅쓰고 안으로 들어섰습니다. 목사님 댁은 마치 저희 부부가 찾아올 것을 예견한 듯 깨끗하게 손님맞이 청소를 끝낸 모습이었습니다. 어느 곳 하나 어질러진 곳 없이 잘 정돈된 모습이었습니다.

아침 8시 예배를 위해 목사님 부부는 서둘러 나가셨을 텐데 어떻게 이렇게 깨끗할까, 하는 저의 의문은, 작은 옷방을 보자 풀렸습니다. 옷방에는 부부 옷이 합하여 스무 벌 남짓 걸려 있었습니다. 며느님은 이렇게 설명을 덧붙였습니다. "그 옷들이 아버님 어머님이 가진 옷 전부입니다. 옷이 더 생기면 다른 사람에게 주셔서 가지고 계신 것은 이렇게 단출합니다."

그러고 보니 집 안이 깨끗한 이유가 두 분의 천성이 깔끔한 데도 있겠지만, 근본적으로는 두 분이 지닌 짐이 거의 없기 때문이었습니다. 목사님보다 훨씬 젊은 저희 부부가 가진 짐이 어마어마한 것에 비교하면, 정말 놀랄 일이었습니다. 저희 부부는 짐이 너무 많아 수납공간을 어떻게 하면 늘릴까 궁리 중인데, 생각해보니 수납공간 부족이 문제가 아니라 물건을 나누어주지 못하고 끌어안고 사는 물건에 대한 저의 집착이 문제인 것입니다.

수년이 지나도 한 번도 입지 않는 옷, 한 번 읽고는 잊힌 책, 얼마 동안은 너무나도 좋아했지만 이제는 구형이 되어버린 전자제품, 언젠가 필요하겠지, 하고 모아둔 각종 팸플릿, 이런 것들이 물리적 공간에 꽉 들어차 여유를 주지 못하고 있습니다. 여유가 없다 보니 복잡하고 지저분해져버린 것입니다.

목사님 댁을 방문한 후 물건을 과감하게 버리기로 작정하고 짐을 정리했습니다. 그러나 막상 물건을 집어 든 손이 버리는 박스로 향하기보다는 남기는 박스로 향하는 것을 보고는 물건에 대한 인간의 집착이 참으로 질기단 생각이 들었습니다.

분류 작업을 하면서 모든 물건에 대해 버리기를 한사코 거부하고 있는 저 자신을 만날 수 있었습니다. 그러나 '버리기'를 '버리기'로 생각하지 말고 목사님처럼 '나누어주기'로 실천하면 집착에서 훨씬 자유로워질 텐데, 생각의 전환이 쉽지 않았습니다.

물건을 하나하나 버리면서 문득 걱정거리도 이렇게 하나하나 버릴 수 있으면 얼마나 좋을까, 하는 생각을 하게 되었습니다. 변호사를 하다 보니 걱정거리가 이전보다 훨씬 더 많이 생겨 스트레스도 더 많이 받고 삽니다. 저와 같이 일하는 최순용 변호사는 롱런하는 변호사와 그렇지 못한 변호사의 차이를 이렇게 설명합니다.

"롱런하는 변호사는 사건이 많으면 돈을 벌어 좋고 사건이 없으면 쉴 수 있어 좋다고 생각하는 반면, 그렇지 못한 변호사는 사건이 많으면 사건마다의 걱정거리 때문에 스트레스를 받고 사건이 없으면 사건이 없는 데에 대한 걱정 때문에 스트레스를 받습니다."

정말 정확한 표현입니다. 제가 스트레스를 많이 받는 편인 것을 보면,

아직도 롱런하는 변호사의 경지에 오르지 못한 모양입니다. 소노 아야코會野綾子는 《사람으로부터 편안해지는 법》에서 '내일 할 수 있는 일을 오늘 하지 않는다'를 자신의 생활신조로 삼았다고 자부했습니다. 저는 그 구절을 이렇게 바꾸었습니다. '내일 할 고민을 오늘 하지 않는다.'

우리가 하는 고민은 대부분 며칠 후 아니면 상당 기간 후에 벌어질 일에 대한 것입니다. 누구나 죽습니다. 저는 운이 좋으면 40년쯤 후에 죽겠지요. 그렇다고 40년 후에 닥칠 죽음을 매일 고민하면서 살 수는 없는 노릇입니다. 마찬가지로 일주일 후에 닥칠 일을 오늘 고민한다고 무슨 소용이 있겠습니까.

문제가 터졌을 때 한 번은 깊이 고민해야 하지만 그것으로 끝내야지, 매일매일 고민에 싸여 있다면 이는 목적지에 가기 위해 내비게이션으로 모의주행을 한번 하는 것에 그치지 않고 운행 중에 계속 모의주행하는 것과 다를 바가 없습니다. 길을 잘 찾기 위한 모의주행이 사고를 유발하게 됩니다. 마찬가지로 걱정거리를 해결하기 위한 고민이 문제 해결에 기여하기보다는 스트레스를 유발하고 병으로 발전하게 되지요.

걱정거리에 대한 집착도 물건에 대한 집착과 다를 바가 없습니다. 물건에 대한 집착이 집안을 망가뜨리듯, 걱정거리에 대한 집착 역시 몸을 망가뜨립니다. 저는 이 두 가지 집착을, 서로 다른 발상으로 해결하기로 했습니다. 우선, 물건에 대한 집착은 '물건 버리기'를 '물건 나누어주기'로 생각을 바꾸고, 걱정거리에 대한 집착에 대해선 '고민 없애기'를 '고민 미루기'로 발상전환했습니다. 새로운 생각으로 집착이라는 문제에 도전하려는 것입니다.

"롱런하는 변호사는 사건이 많으면 돈을 벌어 좋고

사건이 없으면 쉴 수 있어 좋다고 생각하는 반면, 그렇지 못한 변호사는

사건이 많으면 사건마다의 걱정거리 때문에 스트레스를 받고

사건이 없으면 사건이 없는 데에 대한 걱정 때문에 스트레스를 받습니다."

아미그달라

살다 보면, 사람의 감정처럼 간사하고 관리하기 힘든 것도 없는 듯합니다. 저도 늘 이 감정을 바라보며 어떻게 하면 이놈을 통제할 수 있을까 고민합니다.

혹시 '아미그달라Amygdala'라는 단어를 아십니까? 난생처음 들어보셨다고요. 저도 책을 읽다가 알게 된 개념입니다. 이미 알고 계신다구요. 대단하시네요. 한데 아미그달라는 일반인이 알기에는 생소한 단어입니다.

이번 기회에 이 단어를 꼭 기억하시기 바랍니다. 아미그달라, 아미그달라, 아미그달라, 아미그달라. 큰 소리로 다시 읽어보십시오. 걸그룹 이름이나 분데스리가 축구팀 이름보다 여러분 인생에 훨씬 중요한 단어이니까요.

도대체 아미그달라가 뭔데 이리 호들갑을 떠나, 생각이 드실 것입니다. 아미그달라는 우리의 두뇌 한가운데에 위치한 아몬드 모양의 작은 두 개의 뇌입니다. 그런데 이놈들이 감정을 담당한다고 합니다. 아미그달라는 생존을 위한 경고의 감정, 즉 두려움, 공포 등을 불러일으키는 역할을 담당한다는 것입니다. 원시시대에는 생존에 위협이 된다고 판단을 하면 아미그달라가 부정적인 감정을 분출하고 이 감정이 행동으로 전환되어 살아남을 수 있었습니다. 그런데 오랜 세월의 진화에도 불구하고 이 작은 뇌는 그대로 남아 우리를 원시인처럼 행동하게 한다는 것입니다. 그래서 이 아미그달라를 '원시인의 뇌'라고 부르기도 합니다.

아미그달라는 사람이 직면하는 하루 평균 2만 가지 상황에 대해 단순하게 동지와 적으로 구분하여, 동지이면, 즉 생존에 위협이 없으면 '유쾌'로 분류하고 그 반대면 '불쾌'로 구분한다는 것입니다. 단순한 분류에 그치는 것이 아니라 이에 따라 다른 반응을 보입니다. 그래서 누군가가 나를 인정해주면 동지라고 인식하여 유쾌해지고 그와 더 가까워지고 싶어지며 친밀감을 느낍니다. 반대로 누군가가 나를 무시하면 기분이 나빠지는데, 그것은 그가 나에게 위협을 가할 수 있는 적이라고 인식하기 때문입니다.

세상을 살다보면 당연히 이런 판단을 하는 것 아니냐고 생각할 수 있겠지만 문제는 이 두뇌의 나이가 불과 다섯 살이라는 데 있습니다. 이 두뇌는 다섯 살까지만 자라고 더 이상 자라지 않는다고 합니다. 아무리 학식이 높아 박사학위를 여러 개 받고 덕망이 높아 목사님이나 스님이 되어도 그분들 역시 다섯 살짜리 아미그달라를 몸에 지니고 있습니다. 절대로 아미그달라는 더 이상 자라지 않는다는 데 인간사의 비극이 존재합니다.

물론 아미그달라는 자신만의 훌륭한 기능을 가지고 있습니다. 아미그달라가 제대로 기능을 하여야 살아남을 수 있습니다. 수술로 쥐의 아미그달라를 마비시켰더니 고양이가 나타나도 공포를 느끼지 못하고 대항하다가 잡아먹히더라는 것입니다.

인간관계에서는 이 아미그달라가 가장 먼저 작동을 합니다. 누군가를 처음 만났을 때 아미그달라가 내 편인지 아닌지를 분간합니다. 저는 이 대목에서 이런 생각이 들었습니다. 인간관계에서 내가 가깝게 하고 싶은 사람, 그것이 가족이든 친구든 직장 동료든, 누구든지 있으면 그의 아미그달라가 나를 같은 편으로 인식하게 만들면 되지 않을까? 그런 방법은 과연 무엇이 있을까?

심리학자들은 누군가의 아미그달라를 내 편으로 만드는 방법으로 네 가지를 듭니다.

첫째, '풋인더도어Foot-in-the-door' 기술입니다.

인간관계에서 조급한 행동은 타인의 아미그달라를 화나게 할 수 있습니다. 처음 만났는데 자꾸 연락하고 만나자고 하면 아미그달라가 위험 상황으로 인식하고 반응하기 쉽다는 것입니다. '풋인더도어'는 마케팅 용어인데, 방문 영업 시 상대의 문이 닫히기 전에 일단 발이라도 문 사이에 살짝 밀어 넣어 고객이 문을 못 닫게 하면 영업 성공확률이 높아진다는 이론입니다. 처음에는 작은 부탁을 하면 대개 승낙하기 쉬운데 일단 한번 승낙을 한 뒤에는 다음 부탁이 오면 웬만해서는 거절할 수 없게 된다는 것입니다. 즉, 인간관계에서 작은 부탁을 먼저 하고 점차 수위를 높이라는 것입니다.

둘째, 경청 기술입니다.

상대방의 이야기를 열심히 들어주면 그의 아미그달라가 같은 편이라고 인식하여 호감을 보이게 된다는 것입니다. 그런데 경청을 한다고 묵묵히 듣고만 있어서는 곤란하다고 합니다. 무관심한 표정으로 일관하거나 제대로 대답하지 않는 것은 '나는 당신 편입니다'라는 메시지를 주기 어렵다는 것입니다. 잘 듣고 있다는 반응을 표정과 제스처로 표현해야만 타인의 아미그달라가 내 편이라고 인식한다는 것입니다.

셋째, 미러링 기술입니다.

상대방이 하는 행동이나 말투를 따라 하면 아미그달라가 '허허, 내 편이네' 하는 반응을 보인다는 것입니다. 상대방이 팔짱을 끼거나 풀면 따라 하고, 시선의 방향도 맞추는 것입니다. 카페에서 주문을 받는 여종업원이 손님의 주문사항을 반복하여 따라 말했더니 받은 팁의 액수가 그렇지 않은 비교군에 비해 두 배가 되더라는 유명한 실험이 있습니다. 이런 사실들을 보면 미러링이 효과가 있는 것 같습니다. 다만, 상대방이 눈치챌 정도로 지나치면 역효과가 나겠지요.

넷째, 속마음 드러내기입니다.

공통의 화제를 이야기하여 친밀감을 쌓아 아미그달라가 상대방을 어느 정도 내 편이라고 인식할 즈음, 상대방이 자신의 속마음을 확 털어놓으면 아미그달라는 방어벽이 무너지면서 상대방을 진정한 한 편이라고 인식하게 된다는 것입니다. 그러면 그 상대방이 실수를 하더라도 이해하고 속이더라도 끝까지 믿는다는 것입니다. 이성적으로 보면 있을 수 없는 일이지만 아미그달라는 불과 다섯 살밖에 되지 않은 어린아이이기 때문에 자신에게 잘해주면 무조건적인 신뢰를 보내게 되는 것이지요.

저는 아미그달라를 이해하면서 새로운 시각이 생겼습니다. 세상에 있는 모든 사람들이 이성적인 존재라고 단정하고 '도대체 왜 그들이 그런 행동을 했을까?' '대체 나에게 어떤 불만이 있어서일까?' 하는 고민을 했는데, 이제는 그들이 적어도 감정 부분에서는 다섯 살 난 아이들이라고 생각하니 보다 쉽게 이해가 되었습니다. 그리고 다섯 살배기와 싸울 일도 없다는 생각이 들었습니다.

그런데 문제는, 저도 역시 다섯 살짜리 꼬마라 늘 감정에 좌지우지된다는 것입니다. 공무원일 때와는 달리, 사업을 하니 늘 불안합니다. 그런데 그 불안이 점점 증폭되어 2015년 5월 초순경에는 중증 상태가 되었습니다.

'불안'은, 마음이 편하지 아니하고 조마조마한 상태를 말합니다. 누구나 이런 불안을 느끼지만 이것도 도가 지나치면 문제가 됩니다. 사업을 시작하면서 만나게 되는 수많은 사람들은 공직에 있을 때보다 저의 아미그달라를 더 예민하게 자극합니다. 상대방에게 이상적인 비즈니스 파트너가 되고자 제 자신에게 '가혹한 기준'을 내세워 그들을 대했지요. 거기에서 온 압박은 저의 평소 계획적 생활습관과 합쳐져 일종의 불안증을 가져왔습니다.

컬럼비아 대학교 정신과의 제프리 E. 영Jeffrey E. Young 교수는 불안증 환자를 치료하는 과정에서 모든 사람은 자신의 과거가 만든 일정한 인생 패턴 속에서 살아가고 있음을 발견했습니다. 그 인생 패턴들이 만들어내는 삶이 정상 범위를 벗어나면 우울증이나 불안증 등의 정신질환이 된다는 것입니다. 저는 늘 연간 목표, 월간 목표, 주간 목표를 수립하여야만 마음이 편했습니다. 그것을 달성했는지 여부를 점수로 환산하는 '성공을 위한 자기평가표'를 만들기도 했습니다. 여기에 더욱 다양한 분야의 사람을 만나다 보니 저의 예민한 아미그달라는 어느샌가 저를 '가혹한 기준'의 덫에 빠뜨리고 있었습니다.

제프리 교수는 《새로운 나를 여는 열쇠》에서 '가혹한 기준'의 덫에 걸린 사람을 이렇게 묘사합니다.

"모든 부분에서 최고가 되어야 한다는 압박감을 받는다. 남들은 대단한 성취를 했다고 생각하지만 자신은 그저 당연한 일로 생각할 뿐, 만성적 분노와 심한 불안을 느낀다. 자신의 높은 기준에 못 미치는 주변 사람들과 상황에 짜증이 난다. 취미, 운동 등, 직업 이외의 분야에서도 두각을 나타내어야 한다. 일중독일 수 있다."

이론과 현실은 다르다는 말을 절감합니다. 점점 나이를 먹어가면서 인생을 잘 산다는 게 그리 쉽지만은 않다는 것을 깨닫습니다. 그러나 한편으로는 이런 생각도 듭니다. 모두들 별걱정 없이 잘 살고 있는데 나만 혼자 인생을 고민하며 별난 짓을 하고 있는 것은 아닐까, 하는 생각 말입니다. 여러분은 어떠신가요. 감정에 별문제가 없으신가요? 아니면 혹시 여러분의 아미그달라가 여러분을 어떤 덫에 빠뜨리고 있지는 않나요?

메디치 가문에서 배운 인생

여행은 언제나 그 자체로 공부가 되지만, 2015년 1월 김상근 교수와 함께 로마와 피렌체를 여행한 것은 르네상스 공부가 주목적이었습니다. 여행이 종반에 이르렀을 무렵 일행 한 분이 저에게 물었습니다.

"조 변호사님, 이번 여행에서 가장 감동적인 작품은 무엇이던가요?" 미켈란젤로, 다빈치, 라파엘로, 카라바조 등 수많은 작가의 작품 가운데 가장 감동적인 작품 하나를 대라니, 이것보다 힘든 질문은 없을 것입니다. 머릿속에 수많은 작품이 스쳐 지나갔습니다. 선뜻 대답을 못 하고 주저하자 그분은 이렇게 덧붙였습니다. "저는 수많은 작품 중에서 미켈란젤로의 미완성 노예상 네 개가 제일 감동적이었습니다."

저는 그 순간 김상근 교수의 설명이 기억났습니다.

"여러분, 이곳 아카데미아 박물관에는 미켈란젤로의 조각상 〈다비드〉

44

의 원본이 전시되어 있습니다. 안쪽에 5.5미터의 〈다비드〉 상이 영구 전시되어 있는데, 그곳으로 들어가는 통로에 넉 점의 미완성 노예상이 있습니다. 1505년 미켈란젤로가 서른 살이 되던 해 당시 교황이던 율리우스 2세가 미켈란젤로를 로마로 불러, 자신의 묘를 만들라고 지시하였습니다. 미켈란젤로는 그 묘에 50명의 인물상을 조각하겠다는 야심찬 계획을 세우고 조각에 쓸 대리석을 구했습니다. 그런데 작업을 하던 중 돌연 교황 율리우스 2세로부터 작업 중단 지시가 떨어집니다. 그래서 여섯 점의 미완성 노예상이 남게 되었고, 아카데미아 박물관에 그중 네 개의 작품이 있습니다. 그런데 이 미완성 작품을 보면 미켈란젤로가 추구했던 플라톤 철학을 고스란히 알 수 있습니다. 플라톤 철학은 현상 뒤에 본질인 이데아가 있다고 믿었습니다. 미켈란젤로는 현상인 대리석 덩어리 속에는 본질인 '작품' 이데아가 있다고 보았던 것입니다. 이데아를 찾아가는 과정, 그러니까 조각을 하는 과정은 현상, 즉 대리석 덩어리에서 비본질적인 것을 제거해나가는 과정입니다. 이렇게 비본질적인 것을 제거해나가면 결국 이데아인 '작품'에 도달하게 된다는 것입니다."

저는 질문한 분에게 되물었습니다. "현상에서 비본질적인 것을 제거하면 본질적인 것을 만나게 된다는 의미 말인가요."

"예, 저는 그 미완성 작품에서 깨달음을 얻었습니다. 그동안 제 삶은 너무 비본질적인 것에 집착했습니다. 사소한 일에 마음 흔들리고 짜증내고 화를 냈습니다. 본질적인 것과는 아무 상관도 없는데 말입니다. 오늘 아침 직원에게서 이메일을 받았습니다. 보통 때 같으면 화를 내고 바로 답장을 할 일이었습니다. 그러나 잠시 생각해보았습니다. 본질적인 일인가? 답은 아니었습니다. 저는 참고 답장을 쓰지 않았습니다. 삶의 본질에 집중할 생각입니다."

자아를 찾아 이번 여행을 나섰다는 그분은 해답에 근접해가고 있는 듯했습니다. 그분의 말씀을 듣고 곰곰이 생각해보았습니다. '나는 이번 여행을 하면서 어떤 작품에서 커다란 감동을 받게 될까?'

로마에서 시작한 이번 여행은 피렌체로 갔다가 다시 로마로 돌아와 끝이 났습니다. 로마로 돌아와서 일행들이 들른 곳은 보르게세 미술관입니다. 그곳에서 저는 섬뜩한 작품을 만났습니다. 카라바조의 〈골리앗의 머리를 들고 있는 다윗〉입니다.

김상근 교수의 설명은 이러했습니다.

"카라바조는 미술 교육을 충분히 받지 못한 사람이었습니다. 밀라노에서 내려와 로마에서 길거리 화가로 지냈습니다. 그러다가 후원자를 만나 화가로 성장합니다. 미켈란젤로보다 96년 늦게 태어난 그는 평생 미켈란젤로를 넘어서려고 했습니다. 그는 전통을 벗어나 거리에서 소재를 취해 사실적으로 그림을 그려 로마 최고의 화가가 되었습니다. 그러나 그에게는 천재성 못지않게 난폭성도 있었습니다. 그는 6년 동안 총 열다섯 번 입건됩니다. 여러 차례 감옥에도 갔으나 그때마다 후원자들이 도와주어 풀려나게 됩니다. 그러다가 1606년 급기야 살인죄까지 저지르고 도피생활을 시작하게 되었습니다. 그에게 현상금이 붙습니다. 그러나 재미있게도 그가 가는 곳마다 후원자들이 그의 재능을 높이 사서 그림을 주문했습니다. 1610년 카라바조는 오랜 도피생활에 지친 나머지 자신의 후원자인 보르게세 추기경에게 사면을 요청합니다. 그 대가로 보르게세 추기경은 작품 세 개를 주문했고, 카라바조는 그것을 그렸습니다. 그중 하나가 〈골리앗의 머리를 들고 있는 다윗〉입니다. 그러나 안타깝게도 그는 사면받기 전에 객지에서 병사하고 맙니다. 그의 나이 38세 때입니다. 〈골리앗의 머리를 들고 있는 다윗〉에서 '다윗'은 카라바조의 젊은 날의 자화상이고, '골리앗'은 그림을 그릴 당시의 카라바조로 알려져 있습니다. 젊은 날의 카라바조가 방탕한 세월을 보낸 훗날의 자신 목을 잘라 들고 있는 것입니다."

보르게세 미술관에서 이 작품을 보고 전율을 느꼈습니다. 제 자신이 카라바조에 투영되었기 때문입니다. 하늘이 무너져도 정의를 세우겠다던 기상으로 법대를 들어갔던 젊은 날의 조근호는 어디론가 사라지고, 세파에 찌들고 욕망과 허영에 물든 중년의 조근호만 남아 있는 것을 보는 듯했습니다. 할 수만 있다면 카라바조처럼 저의 목을 베어 들고 싶었습니다. 그 목을 들고 이렇게 외치고 싶습니다. "나는 다윗이 되고자 했으나 결국 내가 그토록 경멸하던 골리앗이 되고 말았구나."

그러나 어쩌면 카라바조는 이 그림을 통해 자신이 재탄생하기를 원했을지도 모릅니다. 추악한 자신을 죽이는 겸허함을 통해 새롭게 재출발하고 싶었을 것입니다. 비록 신이 그 출발을 허락하지 않았지만 말입니다. 저는 여행을 마치며 카라바조처럼 저를 죽이기로 마음먹었습니다. 교만·욕망의 조근호를 죽이고 겸손·절제의 조근호를 재탄생시키고 싶었습니다.

열여섯 명이 함께한 르네상스 학습여행에서 각자 작품을 통해 무엇인가를 얻었을 것입니다. 미켈란젤로의 미완성 노예상에서 삶의 본질을 찾은 분도 있고, 저처럼 카라바조의 〈골리앗의 머리를 들고 있는 다윗〉을 보고 욕망 덩어리 자신을 죽이고 재탄생하려 한 사람도 있을 것입니다. 이처럼 여행은 우리에게 생각지도 못한 깨달음을 주는가 봅니다. 여러분, 삶이 흔들리면 어디론가 떠나보세요. 또 다른 자신을 만나게 될지도 모릅니다.

르네상스를 주제로 한 이번 여행에서 빼놓을 수 없는 것이 메디치 가 이야기입니다. 이번 여행을 통해 피상적으로만 알고 있던 메디치 가에 대해 보다 소상히 알게 되었습니다. 김상근 교수의 메디치 가에 대한 강의를 들으며 많은 것을 생각하게 되었습니다.

"피렌체가 오늘의 피렌체가 된 것은 메디치 가문이 있었기 때문이라는 것은 여러분이 다 아는 사실입니다. 그 메디치 가문을 있게 한 사람 중 한 사람이 코시모 데 메디치입니다. 천재적인 경영능력과 정치수완으로 메디치 가를 유럽 최고의 부자 가문으로 만든 사람입니다. 그런데 그분의 신조는 '겸손'이었습니다. 그분은 말을 타지 않고 당나귀를 타고 다녔습니다. 피렌체 시내를 다니며 지나가는 사람들에게 항상 공손히 절을 했습니다.

그는 대중의 질투심이 얼마나 큰지 잘 알고 있었던 것입니다. 그는 자신의 집을 지으면서도 귀족들이 많이 살고 있는 동네가 아니라 시장 바로 옆에 집을 지었습니다. 대중과 가까이 있으려는 배려였지요. 그리고 집 또한 호화스럽게 짓지 않았습니다. 대중이 위화감을 느끼지 않도록 하기 위함이었지요. 안내인의 설명이 없으면 모르고 지나칠 정도로 평범합니다."

르네상스를 가져온 메디치 가문의 부흥자로 알려진 코시모 데 메디치가 '겸손'을 평생의 신조로 삼고 대중의 질투심을 두려워하여 당나귀를 탔다는 사실은 저에게 충격으로 전해졌습니다. 코시모에 훨씬 못 미치는 부를 가진 우리들도 좀 더 큰 차, 좀 더 좋은 집을 원하는데 코시모는 대중을 늘 생각하며 돈을 벌고 피렌체를 경영했던 것입니다.

"메디치 가문에서 가장 유명한 사람이 코시모 데 메디치의 손자 로렌초 데 메디치입니다. 여러분 코시모와 로렌초 정도는 꼭 기억하시기 바랍니다. 로렌초 데 메디치는 어느 날 공원을 지나가다가 조각을 하고 있는 어린아이를 발견합니다. 그 아이가 노인을 조각하고 있는데 이빨이 너무 가지런했습니다. 이를 보고 로렌초는 이야기합니다. '이빨이 너무 젊은 것 같아, 다시 만드는 것이 좋겠어.' 그다음 날 소년은 기가 막힌 작품을 만들어 가지고 옵니다. 로렌초는 그의 아버지를 불러 그 아이를 양자로 삼겠다고 합니다. 그가 바로 미켈란젤로입니다. 미켈란젤로는 로렌초 데 메디치의 양자가 되어 최고의 인문학 교육을 받습니다. 그가 인류를 위한 최고의 작품을 만들 수 있었던 것은 그의 재능을 발굴하여 교육을 시킨 로렌초 데 메디치 덕분입니다. 우리 모두는 로렌초에게 감사해야 합니다."

예술가를 후원할 수는 있지만 양자로 삼는다는 것은 쉬운 일이 아닙니다. 특히 그 아이를 데려다가 미술 교육이 아닌 최고의 인문학 교육을 시켰다는 대목에서 로렌초의 비범함이 느껴집니다. 미켈란젤로는 플라톤 철학을 공부하고 자신의 조각, 그림, 건축에 이를 모두 반영했습니다. 만약 그리스 로마 철학으로 대변되는 이런 인문학 배경이 없었다면 그런 위대한 작품이 나올 수 없었을 것입니다. 오늘날 미술을 공부하는 많은 사람들이 주목해야 할 대목입니다.

"메디치 가의 마지막 후손인 안나 마리아 루이자 데 메디치는 몰락한 가문의 재산을 정리하는 상황에 처하게 됩니다. 메디치 가의 모든 재산을 오스트리아 합스부르크 로레인 왕가에 넘기게 된 것입니다. 그녀는 오랜 침묵 끝에 협상 테이블에 나와 두 가지 조건을 내겁니다. '첫째, 메디치의 모든 예술품들은 국가의 소유이며 어떠한 경우에도 피렌체를 떠날 수 없다. 둘째, 이 예술품은 국가와 공공의 이익을 위해서만 사용되어야 한다.' 이를 계기로 우피치 미술관이 만들어지게 되었고 메디치 가의 미술품이 유럽 곳곳으로 흩어지는 것을 막을 수 있었습니다. 우피치 미술관은 오늘날도 피렌체를 찾는 많은 관광객이 반드시 방문하는 미술관입니다. 그곳에는 우리가 잘 아는 작품들이 많이 보존되어 있습니다. 그중 가장 유명한 것이 보티첼리의 〈비너스의 탄생〉입니다. 메디치 가가 피렌체를 부흥시키기도 했지만 메디치 가의 마지막 상속녀 안나 마리아 루이자의 역사적 결정이 없었으면 오늘날 피렌체가 이 많은 미술품을 가지고 있기 어려웠을 것입니다."

왜 우리에게는 이런 명문가가 없었을까 아쉬움을 가져봅니다. 고려시대 무신 집안들도 있었고 조선조 권문세가들도 수두룩했건만 우리에게는 이런 아름다운 이야기를 전해줄 가문이 없다는 사실이 서글프게 느껴지기도 합니다.

우리나라에 '가문'이라는 개념이 있기나 한지 궁금할 때가 있습니다. 우리에게도 문중이라는 개념이 있지만 유럽의 가문만큼 세력화되어 있지는 않는 것 같습니다. 요즘 들어 삼성가, 현대가, LG가 등 재벌 집안을 일컬을 때 '가문'이라는 표현을 더러 사용하기도 하지요. 메디치 가의 역사를 보면, 역사에 남는 가문은 가문 나름의 철학이 있을 때 가능한 것 같습니다.

"유럽에서 명문가가 되려면 십자군전쟁 당시 기사단에 참가하여 전사한 가족이 한 사람쯤 있어야 했습니다. 한 가문이 국가와 사회를 위해 어떤 희생을 했는지에 따라 그 가문에 대한 대접이 달라졌던 것입니다." 김상근 교수의 부연 설명입니다.

재산이 많아야 명문가가 되는 것이 아니라 국가와 사회를 위한 헌신이 전제되어야 명문가가 될 수 있다는 유럽의 훌륭한 전통이 많은 것을 생각하게 합니다.

2

남   보   다

가   족   에   게

헌   신   하   자

다시 태어나도 지금의 아내와 결혼할까요

'인생이란 무엇일까?' 저는 앞서 인생을 여행길이 아닌 복싱경기라고 이야기했습니다. 매일 열리는 운명과의 고독한 복싱경기. 사실 맞는 말이긴 하지만 너무 비장합니다. 그래서 인생을 다른 각도에서 생각해보았습니다. 실제로 살아보면 인생이 늘 그렇게 비장한 것만은 아닙니다. 별거 아닌 일에도 즐거울 수 있는 것이 인생입니다.

그래서 인생을 '이벤트의 연속'이 아닐까 생각해보았습니다. 인생은 크고 작은 이벤트로 이루어져 있다는 말입니다. 이벤트를 준비하는 과정은 다소 힘들고 지루하지만 이벤트 자체는 재미있고 즐겁지요. 그 이벤트가 끝나면 한동안 멍하지만 또 새로운 이벤트를 기획하고 실행합니다.

이벤트는, 목표와는 좀 다른 것 같습니다. 그저 가족들과 맛있는 저녁을 먹는 일도 이벤트일 수 있지요. 매일 하는 일이지만 이것을 이벤트로 생각하여 기획하고 준비하면 그 자체가 기억에 남는 인생의 한순간이 됩니다. 다리를 다친 누군가에게는 다시 걷는 행위가 큰 이벤트이고 앞을 못 보는 누군가에게는 수술을 통해 세상을 보는 일이 큰 이벤트입니다. 걷고 보는 일은 우리들에게는 늘 있는 일이지만 그들에게는 일생일대의 이벤트인 것입니다. 우리가 사는 인생을 '이벤트의 연속'으로 만들면 인생이 지루하지 않을 것입니다. 좀 더 쉽게 말씀드리면, 인생을 TV 프로그램 〈무한도전〉의 연속으로 만들면 어떨까, 하는 것입니다.

저는 이렇게 인생을 살려고 노력하고 있습니다. 그래서 기회만 있으면 이벤트를 하려고 궁리합니다. 그러다 보니 다른 분들이 보기에 인생을 복잡하고 다양하게 사는 것처럼 보이기도 할 것 같습니다.

2016년 2월 14일은 결혼 30주년 되는 날이었습니다. 결혼 30주년을 어떻게 이벤트화할 것인지 연초부터 궁리했습니다. 이런저런 고민 끝에 아내가 하고 싶어 하는 리마인드 웨딩 사진촬영을 하기로 했습니다. '다 늙어 주책 없게 무슨 웨딩 촬영이냐' 하시는 분들도 있을 수 있지만, 한편 생각하면 이처럼 재미난 일이 또 있을까 싶었습니다.

아내는 다시 웨딩드레스를 입어본다는 사실만으로도 흥분되는 모양입니다. 웨딩 스튜디오에 도착하니, 아내와 딸아이는 그 전날 골라놓은 웨딩드레스를 다시 입어보고 최종 선택을 했습니다. 저와 아들 녀석도 턱시도를 골랐습니다.

먼저 캐주얼 사진을 찍었습니다. 미리 준비해온 청바지와 흰색 셔츠를 입고 스튜디오 내 세트장에서 사진을 찍었습니다. 사진사가 요구하는 대로 포즈를 잡다 보니 30년 전 결혼사진을 찍던 순간이 생각납니다.

스물여덟 살 총각과 스물다섯 살 처녀가 일생일대의 대행사인 결혼식을 앞두고 가슴 설레며 포즈를 취하던 그 순간이 오버랩됩니다. 두 시간 남짓 지났나요. 걸음을 재촉하여 야외촬영을 하러 경기도 기흥으로 장소를 옮겼습니다.

먼저 실내에서 다시 화장을 손보고 웨딩드레스와 턱시도로 갈아입었습니다. 저희 부부와 아이들이 정장을 하고 나란히 서보니 제법 그림이 나옵니다. 딸아이는 웨딩드레스가 어울리는 것을 보니 결혼시킬 때가 되었나 봅니다. 아내와 저는 사진사가 시키는 대로 포즈를 취합니다.

"여기에 앉으세요. 아니 일어서는 것이 좋겠어요. 고개를 제 쪽으로 돌리세요. 웃으세요. 신부는 잘 웃는데 신랑은 어색해요. 신랑 더 활짝 웃으세요."

주문이 한도 끝도 없습니다. 이런 식으로 얼마를 더해야 이벤트가 끝날지 모르겠습니다. 사진 찍는 일을 도와주시는 분이 아내의 웨딩드레스에 달린 긴 베일을 날려 바람에 너울거리는 모습을 연출합니다.

자! 이제는 야외촬영 순서입니다. 바깥 날씨는 거의 영하 10도. 어깨를 다 드러낸 아내는 걱정이 앞섭니다. 그래도 야외촬영은 필수. 30년 전 오늘도 추웠습니다. "하필 왜 추운 겨울에 결혼을 하셨어요?"라는 질문이 여기저기서 쏟아집니다. 아내의 어깨에 소름이 돋습니다. 바들바들 떱니다. 입술도 파래지고 이러다가 감기라도 걸릴 것 같습니다. 굳이 이런 식으로 촬영을 하여야 하는지 의문이 생기지만 이것도 이벤트요, 추억입니다. 야외에서 세 군데 장소를 옮겨가며 두 시간가량 사진을 찍었습니다.

다시 실내로 들어왔습니다. '신랑신부新郎新婦' 아니 '구랑구부舊郎舊婦'는 옷을 갈아입고 새로운 촬영을 준비합니다. 부부끼리만 찍고 아이들과도 찍고 다양한 장면을 연출합니다. 사진사가 신랑신부에게 턱에 주먹을 괴고 서로 마주 보라고 주문합니다. 어색하지만 시키는 대로 포즈를 취하고 아내를 바라봅니다. 사진을 찍느라 한참을 이렇게 바라보고 있으려니 신부화장을 한 아내가 전혀 다르게 느껴집니다. '이 여자가 내가 30년을 같이 산 여자인가.' 화장 덕분인지 전혀 다른 사람같이 느껴집니다. 전에 느껴보지 못한 감정이 움트고 리마인드 웨딩을 하길 잘했다는 생각이 듭니다. 아내의 재발견, 30년 전의 아내를 다시 만난 듯합니다.

촬영이 거의 끝나갑니다. 저는 사진사에게 그동안 꼭 해보고 싶었던 것을 주문했습니다. 아내에게 프러포즈하는 장면을 연출해달라고 부탁했습니다. 영화에서 보듯 남자가 무릎을 꿇고 여자에게 꽃다발을 건네며 프러포즈하는 그 장면 말입니다. 꼭 해보고 싶었습니다. 사진사가 재미있게 연출을 합니다. 아내는 처음엔 흥! 하며 튕깁니다. 그러다가 점점 관심을 보이고 드디어 프러포즈를 받아주고 입맞춤을 하는 것으로 끝이 났습니다. 촬영을 마치고 나니 저녁 8시입니다. 거의 열 시간 정도 촬영한 것입니다. 지칠 만도 한데 원해서 한 일이라 아직도 힘이 남아돕니다. 이벤트는 이런 면이 있나 봅니다. 제 인생에 또 하나의 특별한 이벤트가 끝이 났습니다.

그런데 이 이벤트를 하면서 머리를 스친 생각이 하나 있었습니다. 흔히들 자주 "다시 태어나도 지금의 아내와 결혼하겠는가?"라고 묻는데, 이 질문에 나는 뭐라고 대답할까, 하는 생각이 들었습니다.

30년을 살았으니 오랜 세월 같이 살았습니다. 그간 많은 일들이 있었습니다. 아이도 둘 태어나 모두 성인이 되었습니다. 재산도 어느 정도 형성하여 집도 가지게 되었습니다. 아내가 제 뒷바라지를 잘해주어 30년의 공직생활을 잘 마칠 수 있었습니다. 홀시어머니도 잘 봉양하여 건강하게 지내십니다.

다시 태어나면 아내와 결혼하겠느냐는 유치한 질문을 부부가 같이 있을 때 하면 아니라고 대답하기 곤란해 눈치 빠른 남편들은 큰 소리로 당연하다고 이야기합니다. 과연 그럴까요? 아내보다 더 예쁘고 더 똑똑하고 착한 여자가 세상에 많을 수 있겠지요. 그럼에도 지금의 아내와 다시 결혼한다고요? 아마 남편들의 진짜 속마음이 아닐 수도 있습니다. 반대로, 아내의 경우도 마찬가지입니다. 평생 힘들게 하고 속만 썩인 남편이 무엇이 좋아 다시 결혼하겠습니까? 세상에 백마 탄 왕자가 많을 것 같은데 말이죠.

이에 관한 설문조사를 하였더니 다시 태어나면 지금의 배우자와 결혼하겠다는 대답이 의외로 20퍼센트 선에 불과했습니다. 저도 이 질문에 아내와 다시 결혼한다고 자신 있게 말하기 어려웠습니다.

그런데 이런 생각이 들더군요.

결혼의 본질이 무엇일까? 왜 인간은 혼자 살지 않고 결혼을 하게 되었을까? 동물은 발정기가 되면 서로 짝짓기를 합니다. 그러고는 새끼를 낳습니다. 새끼를 키우게 될 때까지 같이 지냅니다. 사람도 종족 번식의 본능이 있어 이 부분은 동물과 다를 바 없습니다. 나보다 더 우월한 능력을 지닌 자식을 낳아 험한 세상에서 보다 더 잘 적응하고 오래 살도록 해주고 싶은 본능 말입니다. 이 본능은 원시시대 때부터 있어온 것으로 인간 내면에 깊숙이 각인된 것입니다. 남자가 매력 있는 여성에게 끌리고 여자가 똑똑하고 능력 있는 남자에게 반하는 이유가, 그런 상대방과 결합하여야 환경에 더 잘 적응하는 2세를 낳을 수 있을 거라는 본능 때문이라고 학자들은 설명합니다. 결혼할 시기가 된 남자들이 외모에 신경을 쓰고 멋있어지는 것은, 수컷 공작이 암컷을 유혹하기 위해 아름다운 날개를 펼치는 구애행위와 본질적으로 다를 바가 없다는 것이지요.

현대에 와서는 결혼을 결정하는 가장 큰 요소가 사랑이라고 하지만, 그 사랑이라는 것도 사실 호르몬의 작용으로 결혼 적령기의 남자나 여자의 눈에 콩깍지를 씌워 상대방을 김수현, 김태희 같은 연예인처럼 보이게 만드는 거라고 과학에 의해 입증되었습니다. 서글프지만, 사랑에는 유효기간이 있다는 것도 널리 알려진 사실입니다. 18개월 정도라고 하지요.

거칠게 이야기하자면 신은, 인간이라는 종족을 계속 번식시키기 위해 인간이 육체적으로 가장 절정에 이른 시기에 성 호르몬이 흐르게 하고, 그 호르몬의 유효기간인 18개월 안에 역시 호르몬에 취한 상대를 만나 서로 짝짓기하여 자식을 배태하게 하고, 약 10개월여의 임신 동안 남자가 여자를 부양하도록 프로그래밍했는지도 모릅니다. 이 모든 일이 18개월 안에 가능하다고 생각한 것 같습니다. 만약 인간의 회임 기간이 5년이면 호르몬의 유효기간도 그만큼 더 늘어났을 것 같습니다.

이처럼 냉정하게 바라보면 결혼의 핵심은 '종족 보존'입니다. 다시 말하자면 멋진 남자와 예쁜 여자가 호르몬 작용으로 서로 만나, 멋지고 예쁜 2세를 만들기 위해 자신의 역량을 상대방에게 제공하고 동업하는 것, 이것이 바로 결혼입니다.

호르몬 작용에 의한 콩깍지가 18개월 뒤 떨어지고 나면 그 옛날, 얼굴도 보지 않고 결혼한 부부와 별다른 차이 없이 그저 '정'이나 '의리'로 살아가게 되는 것입니다. 우리 부부에게는 여전히 '사랑'이 있다고 주장하고 싶겠지만, 그것은 호르몬 작용에 의한 '불타는 눈먼 사랑'이 아닌 사랑의 추억에 의한 일종의 습관과도 같은 것입니다. 사랑의 열정으로 동반자살까지 하는 이도 있지만, 그 18개월의 시기만 잘 지내고 나면 다른 배우자와 결혼하여 잘살게 되는 것이 결혼입니다.

다시 처음의 질문으로 돌아가겠습니다. 기억하시나요? 저는 스스로에게 '다시 태어나면 지금의 아내와 결혼하겠느냐'고 물었습니다. 얼마 전까지만 해도 '예스'라고 대답하기에 자신이 없었습니다. 그러나 지금은 당당하게 '예스'라고 말할 수 있습니다.

결혼의 핵심은 남자와 여자가 서로 좋은 배우자를 만나 가정을 꾸리고 좋은 2세를 낳아 잘 키워 그들을 세상에 잘 적응시키는 것입니다. 저와 아내는 결혼하여 가정을 꾸리고 '조윤아' '조정민' 1남 1녀를 두었습니다. 제가 아내 이운한이 아닌 다른 여자를 만나 결혼했다면 다른 아이들이 태어났겠지요. 제가 이운한과 다시 결혼하지 않는다면 제 아이들의 삶이 존재하지 않는다는 의미입니다.

그러니 어찌 제가 아내와 결혼하지 않겠다고 말할 수 있을까요? 당연히 다시 태어나 그 시절로 돌아가더라도 이운한과 결혼할 것입니다. 그녀가 저를 싫어 멀리 도망가더라도 기어코 쫓아가 그녀를 납치해서라도 결혼하고 말 것입니다.

　이제 제가 왜 다시 태어나더라도 아내 이운한과 결혼하겠다고 큰 소리로 이야기하는지 그 이유를 아셨나요? 여러분의 생각은 어떠신가요? 사실 이 이론이 맞지 않더라도, 이를 따르는 것이 가정의 평화를 위해 유리합니다.

아내의 속도에 맞춰 걷기

2013년 8월 25일 오후, 아내와 함께 야산에 올랐습니다. 불과 해발 402미터짜리 산이고 시작한 지점이 해발 290미터이니 산보라고 해야 맞겠지요. 아무리 천천히 걸어도 올라갔다가 내려오는 데 50분밖에 걸리지 않는, 그야말로 동산입니다. 늘 오르던 산이라 별로 힘을 들이지 않고 성큼성큼 걸었습니다. 5분쯤 걷다가 아내가 잘 따라오는지 뒤를 돌아보았더니 아내는 힘겨운 모습으로 한발 한발 내딛고 있었습니다.

당시 아내는 갱년기를 겪고 있어 정신적 육체적으로 많이 저조해 있었습니다. 한참을 기다려 아내를 데리고 걷기 시작했습니다. "힘들면 그만 돌아갈까요?"라고 묻자, 아내는 얼마 전에는 힘들이지 않고 오르던 생각이 나서인지 정상까지 가겠다고 합니다. 30분쯤 걷자 가파른 산길이 나타났습니다. 아내를 보니 땀이 비 오듯 하고 얼굴이 하얗게 변해 있었습니다. 걱정이 되어 다시 돌아갈까, 하고 재차 물었습니다. 조금 쉬어 보고 결정하겠답니다. 5분을 쉬었을까요. 땀이 식어 약간은 시원한 느낌이 들 무렵, 아내가 정상까지 가보겠다고 합니다. 산길을 10여 분 올라가자 드디어 정상이 나타났습니다. 정상에 도착하자 아내는 팔각정에 그대로 누워버립니다.

저도 팔각정에 누워 하늘을 바라보다 문득 며칠 전 목격한 비둘기 한 쌍이 생각났습니다. 아침 출근길에 차를 타고 빠르지 않은 속도로 달리고 있는데 전방에 비둘기 한 쌍이 차도를 횡단하고 있는 모습이 눈에 띄었습니다. 비둘기들은 오른쪽에서 왼쪽으로 천천히 지나가고 있었습니다. 차와 비둘기들의 간격이 점점 줄어들었습니다. 이렇게 차가 자신들을 향해 달려오면 비둘기들은 대개 어떻게 알았는지 날개를 퍼덕이며 차를 피해 날아오르지요. 이런데 이놈들은 달랐습니다. 날아오를 생각을 하지 않고 천천히 차도를 가로지르고 있었습니다.

차 속도를 줄이고 비둘기들을 응시했습니다. 가만히 보니 앞에 서서 가는 비둘기는 날개를 다친 것 같았습니다. 왼쪽 날개가 바닥에 닿은 채로 앞으로 천천히 나아가고 있었습니다. 그 뒤를 다른 비둘기가 다친 비둘기를 호위하듯 보조를 맞추며 따르고 있었습니다. 한눈에 보아도 직감적으로 부부 비둘기인 듯 보였는데, 한 마리가 날개를 다쳐 날 수 없게 되자 목숨을 건 도로 횡단을 감행하는 중이었습니다. 저는 그들을 피해 운전했는데 뒤를 돌아보니 그들은 다행히 목숨을 지키고 도로 횡단에 성공했습니다.

저는 그 장면이 오래도록 뇌리에서 떠나지 않았습니다. 두 비둘기가 어떤 관계인지 정확하게 알지 못합니다. 부부인지, 친구인지, 부모 자식인지, 그러나 한 가지 분명한 것은 자신이 아닌 다른 비둘기를 보호하기 위해 목숨을 건 모험을 감행했다는 사실입니다. 보통 그저 한낱 비둘기로 생각되던 그놈들에게서 그날 저는 많은 것을 깨닫게 되었습니다.

"여보, 이제 내려가요." 하는 아내의 목소리에 현실로 돌아와 내려갈 채비를 했습니다. 내려가는 길은 올라가는 길보다 훨씬 쉬웠습니다. 아내는 저를 잡고 한 걸음씩 발을 옮겼습니다. 다행히 한 번도 쉬지 않고 30분 만에 내려올 수 있었습니다. 체력이 바닥나고 기분마저 우울한 아내가 그래도 용기를 내어 한 시간 등산을 했습니다. 건강한 우리에게는 아무것도 아닌 일이지만 아내에게는 퍽이나 힘든 일이었을 것입니다.

배우자를 한자어로 '반려자'라고 합니다. '반려伴侶'란, 짝 반伴 자에 짝 려侶 자를 씁니다. 한마디로 인생의 '짝'인 것입니다. 아내와 등산을 하며 깨달은 것은, 짝이 짝이기 위해서는 걷는 속도가 같아야 한다는 사실입니다. 아마도 등산을 하며 제가 제 기분대로 아내를 뒤로하고 빠른 걸음으로 달려나갔다면 아내는 좌절하며 주저앉았을 것입니다. 절대로 정상까지 가지 못했을 것입니다.

비둘기 한 쌍이 보여준 것처럼 한쪽 짝이 다쳐 속도를 낼 수 없을 때 기다려주며 속도를 맞춰주는 것, 그것이 '짝'이 할 일인가 봅니다. 어릴 때 운동회에서 했던 이인삼각 경기가 생각납니다. 저와 아내는 결혼이라는 끈으로 다리가 묶여 있는데 저는 아내의 속도를 생각하지 않고 경기에서 이기겠다고 저 혼자 빨리 달리기 일쑤였던 것이지요. 그 결과 빨리 달리지 못하고 넘어지기를 수없이 했습니다. 그리고 넘어질 때마다 마음속으로 속도가 늦은 아내 탓을 했을 것입니다. 결혼생활은 이인삼각 경기입니다. 함께 같은 속도로 달려야 속도감도 느끼고 경기를 즐길 수 있으며 결국에는 좋은 성적을 내지요.

50대부터 70대까지 함께 모인 어느 모임에서 부부 관계가 화제에 올랐습니다. 70대의 어느 기업인께서 이런 푸념을 하셨습니다.

"나도 50대, 60대에는 집사람 무서운 줄 모르고 떵떵거리고 살았는데, 70이 딱 넘으니까 집사람이 무섭게 변하더군. 지금은 꼼짝 못하고 살지. 음식이 짜다 싱겁다 소리를 못해. 그냥 주는 대로 먹지."

이 말에 다른 70대 기업인도 맞장구를 치셨습니다. 이를 듣던 60대 금융인께서 "설마 그럴 리가 있습니까? 선배님이 젊었을 때 사모님에게 잘못하신 것이 많으니까 그런 것 아니겠습니까? 저희는 평소에 집사람에게 잘해주고 있습니다"라고 하자, "허허, 내 말을 못 알아듣네. 나도 예전에는 그런 소리를 했지. 70이 되어보라고. 확 달라질 테니. 그래서 요즘은 무엇인가 좋을 일을 해주어야 한 달을 편하게 살아. 다음 달에 우리끼리 DDP(동대문 디자인 플라자) 가기로 한 것, 부부동반으로 하자고. 그러면 한 달은 편할 것 같아."

50대인 저로서는 알 것 같기도 모를 것 같기도 했습니다. 그저 50대가 넘으면 남자는 여성 호르몬이 많이 나오고, 여자는 남성 호르몬이 많이 나와 전세가 역전된다는 생리적 설명만으로는 무엇인가 부족한 것 같았습니다.

20대 커플들을 보면 꼭 붙어 있습니다. 예전과 달라 길거리에서 포옹

하거나 키스하는 커플이 많아졌습니다. 이런 커플이 50년이 지나 70대가 되면 매일매일 전쟁을 벌인다는 것이 이해가 되지 않았습니다. 특정 어느 부부의 이야기가 아니라 대부분 부부들의 모습이라면 애당초 부부 관계가 잘못 설계된 것 아닐까요. 우리는 무슨 잘못을 하고 사는 것일까요?

2013년 10월, 시애틀 퍼시픽 대학교 연구진들은 걷는 속도와 관련된 재미난 연구 결과를 발표했습니다. 그들은 연인 열한 쌍을 대상으로 각각 혼자 걸을 때의 속도를 측정했습니다. 남성의 평균 시속은 5.5킬로미터이고, 여성의 평균 시속은 5.1킬로미터였습니다. 이번에는 이 스물두 명을 남남, 여여, 연인인 남녀, 연인이 아닌 남녀 등으로 다양하게 짝을 지어 걷게 하고 속도를 측정했습니다. 연인들에게는 손을 잡거나, 또는 잡지 않도록 했습니다. 측정 결과, 연인이 아닌 남녀의 경우, 남성은 조금 느리게, 여성은 조금 빠르게 걸어 남녀의 평균속도인 한 시간당 5.3킬로미터로 걸었습니다. 남남의 경우 4퍼센트 더 빨리 걸었고, 여여의 경우 3퍼센트 느리게 걸었습니다. 그러나 연인인 남녀의 경우, 손을 잡는 것과는 무관하게, 여성은 속도를 바꾸지 않았고 남성이 여성의 속도에 맞추어 느리게 걸었습니다.

이 연구 결과를 제 나름대로 해석해보았습니다. 사랑의 감정이 최고조에 달한 결혼 전후의 20대 남자는 여자의 속도에 맞추어 걷습니다. 남자는 이를 전혀 불편하게 생각하지 않습니다. 여자는 이렇게 자신의 걷는 속도에 맞춰주는 남자에게 자신의 평생을 맡겨도 될 것이라는 믿음을 갖습니다. 이들의 결혼은 이렇게 출발합니다. 남자가 여자의 걸음 속도에 맞춰주는 것, 이것이 결혼의 핵심입니다. 그러나 사랑의 감정이 일상화되고 삶이라는 전쟁터에 나서게 되면 매번 걸음의 속도를 맞춰가기가 쉽지만은 않습니다.

남자는 가족을 먹여 살리기 위해 자신의 걸음걸이를 점점 빠르게 합니다. 남들이 더 빨리 달려 소위 성공이라는 것을 쟁취하면 남자는 더더욱 마음이 바빠집니다. 반면 집에서 자녀를 양육하고 이웃과 좋은 관계를 유지하는 것이 생활의 목표인 여자는 굳이 걸음걸이가 빠를 필요가 없습니다. 속도보다는 주위와의 관계가 더 중요합니다. 세월이 흘러갑니다. 남자의 걸음걸이 속도는 점점 빨라지고 여자의 걸음걸이 속도는 상대적으로 더 느려집니다.

부부가 걸을 때, 이제는 신혼 때처럼 다정하게 손잡고 아내의 속도에 맞춰주지 못합니다. 이미 남편은 빠른 속도에 익숙해져 있습니다. 길을 걸을 때도 남편은 저만치 멀리 혼자 걸어갑니다. 무엇이 그리 급한지 아내가 잘 따라오는지 아랑곳하지 않습니다. 이것은 비단 걸을 때만 나타나는 현상이 아닙니다. 삶의 구석구석에서 이런 부조화가 발생합니다. 그러나 그들은 생활비를 벌어야 하고 자녀를 키우느라 바빠 부부간 걸음걸이에 차이가 벌어지고 있다는 사실 따위에 신경쓸 여유가 없습니다. 무엇인가 문제가 커지고 있음을 느끼지만 이를 곧바로 해결하긴 쉽지 않습니다.

그러나 다행스럽게도 자연은 우리에게 그 기회를 부여했습니다. 바로 여성의 갱년기입니다. 어렵게 남편의 빠른 속도를 따라가던 아내는 드디어 몸과 마음이 파탄 나고 맙니다. 자녀들이 고등학교를 졸업하고 성인이 되는 순간, 그동안 그녀를 지탱해주던 '자녀를 잘 키워야 한다는 절체절명의 과제'가 사라지고 그녀는 자신의 삶을 돌아봅니다. 어느덧 남편은 늘 자신보다 빠른 속도로 달려 사회적으로 성공하고 멋진 중년 남자로 변해 있고, 자신이 그토록 애지중지하던 자녀들은 스스로 성장한 것이라고 생각해 엄마 품을 벗어나버리고 그녀에게 남은 것은 피폐해진 몸과 마음뿐입니다. 그녀의 선택은 무엇일까요? 자연은 그녀에게 '자해를 통한 문제해결 방식'을 제안합니다.

갱년기가 되면 여자는 스스로 약해집니다. 죽고 싶을 만큼 힘들어지지요. 때로는 우울증이 심해 자살에 이르기도 합니다. 제 아내도 극심한 갱년기를 앓았습니다. 남자와 여자의 삶의 속도가 달라진 데에 여자의 책임이 없는데, 자연은 왜 여성의 갱년기에 더 가혹한 고통을 부과했을까요?

어느 학자들은 갱년기를, 여자가 홀로서기하기 위해 삶의 허물을 벗는 과정이라고 설명합니다. 누군가의 딸, 누군가의 아내, 누군가의 어머니로 살았던 삶에서 벗어나 오로지 '그녀'만을 찾기 위한 고통의 시간이라고 말입니다. 그러나 이 설명은 반쪽 설명인 것 같습니다. 그녀가 자신을 찾으면 그다음에는 어떻게 되나요? 남편보다 걸음걸이가 더 빨라지나요? 남편 없이도 혼자 잘 걸어가나요? 대개 이렇게 바뀌는 것 같습니다. 남성 호르몬이 많아진 여성은 활동적이 되어 남편을 귀찮은 존재로 여기고, 여자 혼자 경제적 자립이 가능하면 그동안 자신을 억압하던 남편을 과감히 버립니다. 이것이 황혼이혼이지요. 이야기가 이렇게 전개되면 남자나 여자 모두에게 슬픈 결말입니다. 자연은 이렇게 슬픈 결말을 맞이하도록 부부 관계를 설계하지는 않았을 것 같습니다.

'여자가 갱년기를 겪는 건 다른 의미가 있는 것 같다. 자신이 홀로서기를 하는 의미도 물론 있겠지만 빠른 속도로 앞서 걷기만 하던 남편에게 아내의 걸음걸이를 살필 기회를 주는 의미가 있지 않을까?'

아내가 늦은 속도로나마 남편을 따라올 때 남편은 걸음걸이가 느린 아내에게 짜증이 납니다. 그러나 아내가 걷지 못하고 주저앉으면 자신도 걸음을 멈출 수밖에 없습니다. 그리고 아내에게 돌아와 아내의 현재의 모습에 관심을 기울이게 됩니다. 남편이 이 기회를 어떻게 활용하느냐에 따라 남은 인생이 달라집니다. '주말에 등산도 가고 골프도 쳐야 하고 재미난 일이 많은데 왜 아내가 저렇게 맥이 없는 거야. 불편하기 짝이 없네.' 이렇게 생각하는 남자는 아내와의 관계를 회복하지 못합니다.

반대로 '그래, 30년 전 나는 아내의 걸음걸이에 맞춰 걸으면서도 너무 행복했지. 그간 성공하기 위해 너무나 혼자 달린 거야. 집에서 가정을 지키며 아이들을 키우느라 아내가 얼마나 힘들었을까? 이제부터 내가 30년 전 연애하던 시절로 돌아가 다시 아내의 걷는 속도에 맞추어 인생을 살아야지. 아내와 지내는 시간을 늘리고 아내가 좋아하는 음식을 먹고 아내의 취미에 맞추어야지. 그렇게 하지 않으면 나는 남은 인생을 외톨이로 살 수밖에 없을 거야.' 이렇게 생각하는 남자는 갱년기를 거치며 아내와의 관계를 드라마틱하게 회복할 것입니다.

실제로 제 경우에도, 갱년기를 극복하고 주말에 저와 같이 시간을 보내주는 아내가 고맙기만 합니다. 아마도 갱년기를 거치지 않았으면 아내에 대해 이런 생각이 들지 않았을 것입니다. 갱년기라는 고난이 축복이 된 것입니다. 저는 힘겹게 갱년기를 통과한 아내의 손을 잡고 걷다가 그녀가 여고생처럼 그저 바닥에 뒹구는 낙엽을 보고 좋아하는 모습에서 1985년 그녀를 처음 만났던 때를 기억해냈습니다.

갱년기에는 자연이 숨겨놓은 오묘한 비밀이 있는 것 같습니다.

걸음걸이 속도에 대한 연구결과를 전하는 스테파니 파파스 Stephanie Pappas 기자는 "사랑이란 무엇인가?"라고 질문하고 이렇게 답을 달았습니다. "아마도 당신이 사랑하는 사람의 걸음걸이 속도에 맞춰 천천히 걷는 것 아닐까요."

여러분은 배우자와 어떻게 걷고 계신가요? 남편이 아내의 걸음걸이 속도에 맞춰 천천히 걷고 있다면 여전히 사랑하고 있다는 증거입니다.

스테파니 파파스 기자는 "사랑이란 무엇인가?"라고 질문하고

이렇게 답을 달았습니다. "아마도 당신이 사랑하는 사람의

걸음걸이 속도에 맞춰 천천히 걷는것 아닐까요."

여러분은 배우자와 어떻게 걷고 계신가요?

남편이 아내의 걸음걸이 속도에 맞춰 천천히 걷고 있다면

여전히 사랑하고 있다는 증거입니다.

부부 대화법을 배워야 할 때

부부간에 대화가 잘 통하시나요? 어느 우스개 이야기처럼 남편이 귀가하면 '밥 묵자', '아이는?', '자자', 이 단 세 마디만 늘 하고 사는 부부는 아니겠지요?

모두 여섯 부부가 여행길에 올랐습니다. 여행지는 저녁이 되면 아무런 할 일이 없는 산속이었습니다. 첫날 저녁식사가 끝날 무렵, 식사 뒤에는 무엇을 할 것인지 서로 고민하는 기색이 역력했습니다. 부인들이 함께 앉은 테이블이 시끌벅적하더니, 아내가 저에게 이 자리에서 경청 실습을 해보면 어떠냐고 긴급 제안을 했습니다. 얼마 전 코칭 워크숍에서 배운 경청 실습을 아내와 딸아이에 실습해본 적이 있는데, 아내가 그것을 해보자더군요.

50이 넘는 부부 중에 곰살맞게 서로의 이야기를 잘 들어주는 부부는 별로 없을 테니 이번 경청 실습이 어떤 부부에게는 매우 소중한 경험이 될 수도 있겠다는 생각이 들어 해보기로 했습니다.

다섯 부부에게 서로 마주 보고 앉으라고 요청했습니다. 그런데 마주 보고 앉은 상황 자체를 무척 어색해하는 부부도 있었습니다. 한 번도 이렇게 눈을 똑바로 보고 앉은 적이 없다고 하는 부부도 있었습니다. 정말 부부간에 서로 마주 보고 앉아 있는 모습만 보아도, 이 부부는 평소에도 이런 식으로 대화를 많이 하는 부부인지 아닌지 금방 구분이 되었습니다. 아내보다 남편들이 이 상황을 더 어색해하고 멋쩍어했습니다.

먼저 부인들에게 남편에게 오늘 여행 중 있었던 일에 대해 1분간만 이야기하라고 요청했습니다. 단, 이때 남편들은 아내의 이야기를 경청하지 말고 딴짓을 하라고 지시했습니다. 시작 지시를 내리자, 남편들은 제각기 이야기는 듣지 않고 핸드폰을 만지작거리거나 왔다 갔다 하거나 다른 부부들 대화 나누는 모습을 보는 등 딴전을 피우기 시작했고, 아내들은 그런 남편에게 열심히 이야기를 했습니다. 1분이라는 시간은 생각보다 길었습니다. 끝나고 소감들을 물었더니 이구동성으로 "평소에 우리 집에서 벌어지는 상황과 똑같다"고 했습니다.

부인들은 "기분이 무척 나쁘다, 이야기할 맛이 나지 않는다, 시간이 잘 안 가는 것 같았다"는 등의 반응을 보였습니다. 저는 장난삼아 "한 대 쥐어박고 싶으시죠?" 했더니 다들 고개를 끄덕이며 공감했습니다. 어떤 남편은 "며칠 전 집에 들어가서 '여보 나 왔어요.' 했는데도 아내는 TV만 보고 있었다"며 "우리 집에서는 아내가 잘 경청해주지 않는다"고 불만을 토로했습니다. 그 이야기를 계기로 여기저기에서 평소 배우자의 경청

태도에 대한 불만이 마구 쏟아져 나왔습니다. 어느 남편은 "사실 집에 들어가 아내와 이야기를 10초 이상 해본 적이 없는 것 같다"며 "밖에서 녹초가 된 상태로 집에 들어가는데 아내와 이야기할 기운이 별로 남지 않는다"고 했습니다. 다들 경청에 대해서는 문제도 많고 할 말도 많은 것 같았습니다.

이번에는 아내들이 이야기하되 남편들이 경청해달라고 했습니다. 이때 경청은 그냥 말을 듣는 것이 아니라 눈을 똑바로 보고 상대방의 이야기에 맞장구를 치는 것이라고 설명했습니다. 마치 판소리에서 추임새를 넣는 것과 같다고 말입니다. '아아, 그래, 정말? 어떡해' 등과 같은 감탄사를 하라고 했습니다.

부부간에 경청 자세로 이야기를 하도록 했더니 어느 부부는 젊은 연인이 이야기하는 것처럼 서로 얼굴을 가까이 하고 도란도란 이야기를 하는가 하면, 어느 부부는 1분이라는 짧은 순간마저 힘들어하며 이야기를 잘 나누지 못했습니다. 이어 남편과 부인이 역할을 바꾸어 실습을 해보았습니다. 점차 분위기가 고조되어 경청 실습효과가 나타나기 시작했습니다.

실습이 끝난 뒤, 모두들 입을 모아 부부간에 전혀 경청하지 않고 산다고 했습니다. 대화를 하긴 하지만, 서로 마주 보고 하는 경우도 드물고 맞장구를 치는 경우란 거의 없었습니다. 부부간 가장 흔한 대화 모습은 남편이든 부인이든 한쪽이 이야기를 하면 다른 한쪽은 TV나 핸드폰을 보는 것이었습니다. 학자들이 이야기하는 경청에는 세 가지 종류가 있습니다. '능동적 경청active listening, 수동적 경청passive listening, 배우자 경청spouse listening'이 그것입니다. 여기서 명명한 '배우자 경청'이 무엇을 의미하는지 직감하셨죠? 귀담아 듣지 않고 딴전 피우는 것은 물론, 중간중간에 끼어들고 말을 잘라버리는 것을 뜻합니다. 오죽하면 이런 표현이 나왔겠습니까?

왜 부부들은 이렇게 살까요? 연애시절에는 호수 같은 상대방의 눈에 빠져 익사할 것처럼 눈을 빤히 쳐다보던 사람들이, 왜 그 눈 쳐다보기를 그만두었을까요? TV와 핸드폰이 왜 그 자리를 대신하게 되었을까요? 부부간의 갈등은 여기에서 출발하는지도 모르겠습니다. 모두 유익한 시간이었다며 나이가 들수록 경청하는 습관을 배워야겠다고 자성했습니다. 그러나 곰곰이 생각해보면 경청하는 습관을 새로 배울 필요는 없을 것 같습니다. 20대 때 그리 잘했던 경청의 습관을 다시 되살리기만 하면 됩니다.

또 한 가지 묻고 싶은 것이 있습니다. 부부간에 대화할 때 서로 존댓말을 하시나요, 아니면 반말을 하시나요?

아내와 두 번째 데이트를 하던 날, 세 살 연하인 아내는 존댓말을 쓰는 제가 어색해 보였던지 저에게 "반말을 하세요"라고 권했고, 그날부터 아내에게 반말을 하며 지냈습니다.

아내도 결혼 초기에는 반 올림말을 하더니 세월이 지나자 둘이 있을 때는 같이 반말을 하는 경우가 늘어갔습니다. 그러던 것이 점점 대담해져 다른 사람이 있을 때도 습관적으로 반말을 하게 되었습니다. 사실 부부 관계라는 것이 묘해, 10년 이상 연배 차이가 나는 부부도 반말을 하는 경우가 왕왕 있고 그것이 어색하기는커녕 정겨워 보이기도 합니다.

그러니 3년 차이인 저희 부부의 경우 서로 반말을 쓴 것은 어쩌면 당연할 수도 있습니다.

그런데 25년간 아무 문제없이 들리던 아내의 반말이 갑자기 귀에 거슬리기 시작했습니다. 2011년 8월 제가 검찰을 퇴임한 이후부터는 아내의 반말이 가끔 듣기 싫더니 점점 그 도가 심해졌고 아내에게 이를 지적하기에 이르렀습니다. 처음의 명분은 이러했습니다. '다른 사람들 있는데서 나에게 반말을 하면 당신이 격이 떨어지니 존댓말을 쓰는 것이 좋겠다'고 했습니다. 그러나 사실 속내는 '내가 검찰을 그만두고 나니 세상이 그렇듯이 당신도 나를 무시하는 것 아니냐. 그러니 반말을 하지 마'라는 것이었습니다. 그러나 그 말을 직선적으로 하기에는 왠지 자존심도 상하고 초라하게 느껴져 다른 명분을 갖다 댄 것입니다.

저는 이쯤 이야기하면 아내가 알아서 저의 심정을 헤아려 저에게 극진히 존댓말을 써줄 것으로 생각했습니다. 그런데 돌아온 반응은 예상 밖이었습니다. "좋아요. 존댓말을 쓸 테니 당신도 저에게 존댓말을 쓰세요. 그것이 서로 존중하는 것이 되어 모양이 좋지 않을까요." 이 말을 듣자 저는 이런 말이 불쑥 튀어 나오려는 것을 간신히 참았습니다. '어라, 이제는 맞먹겠다는 것이군. 당신이 나보다 어리잖아. 그러니 당연히 당신은 나에게 존댓말을 해야 하고 나는 당신에게 반말을 할 수 있는 것 아니야. 내가 공직을 떠났다고 당신마저 나를 무시하는 거야.' 사실 공직을 떠난 것과 존댓말과는 아무 관계가 없는데도 저는 존댓말의 문제를 힘의 문제로 인식하고 있었습니다.

아내에게 존댓말을 들으려다가 오히려 아내에게 존댓말을 해야 하는 상황이 되어버린 것입니다. 그러나 저의 인식 속에는 또한, 사랑하는 사이에는 당연히 반말을 하는 것이 애정의 표시이니 존댓말을 쓰면 멀어지는 것 아닌가, 하는 생각도 있었습니다. 이런 이유로 연하의 아내에게 존댓말을 쓰게 되는 상황을 도저히 받아들일 수가 없었습니다.

이때 먼 옛날의 기억이 떠올랐습니다. 1991년 7월 제가 스페인으로 유학을 떠날 당시, 훗날 법무부장관이 된 정성진 실장님 내외분이 저희 부부에게 식사를 사주신 적이 있었습니다. 그때 저는 실장님 부부의 대화를 듣고 깊은 인상을 받았습니다. 두 분은 저희 부부 앞에서 서로 존댓말을 쓰셨습니다. 그런데 그 광경이 그리 아름답고 격조 있게 느껴질 수 없었습니다. 어쩌면 저는 그 사모님이 실장님을 극진히 모시는 모습에 더 매료되었는지도 모릅니다. 그 뒤로도 상사 부부와 식사를 할 경우가 여러 번 있었는데, 이와는 달리 부부간에 반말을 하는 경우도 많이 있었습니다.

사실 부부간에 어떤 식으로 말을 할 것인지는 전적으로 사적 영역에 속하는 문제입니다. 그런데 왜 저는 25년간 반말을 하던 아내가 갑자기 불편해지고 같이 존댓말을 하자는 아내의 제의가 도전처럼 느껴졌을까요.

우리나라 말에는 영어와 달리 존댓말이 있습니다. 그런데 존댓말은 서열과 권위의 문제로 인식됩니다. 그래서 상대방이 저에게 존댓말을 하면 상대가 저를 존경하고 있다고 느끼게 되고, 반대로 반말을 하면 상대가 저를 무시하고 있다고 느끼게 됩니다.

이런 이치는 부부 관계에도 적용되는 것 같습니다. 사랑의 감정이 강하고 이것이 다른 모든 감정을 능가하던 시기에는, 서로 반말을 하는 것이 너무도 당연하게 받아들여질 것입니다. 존댓말을 하는 부부도 아마 침실에서 사랑을 나눌 때는 반말을 하지 않을까요?

그러나 세월이 흘러 사랑의 감정이 식고 다른 감정들이 서서히 고개를 들게 되면 사정은 예전 같지 않습니다. 그러나 상대방에게서 '사랑'을 바라는 아내와 상대방에게서 '존경'을 원하는 남편은 자기 입장에서 일방적으로 해석합니다.

저의 입장에서 저는 여전히 아내를 사랑하고 있다고 우기지만, 아내는 저의 사랑이 예전 같지 않다고 느낄 것입니다. 반대로 아내는, 저에 대한 존경이 제가 검사를 할 때나 변호사를 하는 지금이나 달라질 것이 전혀 없다고 늘 이야기하지만 저는 아내의 일거수일투족에서 존경의 깊이가 예전 같지 않다고 느낍니다.

그러니 늘 듣던 반말이 이제 와 달리 들리는 것은 어쩌면 너무도 당연한 것입니다. 저에 대한 존경을 의심해본 적 없던 예전에는 아내가 반말을 하든 존댓말을 하든 아무 관계없이 아내가 사랑스러웠습니다. 그러나 나이가 들고 사랑의 유통기한도 지난 지금에는, 아내의 반말이 저를 존경하지 않는 표현으로 느껴집니다. 어쩌면 진실일지도 어쩌면 억지일지도 모르지만 사람이 느끼는 감정이란 이처럼 유치한 것입니다. 그리고 그 유치한 감정은 시간이 흐르면서 확대 재생산됩니다. 반대로 아내 입장에서도 남편의 사랑을 추호도 의심해보던 적이 없던 시절에는 남편이 반말을 하는 것이 너무도 당연했고 편안했을 것입니다. 그러나 오랜 세월 살다 보니 서로 약점을 다 노출했고 몇 번 벌어진 전투에서 상처도 입고 보니, 남편의 반말이 이제는 자신을 무시하는 것으로 들리는 게 너무도 자연스러운 변화입니다.

자, 이러니 어찌하여야 하나요? 가장 좋은 것은 신혼 초기로 사랑과 존경의 감정을 되돌리는 것이겠지만, 그건 치매가 걸리기 전에는 불가능한 일이니 방법을 달리하여야 하겠습니다. 서로에게 상처를 주는 반말을 존댓말로 바꾸어 살아보는 것입니다. 처음에는 어색하고 부부가 남같이 멀게 느껴질지도 모르지만 잘만 하면 성숙하고 교양 있는 중년의 부부로 탈바꿈할 것입니다.

이런 생각으로 저희 부부가 존댓말을 쓴 지 몇 년이 되었습니다. 생각보다 효과적인 것 같습니다. 아내가 저를 무시한다는 불필요한 느낌도 사라지고 저도 존댓말을 쓸 때면 아내를 존중한다고 느껴집니다. 부부마다 사정이 달라 한마디로 말할 수는 없지만, 혹시 사랑이나 존경이 식었다고 서로 투덜거리는 부부들은 한번 시도해볼 만한 해법입니다. 머리가 하얀 부부가 손을 잡고 서로에게 존댓말을 하는 모습이 서로 티격태격하며 반말하는 노부부보다 더 아름다워 보이는 것은 사실입니다.

아들은 어느새 이리 자랐을까

어느 부모나 자식이 커나가는 모습을 보는 것은 기쁨입니다. 철없던 아이들이 어느새 훌쩍 커버려 부모들보다 더 성숙한 생각을 하면 왠지 낯설고 무서워지기도 하지요.

2013년 6월 17일, 미국에서 사립 고등학교를 다닌 아들 졸업식에 참석했습니다. 그 학교는 졸업식을 이틀에 걸쳐 했는데, 첫날은 편안한 졸업식 전야 파티였습니다.

저희 테이블에는 두 명의 졸업생과 그 가족이 앉았습니다. 다른 학생 가족과 인사를 나눈 뒤 식사를 했습니다. 저는 무심결에 아들에게 이렇게 물었습니다. "앞에 앉은 아이는 어느 대학교에 들어갔니?" 이 질문에 아들은 "잘 몰라요"라고 대수롭지 않게 대답했습니다. "왜 몰라. 별로 좋지 못한 대학교에 들어간 모양이구나. 공부를 잘 못했나 보지." 저는 한국 아빠답게 다시 캐물었습니다. 이에 대해 아들은 이상하다는 듯이 이렇게 답했습니다.

"아빠, 미국에서는 어느 대학교에 들어가느냐를 별로 중요하게 생각하지 않아요. 공부 잘하면 좋은 대학교에 들어갈 수는 있지만 모든 학생들이 좋은 대학교에 들어가려고 하진 않아요. 본인이 공부 이외에 다른 것에 관심이 있으면 그곳으로 진학해요. 그리고 그것을 당연하게 여겨요."

너무 예상치 못한 답변이었습니다. 다시 "에이, 그럴 리가. 고등학교에서도 아이비리그 대학교에 몇 명이 합격했는지 중요하게 여기지 않니." 하자, 아들은 "예, 그것을 중요하게 여기지만 모든 학생들이 좋은 대학교에 들어가는 것을 목표로 삼지는 않는다는 말이에요." 했습니다. 저는 순간 아들의 말이 잘 납득이 가지 않았습니다.

"아빠, 한국에서도 전인교육이라는 말이 있고 소질을 계발한다는 말이 있지만, 학생이나 부모님의 속마음은 모두 좋은 대학교에 들어가기를 바라잖아요. 그런데 여기는 교육의 목표와 학생과 부모의 속마음이 일치해요."

허허, 점점 아들이 저를 가르치고 있었습니다. 1백 퍼센트 납득이 가는 것은 아니었지만 아들 친구에 대해 물은 첫 번째 질문이 '어느 대학교에 들어갔니'였다는 사실에 대해서는 창피한 생각이 들었습니다. 그 친구를 나타내는 특질은 학업 성적 말고도 많은 것이 있을 텐데 저는 그런 것들에는 관심이 없었던 것입니다. 솔직히 학생에 대해 학업 성적 이외에 무엇을 물어보아야 하는지 잘 알지도 못했습니다. 그러나 곰곰이 생각해보니 여러 가지 질문이 생각났습니다. "걔 운동은 잘하니? 성격은 좋으니? 리더십이 있니? 예술적 소양은 어때? 다른 사람에 대해 잘 배려하니? 열정은 많아?" 이 이외에도 수많은 질문이 있을 수 있음을 깨닫고 스스로 놀랐습니다. 왜 우리는 고등학교 졸업생을 이렇게 다양한 시각에서 보지 못하고 오직 "어느 대학교 들어갔니?"만 묻고 있는 것일까요.

다행히 저희 아들은 그런대로 공부를 잘해 좋은 대학교에 들어갔고 성적이 우수한 학생에게 주는 쿰 라우데cum laude 상을 받았습니다. 그런데 아들의 설명에 따르면, 쿰 라우데 상을 받은 학생들을 모아놓고 교장 선생님이 그 전날 이런 말씀을 하셨다고 합니다.

"너희들이 다른 학생들보다 우수하여 이 상을 받았다고 생각하지 않기를 바란다. 너희는 부모님께 우연히 좋은 머리를 물려받아 공부를 잘하게 되었다는 점을 기억하기 바란다. 즉, 다른 학생들과 그 점에서 차이가 있을 뿐이다. 누구는 좋은 머리, 누구는 좋은 신체, 누구는 좋은 성품을 타고나지."

좋은 머리를 타고났다는 것은 하나의 조건에 불과한 것입니다.

교장 선생님은 마지막 인사말에서 내일 졸업식은 좀 기니 사전에 각오를 하라고 말씀하셨습니다. 저는 길면 얼마나 길까 짐작했는데, 정작 참석해보니 생각보다 졸업식이 엄청 길었습니다. 아침 9시에 시작된 졸업식은 12시가 다되어 끝이 났습니다. 무슨 행사가 그리 많았냐구요. 딱 한 가지 행사만 있었습니다. '졸업장 수여' 한 가지에 세 시간이 걸렸습니다. 저도 한국에서 여러 번의 졸업식에 참석했고 미국에서 아들 중학교 졸업식에 참석해본 적이 있었습니다. 그런데 기껏해야 한 명 한 명 졸업장을 주느라 시간이 소요될 뿐이었습니다.

그런데 이 학교는 달랐습니다. 교장 선생님이 학생에게 졸업장을 그냥 주는 것이 아니라 졸업장을 주기 전에 학생을 단상에 세우고 많은 하객들이 보는 앞에서 선생님 한 분이 나오셔서 미리 써온 그 학생에 대한 소개글을 2분 정도 낭독했습니다. "이 학생은 무슨 클럽의 회장이고 무슨 대회에 나가 상을 받았고 무슨 운동 팀에 소속되어 있고 어느 선생님의 평가서에 의하면 이런 장점이 있습니다." 그냥 형식적으로 '성실하고 열정적이며 품행이 방정한 학생이다'라고 말하는 것이 아니라, 구체적으로 실례를 소개하며 위트 있게 설명하여 객석을 재미있게 만들어주었습니다. 제 아들에 대한 여러 가지 코멘트 중에 이런 것이 있었습니다. "정민이는 학교 모든 행사의 비공식 공동 주최자였습니다." 무슨 뜻인가요. 모든 일에 빠짐없이 참여하고 나아가 주최 측처럼 일을 적극적으로 한다는 뜻이었습니다. 객석에서는 웃음이 터져 나왔습니다. 저는 한 학생 한 학생 모두를 주인공으로 만들어준 졸업식을 지켜보면서 '대학교 합격만 고등학교 교육의 목표가 아니'라고 했던 아들의 설명이 이해가 되었습니다.

이렇게 졸업한 아들 녀석이 2013년 7월 22일, 한 달간의 유럽 배낭여행을 마치고 귀국했습니다. 저희 부부가 인천공항에서 만난 아들은 한 달 전의 그 아이가 아니었습니다.

차를 타고 집으로 오는 길에 아내가 아들에게 "유럽여행은 어땠니?" 하고 물었습니다. 이 질문에 아들은 천연덕스럽게 이렇게 대답했습니다. "엄마, 제 인생에 세 번의 전환점이 있었는데요. 그 첫 번째가 초등학교

4학년 때 미국 미시간 주 그랜래핏으로 어학연수를 간 것이고요. 두 번째가 캘리포니아 주 오하이 밸리에 있는 대처 고등학교에 입학한 것이고요. 세 번째가 이번 유럽 배낭여행이었어요." 저는 궁금해 이렇게 되받았습니다. "뭐가 그렇게 좋았는데?"

"다른 사람들과 달리 저희 세 사람은 저희들만의 방식으로 여행을 했어요. 고등학교 동창인 미국인 파커, 대니얼과 저는, 미국 샌프란시스코에서 암스테르담 가는 비행기 티켓과 로마에서 각자 집으로 돌아가는 비행기 티켓만 예약했어요. 나머지는 아무것도 예약하지 않은 채 저희들이 하고 싶은 대로 여행을 다녔어요. 한 달 동안 일곱 개 국가 열 개 도시를 다녔는데, 어느 도시에 가서 너무 좋으면 며칠을 지내고 다음 도시로 옮기는 식이었어요. 미술관도 가고 클럽도 가고 관광명소도 들렀어요. 식사는 식당에 가기도 했지만 파리에서는 센 강변에 앉아 흘러가는 센 강을 바라보며 사 가지고 간 음식을 꺼내 먹기도 했어요. 유레일 패스를 끊어 기차로 이동했고 잠은 유스호스텔에서 잤는데, 좋았어요. 유스호스텔에서 50여 명 이상의 외국 학생들을 만나 대화도 나누었고 친구들을 많이 사귀어 앞으로는 어느 나라를 가도 친구가 한두 사람은 있을 거예요.

그런데 아무도 저희 방식으로 여행을 하는 사람은 없더라고요. 사전에 숙소를 예약하여 그 스케줄에 따라 움직이는데, 저희에게는 그런 스케줄 자체가 없었어요. 여행 중에 한국에서 온 여행객들도 많이 만났는데, 여행에 지친 모습들이었어요. 단체 관광객이다 보니 로마에서도 관광 명소에 가서 사진 찍기 바빴어요. 그분들은 여행을 즐기지 못하는 것 같았어요. 저희는 여행 자체를 즐기는 것을 목표로 삼았어요. 무척 많이 걸었는데 걸으면서 도시를 느긋하게 즐기는 것이 너무 좋았어요. 이 빌딩을 지은 사람은 어떤 생각으로 이렇게 지었을까? 이 가게는 어떤 사람이 운영하고 있을까? 이런 것들을 생각하니 하나하나가 다 새롭게 느껴졌어요."

속사포처럼 내뿜는 아들의 여행 이야기는 끝이 없었습니다. 목소리에는 그런 방식으로 여행한 스스로에 대한 자부심이 가득했습니다. 그런 아들을 바라보자 이런저런 생각이 들었습니다. '이제 아들이 아빠를 넘어서고 있구나' 하는 대견함, '우리는 스무 살 젊음에 이런 생각을 했던가' 하는 부러움, '그런 생각이 자만으로 흐르면 안 될 텐데' 하는 부질없는 걱정 등이 교차했습니다. 이러는 사이 차는 집 주차장으로 들어서고 있었습니다.

그다음 날, 아들을 데리고 외출했습니다. 아들이 저에게 빌딩 색깔이 바뀌는 것을 가리키며 이런 이야기를 했습니다. "아빠 저런 것을 감상하셔야지요. 얼마나 아름다워요. 그런데 사람들은 그저 어느 곳으로 가기만 하는 것 같아요. 저는 유럽을 여행하면서 도시에서 사람과 빌딩을 보며 걷는 것을 즐겼어요. 그러는 것이 여행 아닌가요."

순간 어떻게 대응해야 할지 몰라 멍해졌습니다. 인생을 살면서, 멈추면 달릴 때 못 보던 것을 볼 수 있다는 너무나도 당연한 진리를 몰라서 실천하지 못한 것은 아니었습니다. 책을 좋아하는 제가 혜민 스님의《멈추면 비로소 보이는 것들》이라는 베스트셀러를 굳이 사지 않은 것도 제목에 있는 '멈추라'는 단어에 나름대로의 반감이 들어서였습니다.

초등학교 시절부터 지금까지 늘 달리기만 했습니다. 물론 때론 멈추기도 하고 쉬기도 했지만 마음속에는 늘 달려야 한다는 명제를 안고 살았습니다. '혜민 스님은 세속적인 성공이 필요 없는 스님이니까 그렇게 이야기하지만 한국 사회에서 멈추기만 하면 과연 얻을 수 있는 것이 무엇일까? 성공에서 멀어진 평범한 사람들에게 주는 일종의 청량음료 같은 것 아닐까? 순간은 시원할지 몰라도 근본적인 해법은 아니지 않은가. 오히려 달리면서도 그 속도감 속에서 편안함을 느끼는 법을 가르쳐주어야 하는 것은 아닌가.' 이런 반론을 가지고 있었는데 오늘 아들에게서 엄청난 도전장을 받은 것입니다.

아들에게 무슨 말을 하여야 할지 몰라 즉답을 하지 못했습니다. 쌀국수 집에서 쌀국수를 먹는 동안에도 제가 별말이 없자 아내가 무슨 일이 있느냐고 물었습니다. 저는 잠시 기운을 차리고 아들에게 이런 말을 했습니다.

"네가 느끼는 여유를 아빠가 느끼지 못하는 것을 이해해주었으면 해. 젊은 날부터 그런 훈련이 되어 있지 않기 때문이지. 아빠도 너처럼 느끼려고 노력하지만 노력만으로는 한계가 있더구나. 늘 무엇을 할 것인지 수첩에 적고 그것 하나하나를 지우는 재미로 살아왔지. 휴일에는 그저 아무 일 하지 말고 쉬라고 엄마가 권하기도 했지만, 그게 잘 안 된다는 것을 깨닫고 포기한 지 오래야. 그런데 네가 두 가지를 기억해주었으면 좋겠구나. 첫째, 인생을 살면서 밸런스를 유지하면 좋겠다. 천천히 걸으며 매 순간을 느끼고 만끽하는 것도 중요하지만 치열하게 경쟁하며 달려야 하는 순간도 아름다운 시간임을 기억했으면 좋겠어. 그리고 다른 사람이 너와 같이 생각하지 못한다고 열등하다거나 측은하다거나 하는 생각을 갖지 않으면 좋겠다. 개개인은 모두 처지가 다르니까 말이다."

유럽 여행의 흥분이 가시지 않은 아들이 강남역 주변을 마치 파리 시내 걷듯이 걷고 싶다는 데 흔쾌히 동의하지 못하고 토론을 벌인 제가 옹졸하다는 생각이 들었습니다.

집에 돌아와 침대에 누운 아들에게 다가가 등을 쓰다듬으며 마음속의 불편함을 이런 방식으로 풀었습니다.

"정민아, 아빠는 네가 대견하구나. 넌 이번 여행에서 인생에서 정말 중요한 많은 것을 배웠구나. 네가 이번 여행에서 느낀 생각을 평생토록 잊지 말고 살거라. 결국 살아보면 인생에는 '현재'밖에 없더구나. 현재를 잘 느끼고 살아가는 것, 그것이 무엇보다 중요하다는 사실을 깨닫는 데 많은 시간이 필요하지. 아빠도 그 깨우침을 얻은 지 얼마 되지 않았으니까. 잘 자거라."

"아빠, 사랑해요."

아들과 나눈 인생에 대한 토론은 이런 식으로 끝이 났습니다. 아들 방을 나서며 훌쩍 커버린 아들과 대화를 더 자주 해야겠다고 생각했습니다.

보석보다 더 반짝이는 딸에게

아이들과의 관계를 어떻게 정립하느냐는 순전히 부모의 책임입니다. 아이들은 그저 자신의 본성대로 자라지요. 그러나 부모는 자식이 자기가 원하는 대로 자라주기를 바랍니다. 부모도 그들의 부모님들이 원한 대로 성장하지는 못했으면서도 자기모순에 빠지는 것이지요. 저와 딸아이의 관계가 그렇습니다.

대기업에 취직한 딸아이가 문득 이런 말을 했습니다. "아빠, 나 직장 그만 다니면 안 될까?" 저는 그 말이 무슨 뜻인지 잘 압니다. 그토록 들어가고 싶어 했던 직장, 또 그토록 하고 싶었던 일을 하는 그 아이가 직장에서 힘들고 지쳐 이제는 버틸 힘이 없나 봅니다. 밤 12시를 넘겨 퇴근하는 것이 일상이 된 지 오래이고 긴급 작업 때문에 밤을 새우고 들어오는 일도 많아졌습니다. 물론 주말에도 종종 출근합니다. 무슨 이런 직장이 있나 싶지만 엄연한 현실입니다. 게다가 처음이라 실수투성이일 테니 상사로부터 야단도 많이 맞는 눈치입니다. 그것도 눈물이 쏙 나오게, 호되고 매섭게 혼나 가슴 한구석에 멍이 든 것 같습니다. 그 멍이 상처가 되고 진물이 날 정도가 되자 "아빠, 나 직장 그만 다니면 안 될까?" 하는 말이 나오기에 이르렀습니다.

그 아이에게 무슨 말이 위로가 될까요. '처음 직장 생활은 다 그래. 조금 지나면 익숙해질 거야'라는 뻔한 말이 위로가 될까요. '무슨 그런 직장이 있니. 착취다 착취. 상사는 또 왜 그러니. 잘 가르쳐주지. 신입사원이 뭘 그렇게 잘할 거라고 야단을 치니.' 이런 맞장구가 그 아이의 마음을 달래는 데 도움이 될까요. 저는 아빠로서 또 새로운 문제를 풀어야 합니다. 그런데 저는 그 아이가 가진 고민의 깊이와 넓이를 진지하게 들어주고 같이 힘들어해주고 같이 풀어내는 성숙함을 보여주기는커녕 남의 일 이야기하듯 "그래, 그만둬." 하고 말았습니다.

물론 저는 압니다. 딸아이가 저의 퉁명스러운 대꾸에 숨은 의미를 읽어낼 정도로는 어른이 되어 있다는 것을 말입니다. 그래도 그 아이는 섭섭했을 것입니다. 딸아이가 저에게 힘들게 이야기한 고민을 발로 뻥 차버리고 말았습니다. 왜 그랬을까? 이내 후회했지만 이미 내뱉은 말은 그 아이의 가슴을 통과해 저만치 달려가버렸습니다. 그러나 딸아이는 천성이 낙천적이고 명랑합니다. 며칠이 지나자 아빠에게 들은 퉁명스러운 말은 모두 잊어버리고 씩씩하게 일터로 갔습니다. 그러나 저는 이렇게 이야기했어야 합니다.

"아빠가 처음 검사가 되었을 때의 일이란다. 초임 검사로서 아빠의 자신감은 대단했지. 당시 소년사범 수사를 담당하던 서울지검 형사 5부에 근무하고 있었는데, 하루는 부장검사님이 작년도 소년사범의 현황을 분석하고 그 대책을 강구해보라고 지시했던 거야. 나는 보고서를 어떻게 써야 하는지 몰라 한 달을 끙끙댄 끝에 10여 페이지가량의 보고서를 만들어 갔지. 지금 생각하면 얼굴이 화끈거리는 엉성한 보고서야. 부장검사님은 그 보고서를 한번 훑어보시더니 바로 서랍 속에 넣으시는 거야. 나는 그 순간, 무엇인가 잘못되었다는 것을 직감적으로 알아차렸어. 그러나 투덜거리기만 했어. 어떻게 보고서를 써야 하는지 잘 가르쳐주지도 않고 써보라고 하고는 애써 써왔는데 수고했다는 한마디 말도 없다니.

아마도 이런 마음이 계속되었으면 아빠의 검사 생활은 빨리 끝났을지 모르지. 그런데 그로부터 한 달이 채 못 되었을 때, 부장검사님 위에 계시는 차장검사님이 부르셔서 들어갔더니 이렇게 물으시는 거야. '조 검사, 일기 쓰나?' '안 쓰는데요.' '그러니까 문장이 이 모양이지. 이게 문장이야!' 상사에게서 치욕적인 말을 듣고 나온 거야. 아빠는 그날의 충격을 검사직 마치는 순간까지 한 번도 잊은 적이 없단다. 다시는 이런 평가를 받지 않겠다는 마음이, 그 뒤로 제법 보고서를 쓴다는 평가를 받게 하는 원동력이 되었지. 지금 무엇을 틀리고 잘못하여 야단맞는 것은 아무런 의미가 없단다. 긴 직장 생활, 나아가 너의 인생에 오히려 약이 되지. 너는 아마도 10년 뒤 오늘을 회상하며 그때 그 매섭던 상사 덕분에 오늘의 네가 있게 되었다고 이야기할 게다."

다 자랐든 아직 어리든, 자녀는 항상 어린아이입니다. 아이들 중에는 넘어지면 훌훌 털고 일어나는 아이도 있지만 그 자리에 앉아 우는 아이도 있습니다. 부모님들은 우는 아이를 보고 속상해 오히려 야단치기도 하지만, 그 순간 그 아이에게 가장 필요한 것은 아빠의 손이요 엄마의 가슴입니다. 먼 옛날 제가 넘어져 울고 있을 때 저를 일으켜주신 분은 아버지셨고 흙을 털고 상처를 호호 불며 울고 있는 저를 꼭 껴안아주신 분은 어머니셨습니다. 그러기를 몇 차례, 그 뒤 저는 넘어져도 울지 않을 수 있었고 더 이상 넘어지지 않게 되었습니다.

그런데 왜 딸아이가 넘어지는 것에 대해서는 너그러이 이해하지 못하고 아쉬워하고 속상해했을까요. 저는 딸아이를 미완성된 하나의 인격체로 대하지 않고 저의 액세서리로 여기고 있던 것 아닐까요. 그러니 그 액세서리가 완벽하게 빛을 발하지 못하면 속상하고 아쉬워하는 것 아닐까요.

이후 꼭 1년 뒤의 일입니다. 딸아이가 저에게 전화를 했습니다. 서로 간에 좀처럼 전화가 없는 사이인지라 의아했습니다.

"아빠, 조수미가 부른 〈나 가거든〉이라는 노래를 부를 가수를 위해 무대를 디자인하고 있는데 아이디어가 필요해요. 초안을 보내드릴 테니 보시고 의견 주세요."

대기업 엔터테인먼트 회사의 무대 디자이너로 입사하여 1년째 근무하고 있는, 아직은 신입사원인 딸아이가 어느 가수의 무대를 디자인하다가 저에게 SOS를 친 것입니다. 저는 좀 당혹스러웠습니다. 얘가 진짜 나의 아이디어가 필요해 연락한 것일까? 아니면 제가 딸아이와 서먹서먹하게 지내는 걸 늘 안타까워하는 아내가 딸아이를 시켜 의도적으로 전화한 것은 아닐까? 딸아이와의 전화 한 통화에도 이런 분석을 하는 저는 그다지 좋은 아빠는 아닌 것 같습니다.

이메일로 보내온 초안을 보고 저는 어느 정도 의견을 내야 하는지 다시 한 번 고민에 빠졌습니다. '정말 냉정하게 코멘트를 하여야 하나. 아니면 무조건 잘 만들었다고 립서비스하고 형식적으로 한두 마디 해야 하나.' 드라마 〈명성황후〉의 주제가인 〈나 가거든〉의 무대는 당연히 비장함이 있어야 하고 시해당한 국모에 대한 통한과 애잔함이 표현되어야 하는데 딸아이가 보내온 초안에 사용된 꽃은 뜻밖에도 일본의 국화인 벚꽃이었습니다. 저는 딸아이와 통화하면서 조심스럽게 의견을 이야기하기 시작했습니다.

"아무래도 꽃은 바꾸는 것이 좋겠어. 무궁화까지는 그렇다고 하더라도 우리나라를 표현하는 꽃이면 좋겠어. 그리고 부채를 이용한 것은 좋은데 노래 배경이 궁중인데 그에 대한 상징성이 좀 부족한 것 같으니 궁궐 처마 같은 것을 상징화하여 가미하면 어떨까?"

무대 디자인에 대해 전혀 문외한인 저는 딸아이와 이야기를 나누며 저도 모르게 의견 교환에 몰입했고 딸아이는 그런 저의 의견을 진지하게 경청해주었습니다. 저는 마치 사무실의 어느 새내기 변호사와 토론을 하고 있다는 착각에 빠질 정도였으니까요. 전화를 받고 이 전화가 어떤 의미일까 고민하던 것은 어디론가 사라지고 딸아이와 한참을 재미있게 토론했습니다. 토론 끝에 딸아이는 이렇게 말했습니다.

"역시 아빠와 이야기하니 좋은 아이디어가 많이 떠올랐어요. 아빠, 고마워요."

저는 순간 멍해졌습니다.

저와 딸아이의 관계는 그다지 좋지 않았습니다. 딸아이가 저에게 무슨 불만이 있어서가 아니라 일방적으로 제가 딸아이에게 아쉬움이 있기 때문입니다. 자식이 부모의 액세서리여서는 안 된다는 것을 이론적으로 너무도 잘 알지만 마음속 깊은 곳에서 딸아이는 제게 여전히 액세서리였습니다. 제가 딸아이 윤아에게 아쉬움이 있는 것은, 이렇다 하게 잘했다고 인정해줄 만한 것이 별로 없었기 때문입니다.

이런 저에게 아내는 늘 불만을 가졌습니다. '윤아가 천사처럼 착하고 예쁜데 더 뭘 바라냐'고 답답해합니다. 그러나 저는 무엇인가 채워지지 않는 아쉬움이 있었습니다. 250 대 1의 경쟁률을 뚫고 회사에 입사한 것은 물론 박수를 받을 만한 일이지만 그 뒤 회사 생활을 보면 늘 실수투성이였고 상사에게 걸핏하면 야단맞아 울고 매일같이 회사를 다닌다 못 다닌다, 엄마와 상담하니, 지켜보는 저로서는 속상하기 짝이 없었습니다. 이러니 관계가 좋을 수 없었습니다. 이러던 차에 저에게 전화를 걸어 디자인을 상의한 것입니다. 디자인 상의는 그렇게 끝이 났습니다.

그런데 며칠 뒤, 아내가 밤에 M-net 방송에서 하는 〈보이스 오브 코리아〉 파이널 무대를 보러 가자고 하였습니다. 아이들 프로그램 같은데 무엇 하러 그런 것을 보러 가냐고 묻자, 아내 말이 '윤아가 무대 디자인을 전부 했으니 보러 가자'는 거였습니다. 그 순간, 얼마 전 윤아가 상의해온 〈나 가거든〉의 무대 디자인이 떠올랐습니다. '아하, 그게 이 〈보이스 오브 코리아〉 파이널 무대 중 하나였구나.'

〈보이스 오브 코리아〉 생방송이 시작되었습니다. 그날이 마지막 날로, 최종 경합자 네 명이 각각 두 곡씩 불러 시청자 투표로 우승자를 가리는 무대였습니다. 저는 솔직히 누가 누구인지도 모르고 그들이 부르는 노래에 관심도 없었습니다. 오로지 딸아이가 만든 여덟 개의 무대가 잘 만들어졌는지에만 관심이 쏠려 있었습니다. 각 후보가 노래를 부르기 전에 그가 부르는 노래에 맞는 무대를 세팅하고, 그 노래가 끝나고 이미 녹화해둔 다음 후보의 이야기가 TV 화면으로 전해지는 2분 동안 먼젓번 무대를 빼내고 다음 곡을 위한 무대를 설치해야 했습니다. 그러니 조금의 실수라도 있으면 생방송 사고가 나는 상황이었습니다. 사회자가 나와 멘트를 하고 녹화 테이프가 돌아가는 순간, 첫 번째 무대가 만들어지기 시작했습니다.

저와 아내는 딸이 어디에 있나 고개를 쭉 빼들고 찾기 시작했습니다. 그러나 이내 우리는 그럴 필요가 없다는 것을 알아차렸습니다. 딸아이는 무대 중앙에서 스태프들을 지시하며 무대 세팅 작업을 진두지휘하고 있었습니다. 아니, 이게 어떻게 된 일입니까? 허구한 날 상사에게 야단맞고 회사를 그만두겠다던 아이가 마치 10년쯤 이 현장에서 잔뼈가 굵은 프로처럼 이리저리 무대를 다니면서 작업을 지시하고 자신이 최종적으로 무대 전체를 점검하여 다소 마음에 들지 않는 부분은 다시 위치를 잡고 무대 뒤로 사라졌습니다. 저는 그 모습을 보고 얼마나 대견했는지 모릅니다. '다 컸구나. 이제 어엿하게 제 역할을 하고 살고 있구나.'

그간 딸아이를 못마땅해했던 제가 부끄러워지고 못난 아버지였다는 생각이 치밀어 올랐습니다. 여덟 개의 무대가 교체될 때마다 혹시 실수가 있을까 마음 졸였습니다. 매 무대가 정말 좋았습니다. 딸아이가 그토록 신경을 쓰던 〈나 가거든〉의 무대가 특별히 돋보였고, 그래서 그랬는지 그 노래를 부른 후보가 최종 우승을 차지했습니다. 딸과 함께 집으로 돌아오는 길에 바라보니 그 애가 한 뼘은 더 커 보였고 대견스러웠습니다. 딸에게 네가 만드는 무대 또 보고 싶으니 다음에도 초대해달라고 청했습니다.

자식이 부모의 액세서리여서는 안 된다고 하지만, 저는 여전히 자식을 액세서리로 여기고 있었던 것 같습니다. 오늘은 그 액세서리가 빛이 난 날입니다. 누구에겐가 그 액세서리를 자랑하고 싶어집니다. 세상의 모든 부모가 다 이런가요? 잘 모르겠습니다. 나이가 들어서는 자신이 출세한 것보다 자식이 잘되는 것에 어깨 힘이 들어가고, 주위에서도 그런 것들을 더 부러워하고 축하합니다. 세상사가 그런 것을 보면 저도 그리 별난 아빠는 아니라고 스스로를 위로해봅니다.

물론 저는 압니다. 오늘은 이렇게 액세서리가 기분 좋은 선물의 역할을 했지만 또 언젠가 그 액세서리 때문에 속상해하고 섭섭해할 날이 올 거라는 걸요. 이렇게 딸아이와 살아가고 있습니다. 부모 자식 관계는 이리도 복잡한 관계인가 봅니다.

아이들의 홀로서기

마라톤, 해보신 적이 있으신가요? 저는 몇 년 전 고작 5킬로미터 단축 마라톤을 하다가 발목 부상으로 고생한 적이 있어 '마라톤'이라 하면 줄 행랑을 치곤 합니다. 저를 닮아 우리 집에는 아무도 마라톤에 발을 내디딘 사람이 없었습니다. 그런데 딸아이 윤아가 2015년 3월 29일 제주에서 열리는 〈MBC 제주 국제평화마라톤〉에 도전하겠다고 선언했습니다. 스스로 말하길, 평소 2미터 반경 안에서만 움직이기를 즐겨 하고, 어디를 가든 문 앞에 주차를 하고, 달리기를 참 싫어하는 아이가 느닷없이 마라톤에 도전한 것입니다. 그것도 풀코스를.

윤아의 마라톤 동기는 단 한 가지, 자신의 롤모델인 선배의 권유 때문이었습니다. 아마도 제가 마라톤을 하자고 했으면 저보고 미쳤다고 했을 텐데, 아무튼 누군가의 꼬임에 빠져 고생을 자처한 것입니다. 저는 반신

반의했습니다. 과연 해낼 수 있을까? 윤아는 그 당시의 사정을 이렇게 글로 남겼습니다.

신청 후 얼마 지나지 않아 운동복과 선수번호가 집으로 배달되었을 때 이미 포기하기에 너무 늦어버렸다는 것을 깨달았다. 처음이라 준비운동과 연습도 많이 해야 하는데 정신없는 스케줄에 많이 준비하지 못하고 한 번의 연습과 자세 정도를 트레이닝하고 제주도로 출발했다. 마라톤 출발 전까지 내가 할 수 있었던 유일한 것은 얼마 전 배운 마라톤 기본자세를 계속 머릿속으로 그리는 것이었다.

드디어 마라톤 당일, 일행과 함께 출발신호를 기다리고 있었다. 탕! 소리와 함께 5킬로미터, 10킬로미터, 하프 코스, 풀 코스 모두 같이 출발했다.

처음 뛰는 내 옆에는 페이스 메이킹을 해주는 선배가 있었다. 선수 생활을 하던 선배는 처음부터 계속 같은 페이스를 유지해야 한다며 자세를 봐주고 나와 같은 페이스로 함께 뛰었다. 우리는 개수대에서 목을 축이고 가끔 초코파이로 배를 채우며 같은 페이스를 유지하려고 애썼다.

30킬로미터까지는 자세를 신경 쓰면서 그런대로 견딜 만했는데, 그 뒤부터 다리에 통증이 오기 시작했다. 그 통증은 자연스러운 증상인데 계속 쉬고 싶고 포기하고 싶은 생각이 들었다. 그래서 나는 거친 숨소리와 절박한 목소리로 불과 몇 미터 앞에서 달리고 있는 선배를 향해 "선배님! 선배님!"하고 외쳤지만 선배는 못 들었는지 아니면 의도적인지, 나를 쳐다보지 않았다. 하는 수 없이 내 힘으로 기어서라도 갈 수밖에 없었다.

포기하고 싶은 마음과의 힘든 싸움 속에 다리를 기계적으로 옮기다 보니 결승점이 눈앞에 들어왔다. 결승선에 들어설 때 나도 모르게 눈물이 흘러내렸다. 생애 첫 풀코스 마라톤 도전에서 성공한 것이다. 6시간 7분, 그러나 기록은 중요하지 않았다. 늘 마라톤 이야기를 할 때면 기록보다 완주에 의미가 있다고 했는데 그 뜻을 확실히 알게 되었다.

나는 선배에게 따지듯 물었다. "선배님, 제가 그토록 여러 번 선배님을 불렀는데 왜 제 얼굴을 안 보셨어요?" "마라톤을 하면 누구나 포기하고 싶을 때가 있지. 그때 옆에서 위로하면 마음과 함께 몸이 무너져 내려 다시는 일어서지 못하지. 그래서 포기하는 사람을 수없이 보았어. 윤아야! 아마 내가 너를 측은한 눈빛으로 보았으면 너는 주저앉아버리고 말았을 거야."

그 선배는 마라톤 풀코스 3시간 반의 기록을 가지고 있는 마라토너이다. 원래는 마라톤 동호회에서 활동을 했는데 지금은 기록과 관계없는 사람들과 함께 즐기며 달리고 있다. 바로 우리 팀 같은 생초보들과 함께 말이다. 동호회 사람들이 기록을 중요시한다면 우리는 완주와 팀워크를 중요시한다. 아직도 선배가 속했던 동호회 사람들은 선배의 기록이 아깝다며 왜 그런 초보자들과 같이 지내냐며 핀잔을 준다고 한다.

그러나 선배는 이렇게 말한다. "어렸을 때는 기록도 욕심냈지만 어느 순간 욕심이 부상으로 이어진다는 것을 알았지. 현재 동호회 사람들 절반이 부상으로 달리지 못해. 나는 70세, 80세가 되어도 걸어서라도 완주하고 싶어. 그래서 기록이 아닌 평생 마라톤 완주가 나의 목표가 된 거야."

내가 같이 뛰지 않고 이 말을 들었다면 무슨 소린가 했을 것이다. 그러나 단 한 번이지만 마라톤을 완주해보니 그 의미를 어렴풋 알 것 같다. 어쩌면 우리 인생의 마라톤도 기록이 아닌 완주에 의미가 있는 것은 아닐까?

딸아이가 마라톤에서 많은 것을 배웠나 봅니다. 그런데 저는 다른 관점에서 이 문제를 바라보았습니다. 마라톤을 전혀 해보지 않았던 딸아이가 풀 코스를 뛰겠다고 선언하고 그 선언이 완주로 이어진 사실에 주목하였습니다. 아마도 '금년 안에 마라톤 풀 코스를 완주하겠다'는 식의 목표를 세웠으면 그 목표를 이루지 못했을 것입니다. 준비도 없는 상태에서 목표를 먼저 내건 무모한 행동이 성취를 가져온 것입니다. 우리는 인생을 살면서 너무 준비하고 재는지도 모르겠습니다. 그냥 마라톤 풀 코스 뛰겠다고 신청하면 뛸 수 있는데 말입니다. 딸아이는 제가 생각한 것보다 훨씬 어른이 되어 있었습니다.

그로부터 넉 달 뒤, 저는 아들과 자전거로 금강을 종주할 계획을 세웠습니다. 딸아이가 마라톤을 성공한 것에 자극을 받아 남자들은 자전거에 도전하기로 한 것입니다.

2015년 8월 13일 목요일, 금강 자전거길 종주 전날 밤 11시가 되어서야 귀가한 정민에게 고함을 질렀습니다. "정민, 내일부터 1박 2일 금강 자전거길 종주를 하자고 해놓고 밤 11시에 들어오면 어떻게 하니?"

아들이 오늘 중요한 사람을 만나기로 한 약속이 있다고 귀띔해주었어도 밤 11시에 들어올 정도로 늦을 줄은 몰랐습니다. 아들 입이 삐죽 나오는 것을 직감으로 느꼈습니다. 다음 날 아침 9시에 출발하기로 했으나 정민이 아무 준비도 하지 않으니 걱정이 이만저만이 아닙니다. 그는 자전거를 배운 지 불과 몇 개월밖에 되지 않아 과연 금강 자전거길을 종주할 수 있을지 걱정이었습니다.

금요일 아침이 되었습니다. 채 잠이 덜 깬 아들은 저의 재촉에 짐을 대충 꾸렸고, 저는 이러는 아들이 못마땅합니다. 어차피 할 일인데 왜 이렇게 꾸물거리는지 답답할 뿐입니다. 9시 반경이 되어서야 차를 타고 출발했습니다. 목적지는 대청댐입니다. 두 시간이 좀 넘게 걸릴 예정이니 늦어도 12시에는 대청댐에 도착하여야 합니다. 저만 혼자 마음이 급합니다. 오늘 적어도 대청댐에서 공주보를 거쳐 백제보까지 가야 내일이 편안하기 때문입니다.

금강 자전거길은 총 146킬로미터로 대청댐에서 출발합니다. 그다음 '보'는 세종보입니다. 대청댐에서 세종보까지 37킬로미터, 세종보에서 공주보까지 19킬로미터, 공주보에서 백제보까지 24킬로미터, 도합 80킬로미터입니다. 첫날 이만큼은 달려야 남은 거리가 66킬로미터 정도로 여유가 있습니다. 그런데 첫날 공주보에서 머물 경우 다음 날 90킬로미터를 달려야 합니다.

차에 탄 아들의 얼굴을 보니 왠지 저에게 할 말이 있는 표정입니다.

"아버지께서 저에게 무엇을 하라고 시키면 왜 그런지 할 마음이 사라져요. 그 일을 시작하기 너무 어려워요. 아무리 열심히 해도 야단맞을 것 같다는 생각에 시작을 못하겠어요. 저는 아버지께서 저에 대해 무슨 생각을 하고 계신지 모르겠어요."

허허, 이렇게 답답할 데가 있나. 저는 아들에게 늘 자상하게 가르친다고 생각했는데 그 가르침이 아들 녀석에게는 큰 부담이 되어 일 시작 자체를 막고 있다니 기가 막혔습니다.

"아빠는 네가 공부도 잘하고 반듯하게 자라주어 큰 불만이 없단다. 다만 네가 귀찮아하는 버릇이 좀 있어 그걸 바꾸었으면 좋겠고, 둘째로는 방 정리정돈을 잘했으면 좋겠다는 바람이 있지. 그리고 아빠가 너에게 무슨 일을 시켰을 땐 최고로 잘하기를 바라지는 않아. 네 수준에서 잘하기를 바라지. 그리고 네가 만든 결과물을 보고 내 경험과 지식을 보태어 그것을 완성시켜주려고 하지. 야단치는 것이 아니라 어디까지나 사랑의 가르침이란다."

아들은 자신이 생각한 것과 달라 잘 이해가 되지 않는다는 표정을 짓더니 이런 제안을 했습니다.

"그러면 앞으로 여름방학이 끝나는 한 달 동안 저를 믿고 어떤 지적도 하지 않으실 수 있나요? 그러면 저 스스로 아빠가 원하시는 것을 해볼게요."

당연히 아들을 믿고 그러마, 했습니다.

이러는 사이에 대청댐에 도착했습니다. 청국장으로 점심을 해결하고 출발점에 섰습니다. 드디어 금강 자전거길 종주가 시작된 것입니다. 1년 이상 자전거를 타지 않은 제가 종주에 성공할 수 있을까요? 고작 캠퍼스 내에서 몇 달 자전거를 타본 아들이 금강 자전거길을 종주할 수 있을까요? 자전거에 올라서니 어색하기 짝이 없습니다. 갈 길이 멉니다. 마음을 다잡고 출발을 합니다. 아들이 걱정이 되어서 뒤편에서 오며 날 보고 따라 페달을 밟으라고 했습니다. 자꾸 뒤를 돌아보게 되지만, 아들은 제법 잘 달리는 것 같았습니다. 점점 페달을 밟는 시간이 쌓이자 예전 실력이 나오는 듯했습니다. 중간중간 몇 차례 쉬기는 했지만 세종보까지 거뜬하게 달렸습니다. 이런 상태라면 오늘 백제보까지 가는 데 아무런 문제가 없을 것 같습니다. 세종보에서 한참 쉬고 다시 출발했습니다.

그런데 여기서 재앙이 비롯되었습니다. 세종보 인증센터에서 우회전하여 세종보 다리를 건너 금강의 왼쪽을 달려야 했는데, 저희는 그대로 직진하여 금강의 오른쪽을 달려버린 것입니다. 한참을 달리자 길이 끊어져 있고 그때부터 헤매기 시작했습니다. 지도를 보아도 알 수 없고 지나가는 사람들에게 물어도 시원한 답이 없습니다. 하는 수 없이 저희가 길을 잘못 들어선 지점까지 돌아와 다시 출발했습니다. 그러느라 꼬박 한시간을 허비했습니다. 어쩐지 잘 나간다 싶더니 난관에 부딪혔습니다. 길을 찾아 헤맬 때에는 차로 따라오고 있는 이창용 과장을 불러 차에 자전거를 싣고 저녁을 먹으러 가고 싶었습니다. 이런 뜻을 말하자 아들이 반대합니다. "어떻게든 찾아봐야죠." 젊음의 힘이 느껴집니다.

공주보에 도착하니 저녁 7시 45분, 하는 수 없이 오늘의 라이딩은 여기에서 끝내야 했습니다. 아들과 같이 떠난 자전거 여행 첫날은 이렇게 저물고 있었습니다. 저녁을 먹고 호텔에 들어가 씻고 나니 몸이 천근입니다. 눕자마자 바로 꿈나라로 직행했습니다.

둘째 날이 밝았습니다. 어제 시간을 허비한 관계로 아들이 아침 7시에 출발하잡니다. 6시에 호텔을 나서 아침을 먹고, 어제 라이딩을 끝낸 공주보에 도착하니 정각 7시입니다. 오늘은 어제와 달리 아들을 앞세우고 마음껏 라이딩을 해보라고 했습니다. 다만, 40분을 달리고 나면 한 번씩 쉬자고 했습니다. 출발하고 처음에는 아들이 저와 보조를 맞춰 달리기 시작했습니다. 그런데 잠시 후 페달을 꾹꾹 밟더니 금방 제 시야에서 멀어지고 말았습니다. 어디로 가버렸는지 보이지도 않습니다.

순간 이런 생각이 퍼뜩 머리를 스쳤습니다. '이미 아들은 나를 넘어서 멀리 달려나갈 실력을 갖추고 있는데 내가 아들을 어린아이로만 생각하고 내 속도 속에 가두어버렸구나. 그 족쇄를 풀어주자 그는 바람처럼 달려가버리지 않는가. 이는 비단 자전거에만 국한된 게 아니리라. 매사 아들이 못 미더워 이런저런 잔소리를 하지만, 그는 이미 많은 분야에서 나를 넘어서버리고 말았구나. 그를 보살핀다는 명목으로 내 뒤에서 달리게 하는 것은 새장에 가두고 키우는 것이나 매한가지이다. 새장 밖으로 날아가게 해주어야 한다. 설령 그러다가 추락하더라도 스스로 다시 날게 될 것이다. 그것이 진정한 가르침이다.'

공주보에서 백제보까지는 거의 평지여서 24킬로미터를 한 시간 반 만에 달렸습니다. 백제보에서 잠시 쉰 뒤 다시 페달을 밟았습니다. 중간에 다소 지쳤지만, 점심을 먹은 뒤에는 다시 기운을 차려 다음 인증센터인 익산 성당포구에 도착한 것은 오후 2시. 백제보에서 익산 성당포구까지는 39킬로미터. 이제 남은 거리라고는 익산 성당포구에서 금강 하구둑까지 27킬로미터. 5시 좀 넘으면 도착할 것 같았습니다. 다행히 오르막이 없어 라이딩하기 편했습니다.

골인 지점까지 10킬로미터를 남겨두고 아들이 자전거를 나란히 타고 싶다고 했습니다. 아들은 이런저런 자신의 생각을 저에게 전해주고 저는 그의 이야기에 코멘트를 덧붙입니다. 저나 아들이나 이 순간이 진정한 행복임을 느끼고 있었습니다. 10킬로미터밖에 남지 않았음이 아쉬울 따름입니다. 이야기가 막 무르익을 무렵 싱겁게 목적지에 도착하고 말았습니다. 시각은 5시 15분. 공주보를 출발한 지 10시간 15분 만에 목적지에 도착한 것입니다. 대청댐에서 금강 하구둑까지 146킬로미터를 1박 2일에 아들과 함께 완주했습니다.

저는 이번 종주에서 어떻게 아들과 관계를 유지해야 하는지 새롭게 깨닫게 되었습니다. 지금까지는 제 등 뒤에 두고 저를 따라오게 했지만, 이제는 아들의 실력을 믿고 제 앞에서 마음껏 달리게 해주어야 한다는 사실을 몸으로 깨닫게 된 것입니다. 그러다가 언젠가 아들이 저의 조언이 필요하면 제 스스로 속도를 줄이고 저에게 다가와 조언을 구할 것입니다. 그때 저는 그의 눈높이에서 그와 보조를 맞춰가며 저의 이야기를 해줄 것입니다. 그러면 그 이야기는 훗날 아들에게 준 진정한 유산이 될 것입니다.

딸아이는 딸아이대로 아들 녀석은 아들 녀석대로, 홀로서기를 하고 있었습니다. 저만 모를 뿐이지요. 어쩌면 인정하지 않으려 했던 것인지도 모릅니다.

딸아이는 딸아이대로 아들 녀석은 아들 녀석대로,

홀로서기를 하고 있었습니다. 저만 모를 뿐이지요.

어쩌면 인정하지 않으려 했던 것인지도 모릅니다.

어머님과 아내가 원하는 것

2014년 6월 말, 연로하신 어머님이 며칠 동안 입맛이 없어 식사를 못 하시더니 갑자기 기력이 떨어져 동네병원에서 얼마간 수액주사를 맞았습니다. 연세가 많은 어머님은 늘 어디가 아프다고 하시기에 이번에도 그러려니, 생각했습니다. 그런데 동네 병원에서 폐렴이 의심되니 큰 병원에 가보는 것이 좋겠다고 했습니다. 그제야 정신이 확 들었습니다. 노인분들이 폐렴에 걸릴 경우, 잘못하면 치명적일 수 있다는 것은 상식으로 알고 있었습니다. 부랴부랴 대학병원으로 모시고 갔습니다. 다행히 폐렴은 아니었고 변비 때문에 횡경막이 올라가 이런 현상이 온 것이었습니다. 마음 같아서는 입원이라도 시켜드리고 싶었지만 병원에서 굳이 그럴 필요가 없다고 했습니다. 집으로 모시고는 왔지만 변비 상황도 여전하고 기력도 극도로 저하되어 걱정이었습니다. 그날 밤, 다시 배변에 문제가 생겨 밤새도록 고생을 하신 뒤 결국 입원을 하시고 말았습니다.

연로하시다는 이유로 늘 아프시려니, 하고 별다른 조치를 못 해드린 것이 후회가 되었습니다. 우리는 조금만 아프면 금방 병원을 찾으면서 어머님 아프신 것은 둔감하게 지낸 것 같아 죄송하기 그지없었습니다. 10년 전 허리 수술을 하신 이후로 늘 다리가 저려 힘들어하셨습니다. 몇 번 병원에서 정밀검사를 했지만 별 뾰족한 수가 없다는 대답만 듣고 포기한 지 제법 되었습니다. 저는 더 이상 병원을 찾는 일을 포기했지만 어머님의 통증은 여전했고 어머님이 아프다고 하실 때 아무런 도움이 되어드리지 못하기를 벌써 몇 년째입니다. 장병에 효자 없다고, 어머님이 아프다고 하셔도 별 반응을 보이지 못하고 립서비스나 하는 정도입니다.

병원에 입원하시기 전에는 바로 아래층에 계셔도 며칠에 한 번, 그것도 출근길에 얼굴만 삐죽 내밀고 인사를 하는 둥 마는 둥 하는 것이 고작이었는데 상황이 이리 되자 저도 매일 어머님이 입원하신 병원으로 출근했습니다. 물론 며느리인 아내도 병원으로 출근했고 아이들도 자주 들렀습니다. 동생네 가족들도 총출동했습니다. 어머님 형제들도 매일 출근하시는 등 집안 전체에 비상이 걸렸습니다.

"어머님, 이렇게 입원하실 만하네요. 모두 비상이 걸렸잖아요. 이러지 않았더라면 모두들 매일 어머님께 이같이 문안인사를 드리겠어요."

저는 그간의 마음빚을 덜어낼 요량으로 너스레를 떨었습니다.

열흘의 입원기간 동안 이러저러한 검사를 다 받았는데 노환 말고는 특별한 병이 없다는 결론이었습니다. 어머님도 입원기간 내내 별탈이 없었습니다.

그런데 마지막 날 문제가 생겼습니다. 가족들은 모두 어머님이 퇴원하셔도 간병인과 집으로 함께 가자는 의견들이었던 데 반해, 어머님은 자신이 정정한데 무슨 간병인이냐며 펄쩍 뛰셨습니다. 제 동생과 며느리 둘, 모두 설득했지만 실패하여 그 설득 임무가 저에게 떨어졌습니다. 사무실 일로 바빴지만 퇴원하시는 날 병원에 들렀습니다. 30여 분 설득했지만 어머님의 생각은 요지부동이었습니다. 결국 설득에 실패하고 어머님과 제 사이에는 냉랭한 기운이 생기고 말았습니다. 어머님 혼자 활동하시다가 넘어지기라도 하는 날에는 큰일이 생길 수 있어 이제는 간병인이 필요한 단계라는 것이 저와 가족들의 생각이었고, 아직까지는 잘 움직일 수 있으니 나중에 정말 병이 들어 눕게 되면 그때 간병인을 쓰자는 것이 어머님의 주장이었습니다.

가족들의 걱정을 아랑곳하지 않는 어머님이 야속했지만 사무실로 돌아오는 길에 곰곰 생각해보니 과연 누구를 위한 일인지 알 수가 없었습니다. 간병인을 두자는 가족들의 주장이 진정 어머님을 위한 것인지 아니면 가족들 스스로 마음 편하기 위해 우기고 있는 것은 아닌지 혼란스러웠습니다.

2004년 6월경, 병원 휴게실에서 가족 간에 큰 언쟁이 벌어졌습니다. 당시 장모님께서 췌장암 말기로 사경을 헤매고 계실 때였습니다. 아내를 비롯한 세 자녀와 그의 배우자들까지 모여 과연 장모님에게 '기관 내 삽관'을 할 것인지를 결정해야 하는 상황이었습니다. '기관 내 삽관'이란, 기도가 막힐 위험이 있어 튜브를 입이나 코로 삽입하는 것을 말합니다.

이것을 한다고 병세가 호전되는 것은 아니고 그저 며칠 수명을 연장할 뿐입니다. 그런데 기관 내 삽관을 하면 외모가 말이 아니고 더 이상 말을 할 수 없어 의사소통이 어려워집니다. 마지막 가시는 길에 기관 내 삽관을 하는 것이 옳은지 아닌지 고민에 빠진 것입니다. 저는 삽관을 하자고 강력히 우겼습니다. 결국 제 주장대로 삽관을 했지만 이삼 일을 더 버티지 못하고 끝내 세상을 뜨시고 말았습니다. 결국 가족들 마음 편하자고 기관 내 삽관을 한 셈이 되고 말았습니다.

어머님께 간병인을 쓰자고 주장하면서 장모님 생각이 났습니다. 아마도 부모님 병간호를 놓고 우리는 늘 이런 딜레마에 빠질 것입니다. 진정 부모님을 위한 것이 무엇인지 생각하기보다는 제 입장에서 가족 입장에서 또는 체면 때문에 무슨 결정을 하게 되지 않을까 걱정됩니다.

어머님에게 가장 좋은 선물은 같이 있어드리는 것 아닐까요. 정답을 너무 잘 알면서도 실행에 옮기지 못하고 삽니다. 나아가 훗날 이런 저 자신을 후회할 것이라는 사실도 잘 알고 있지요.

제가 늘 후회하는 것은 어머님에 대한 일뿐만이 아닙니다. 아내에 대해서도 마찬가지지요. 아내가 무엇을 좋아하는지에 별 관심이 없고 제가 좋아하는 일을 아내가 같이 좋아해주기만을 바라지요.

2014년 1월경, 검찰총장을 지낸 선배님에게 이런 이야기를 들었습니다. "작년 늦가을 우리 집사람이 다리를 다쳐 깁스를 했어요. 거동이 불편하니 일일이 도와주어야 하는 상황이 벌어졌지요. 자식들은 다 출가했고 집에서 도울 사람이라고는 나밖에 없고, 어떻게 하겠어. 내가 그 일을 할 수밖에. 그 좋아하는 골프도 다 취소했지. 저녁약속도 내가 초청한 모임,

바꿔 말하면 내가 밥값을 내야 하는 모임만 나가고 내가 참석자의 하나로 초청된 모임은 일체 나가지 않았어. 1977년 검사가 된 이래 이렇게 살아보기는 처음이야. 이런 생활이 얼마간 지속되니 이런 생각이 들더군. 세상으로부터 소외되고 있는 것이 아닌가, 하는 걱정 말이야.

그런데 한 달 지나고 나니 생각이 바뀌더군. 내가 그동안 너무 분주하게 살았다는 생각이 드는 거야. 나가도 그만 안 나가도 그만인 모임에 참으로 많이도 다녔다는 생각이 들더군. 이렇게 강제로 모임에 불참하고 보니 내가 참석하지 않아도 그 모임은 아무런 문제없이 잘 돌아가고 나 역시 그 모임 없이도 살아가는 데 아무런 문제가 없더란 말이야. 아내와 저녁을 차려놓고 도란도란 이야기 나누는 시간이 정말로 소중하게 느껴지더군. 이렇게 세상과 절연하고 살 수는 없지만 가끔은 내가 어떤 인생을 살고 있는지 고민해보는 시간이 꼭 필요한 것 같아."

그 선배님 말씀이 가슴에 와 닿았습니다. 지난해 여름, 다들 여름휴가를 보내느라 며칠 저녁약속이 뜸했고 주말에도 시간이 빈 적이 있었습니다. 처음에는 편하고 좋더니 점점 마음 한구석에서 '사람들한테 왜 이리 연락이 없지. 나만 빼놓고 자기들끼리 몰래 노는 것 아니야' 하는 철없는 생각마저 들기도 했습니다. 거의 매일 저녁약속과 주말약속을 하고 수십 년을 산 탓에 주중에 저녁을 집에서 가족과 같이 먹으며 편안하게 대화를 나눈다거나 주말에 가족과 같이 아무런 약속 없이 지내는 것이 무척 불편하고 어색했습니다. 그러나 세상에 떠밀려 살다 보면 '나'는 '아내'는 '가족'은 어디에 있을까, 하는 생각이 드는 것도 사실입니다.

그 선배님의 말씀이 이어졌습니다.

"두어 달쯤 지나니 아내의 다리도 많이 나아 지팡이를 짚고 걸을 수 있게 되었지. 계속 집에만 있던 아내가 답답해하여 잠시 일본 어느 온천에 가게 되었지. 그간 숙달된 솜씨로 아내를 잘 보살펴주어 아무런 문제 없이 일본에 도착했고 아내의 휠체어를 밀어주며 노부부의 정다운 모습을 연출했어. 그런데 문제는 아침식사 시간에 일어났어. 아침은 뷔페였는데, 아내의 휠체어를 몰고 식당에 도착하여 아내를 자리에 앉혀두고, 내가 아내를 위한 음식을 가지러 갔어. 뷔페의 그 많은 음식 중 아내가 좋아하는 음식을 골라 접시에 담아야 하는데, 음식 앞에 서니 아내가 무엇을 좋아하는지 생각이 나지 않는 거야. 평생 아내가 좋아하는 음식을 물어본 적이 없었던 거지. 한참을 망설이다가 아내가 좋아할 만한 음식을 하나하나 담기 시작했지. 고민하면서 음식을 담으니 자연히 시간이 걸릴 수밖에.

한참 동안 '아내 음식 취향 알아내기' 게임을 하고 그 결과물을 들고 아내에게 가져다주었는데 반응이 냉랭하더군. 배고픈 아내를 두고 음식 담느라 시간이 많이 걸린 것도 문제였지만 내가 고른 음식이 아내가 좋아하지 않는 음식이라는 것이 더 큰 문제였지. 결국 아내 입에서 '몇십 년을 같이 살았는데도 내가 무슨 음식을 좋아하는지 모르신다는 말인가요?'라는 핀잔이 나왔지. 아내는 평생 나를 위해 식사를 준비해주었으니 내 음식 취향을 당연히 잘 알지. 그런데 나는 전혀 몰랐단 말이야. 너무 당연한 일 아니냐고 생각할 수도 있지만 이것은 불공평하다는 생각이 들었지. 그만큼 내가 아내에 대해 무신경하게 산 거지. 그런데 별거 아니더군. 하루 이틀 지나니 금방 아내 식성을 알게 되어 결국 아내에게서 고

맙다는 말을 들었지. 이 간단한 것을 모르고 살아왔다니. 아마도 이런 경험이 없었으면 평생 모르고 살았을 수도 있지 않을까? 조 대표는 부인음식 취향을 잘 아는가?"

곰곰이 생각해보니 아내의 음식 취향에 대해 아는 것이 없는 것 같았습니다. 어떤 커피를 좋아하는지 자신이 없습니다. 고기보다는 생선을좋아하는 것 같은데 어떤 생선을 좋아하는지 기억이 없습니다. 양식당에가서 주로 무엇을 시켰는지도 생각나지 않습니다. 과일도 무엇을 좋아하는지 잘 모르겠습니다. 귤을 좋아하는지, 사과를 좋아하는지, 배는 어떤지…….

결국 이것들은 관심의 문제이지요. 아내에 대해 관심이 옅어진 것입니다. 드라마 〈별에서 온 그대〉에서 천송이 역으로 분한 배우 전지현은 의사에게 자신의 이런 심리 상태가 사랑이 아닌지 물어봅니다. 그 남자를생각하면 심장이 두근거리고 입술이 바싹 탄다고 설명합니다. 그리고 그남자가 눈앞에 안 보이면 불안하기도 하다고 말하지요. 우리도 그런 시절이 있었습니다. 지금은 하도 오래되어 기억조차 잘 나지 않지만 분명그런 시절이 있었습니다. 그런데 일상에 찌들어 살다보니 그런 순수한감정이 사라진 지 오래이지요.

문득 일상을 비틀어보면, 우리가 잃고 지내는 그 무엇을 발견하게 됩니다. 아내가 다리를 다쳐 뒷바라지하는 동안, 그 선배님은 수십 년의 세월이 묻어버린 '아내'라는 소중한 사람을 재발견한 것입니다. 아내를 뒷바라지하면서 저녁을 차려주고 말벗을 해주는 것이 이 세상 그 누구하고의 약속보다도 더 귀하다는 사실, 사법시험을 합격하고 검찰총장에 오를 정도로 많은 법률지식과 검찰 업무지식을 가지고 있었어도 그 지식의 무게는 하루면 알 수 있는 아내의 음식 취향이라는 간단한 지식보다 가볍다는 사실을 깨닫는 데 수십 년이 걸린 것입니다.

제가 어머님과 아내에게 저지른 실수는 그 속성이 같습니다. 두 사람이 무엇을 원하는지 관심을 기울여본 적이 없다는 것이지요. 모든 일의 중심에는 그들이 아닌 '제'가 있었습니다. 제가 좋아하는 것, 제가 원하는 것, 제가 하고 싶은 것, 이것들을 어머님도 아내도 함께하려니, 했던 것이지요. 그들도 그들의 삶이 있는데 저는 그들이 저를 위해 존재한다고 생각하고 살아온 것입니다.

3

명 품 가 방

보 다

명 품 **인 격**

감사함이 일으킨 작은 변화

명품 가방 하나 들지 않으면 거리를 다닐 수 없다는 이야기가 있을 정도로 명품이 우리 삶 구석구석에 들어와 있습니다. 결혼하던 1986년에 저는 명품 브랜드를 거의 알지 못했습니다. 유일하게 아는 브랜드가 결혼한다고 산 와이셔츠 브랜드 '카운테스 마라'입니다. 그러나 지금은 명품 브랜드 이름을 수십 개 압니다.

특히 가방과 옷에 명품 브랜드가 많지요. 저도 명품 가방을 하나 가지고 있습니다. 부산고검장 시절 오래도록 들고 다니던 가방을 바꾸고 싶어 백화점에 들렀다가 오바마 대통령이 인수위 시절 어깨에 메고 출근한 가방이라는 선전문구에 끌려 가방을 하나 샀습니다. '투미 Tumi'라는 브랜드의 가방입니다. 에르메스나 루이뷔통 같은 최고급은 아니지만 그런대로 좋은 브랜드였습니다. 2010년 가을에 구입했는데, 변호사가 되고 나서도 다른 가방을 사지 않고 그 가방을 가지고 다닙니다. 만족도도 물론 높지요. 명품은 이런 면이 있는 것 같습니다. 좀 비싸도 오래 사용해도 질리지 않는 그 무엇 말입니다.

그런데 그 가방을 보면서 문득 명품은 가방과 옷에만 있는 것은 아니라 우리 삶의 구석구석에 있는 것이 아닐까, 하는 생각이 들었습니다. 우리 삶을 돌아보면 명품 직업을 가진 분도 있고 명품 주택을 가진 분도 있고 명품 학력을 가진 분도 있고 명품 배우자를 가진 분도 있고 명품 예술품을 가진 분도 있고 명품 지식을 가진 분도 있고 명품 친구를 가진 분도 있는 것 같습니다.

저는 어떤 장면을 연상해보았습니다.

90세가 되신 네 분이 양로원에서 대화를 나누고 있습니다. 한 분은 돈을 많이 벌어 큰 회사의 회장을 지낸 분입니다. 또 한 분은 젊어서부터 정치를 해 국회의원도 여러 차례 하고 장관직도 맡아 한 분입니다. 또 다른 분은 머리가 똑똑해 어린 나이에 미국에 가서 박사학위를 받고 한국에서 교수를 하다가 두어 군데 총장도 맡으신 분입니다. 마지막 분은 일평생 시골에서 농사를 지은 분입니다.

그런데 공교롭게도 앞의 세 분은 젊은 날 스트레스를 많이 받는 분야에서 일한 탓에 건강도 좋지 않고 성격도 무난하지 않으십니다. 그런가 하면 마지막 촌로는 육체를 사용하는 농사일을 한 탓에 90세인 현재까지 건강에 아무런 문제가 없고 농사를 통해 자연의 이치를 깨달아 성격도 좋고 인품이 훌륭합니다.

네 분은 각자 나름대로 명품을 가지고 있습니다. 앞의 세 분은 명품 재산, 명품 권력, 명품 명예를 가지고 있습니다. 하지만 마지막 분은 명품 건강과 명품 인격을 가지고 있습니다. 어느 분이 인생에서 가장 성공한 분일까요? 저는 마지막 분이라고 생각합니다. 왜 그런가요? 마지막 분은 잃어버리지 않는 것을 명품으로 만든 것입니다. 건강과 인격이야말로 절대 우리와 분리할 수 없는 우리 스스로의 삶입니다. 하나는 육체, 하나는 정신이지요.

몽테뉴가 갈파했듯이 '인생은 그 자체의 목표이자 목적'입니다. 인생 외부에 있는 그 무엇을 위해 삶을 희생하다가는 마지막 순간 자신이 그토록 가지려고 노력했던 명품들은 이미 자신의 손을 떠나게 되고 말 것입니다. 재산도 권력도 명예도 말입니다.

자신에게 남는 것은, 이것도 영원하지는 않지만, 건강과 인격 정도입니다. 저는 이 두 가지를 명품으로 만들고 싶습니다. 명품 건강과 명품 인격을 가지기 위해 노력하고 싶습니다. 에르메스나 샤넬이 아닌, 이것들 말입니다.

명품 인격은 어떤 모습일까요?

부부 여섯 팀이 골프여행을 갔을 때의 일입니다. 골프를 하면 재미삼아 가벼운 내기를 하기도 하는데, 이들도 그런 내기를 했습니다. 내기를 하면 돈을 따는 사람도 있고 돈을 잃는 사람도 생기기 마련입니다. 그런데 사람의 심리란 묘해서, 자신이 가진 재산이나 수입에 관계없이 단돈 1만 원이라도 잃으면 기분이 나빠집니다. 노름을 해서 잃는 것과 달리 운동을 해서 잃는 것은 자신의 체력이 부진하다거나 운동기술이 부족하다는 신호로 받아들여 더더욱 기분이 나쁜 법입니다.

그 팀에서도 내기를 하니 돈을 잃은 분이 있었나 봅니다. 그런데 그분은 자신이 잃은 돈을 상대방에게 주면서 "감사합니다." 하고 인사를 했습니다. 일행들이 처음에는 어리둥절했답니다. 그런데 번번이 그분이 일행들에게 돈을 잃을 때마다 "감사합니다"를 외치자, 일행들은 장난 같아 보여 자신들도 돈을 잃을 때마다 "감사합니다"를 따라했고 경기 내내 분위기가 묘하게 돌아갔습니다. 끝날 때 누가 땄는지에 관계없이 즐거운 웃음꽃이 만발했답니다.

점심식사 시간에 여섯 부부가 모두 모였을 때 일행 중 한 분이 '감사합니다'를 시작한 분에게 여쭤보았습니다. "왜 돈을 잃었을 때 '감사합니다'라고 인사를 하셨나요?" "예, 평소에 우리 일행들께서 저를 운동에 자주 불러주셔서 고마웠고 더군다나 때로는 내기에서 돈까지 따게 해주셔서 늘 고마운 마음을 가지고 있었는데 이를 표현할 길이 없었습니다. 이번에 적으나마 제가 돈을 잃어 돈을 되돌려 드릴 기회를 가지게 되었으니 얼마나 감사한 일입니까. 그래서 저도 모르게 '감사합니다'라는 인사가 나왔고 그 뒤로 계속 '감사합니다'라고 인사를 했더니 기분이 좋고 마음이 편안해지더군요."

이 놀라운 발상의 전환을 들은 일행 모두는 저절로 고개를 끄덕였습니다. 그러고는 한결같이 누가 시키지도 않았는데 "감사합니다"라고 인사를 했습니다. 식사시간 내내 여기저기에서 "감사합니다"가 튀어나왔습니다. 와인을 따르면서도 와인을 받는 사람은 물론 와인을 따르는 사람도 "감사합니다"라고 인사했습니다. '평소 늘 고마운 마음을 가지고 살았는데 와인을 따를 기회를 주셔서 감사합니다'라고 말입니다.

이를 바라보던 한 사모님이 이런 말씀을 했습니다.

"제가 지난달 미얀마를 다녀왔습니다. 미얀마에서는 다른 사람에게 기부를 하면 사후세계에서 큰 복을 받는다는 믿음이 있다고 합니다. 그래서 기부를 받는 사람보다 기부를 하는 사람이 그런 기회를 가진 데 대해 감사한다고 들었습니다. 지금 우리가 하고 있는 '감사합니다' 정신은 기부에 대한 미얀마의 사상과 맞닿아 있는 것 같습니다."

저는 그 사모님의 말씀을 들으며 수십 번도 더 들은 윤은기 원장님의 평소 주장이 머리에 떠올랐습니다. 윤 원장님은 사석이나 공석에서 말씀할 기회가 주어지면 늘 이 말씀을 빼놓지 않으십니다. '하늘은 스스로 돕는 자를 돕는 것이 아니라 하늘은 남을 돕는 자를 돕는다.' 두고두고 생각해도 명문입니다.

'당신에게 돈을 드릴 기회를 주셔서 감사합니다.' 이 화두는 만찬 시간에도 이어졌습니다. 성공한 기업인 한 분이 이런 이야기를 하였습니다.

"저는 기업을 성장시키면서 늘 큰 짐을 지고 있는 느낌입니다. 저희 회사에는 친척 수십 명이 일하고 있습니다. 만약 회사가 잘못되면 그분들과 가족 모두 어려움을 겪게 되겠지요. 그 생각을 하니 늘 어깨가 무겁습니다. 그러나 그 친척들은 그런 도움을 당연하게 받아들이는 것 같아 때론 섭섭할 때도 있습니다. 그래서 어느 날 제가 잘 아는 노스님께 이런 제 마음을 말씀드렸습니다. 그런데 그 스님께서는 이렇게 말씀을 하셨습니다. '회장님께서는 친척분 수십 명의 복을 대신 받아 이렇게 큰 기업을 일굴 수 있었습니다. 그러니 그분들께 그 복의 일부를 돌려드리는 것은 너무도 당연합니다. 아마도 회장님 자신의 복으로 기업을 일구셨으면 이런 기업이 되지 못했을 것입니다.' 저는 그 말을 듣고 순간 큰 깨달음을 얻었습니다. 제가 누군가에게 기부하고 도와주는 것은 그의 복을 제가 대신 받아 성공하고 행복해진 것을 되갚는 일이라고 말입니다."

저도 기부에 대해 많은 생각을 하고 있습니다. 상록보육원의 열한 명 조카를 돌보는 일도 그런 일 중 하나입니다. 그 일을 하게 된 계기는, 변호사를 하면서 돈을 좀 벌자 뭔지 모를 죄책감 비슷한 것이 느껴졌기 때문입니다. 그러니 내 마음이 편하려고 시작한 일입니다. 그 느낌의 정체를 확실히 알 수 없었지만 좋은 옷을 사 입고 좋은 식당에 가서 좋은 음식을 먹는 것 모두가 어딘지 모르게 찜찜했습니다. 이제는 그 죄책감, 찜찜함의 이유를 알 것 같습니다. 저의 성공은 제 자신의 노력 이외에 제가 다른 분들의 복을 대신 받은 결과입니다. 의도적으로 남의 복을 가로채지는 않았지만 어떤 연유로 다른 분들의 복을 대신 받아 오늘의 작은 성공을 이루었으니, 그 과실을 그분들과 나누어야 하지 않을까요.

사흘간의 골프여행은 좋은 곳에서 좋은 분들과 좋은 먹을거리를 먹고 좋은 운동을 한 환상적인 여정이었지만 더더욱 좋았던 것은 '감사'에 대한 새로운 깨달음과 지평을 가지게 된 것입니다.

이 글을 읽어주셔서 '감사'합니다. 제가 글을 쓸 기회를 주셔서 '감사'합니다. 아울러 글을 통해 이런 깨달음을 가질 수 있게 해주셔서 '감사'합니다. '감사'합니다. '감사'합니다. '감사'합니다.

자존심이냐 자존감이냐

2014년 11월 20일의 일입니다. 오전에 의왕에 있는 서울구치소에 들렀다가 오후에 충남에 갈 일이 있어 점심을 의왕 부근에 있는 백운저수지에서 먹고 커피 한잔하러 전망이 좋은 커피숍에 들어갔습니다. 커피를 마시고 계산을 하게 되었습니다. 신용카드를 내고 직원이 계산하기를 기다렸습니다. 그때 마침, 카운터 오른쪽에 놓여 있던 CD 한 장이 눈에 들어와 집어 들고 누구의 CD인지 보았습니다. 그때 제 카드로 결제를 하던 젊은 남자 직원이 뭐라고 말을 했습니다. 딴짓을 하고 있어 못 들었기에 "예?" 하고 반문을 했습니다. "영수증을 끊어드릴까요?" 그 말에 저는 아무 생각 없이 "됐어요"라고 답하고 다시 그 CD를 보았습니다. 카드로 결제하는 과정은 매일 몇 번씩 일어나는 너무나도 익숙한 일인지라 그 상황에 주의를 기울이지 않는 것이 오히려 당연했습니다. 이제 제

카드만 돌려받으면 끝나는, 너무 쉬운 일만 남았습니다.

그때 그 젊은이가 저에게 물었습니다. "저 아세요?"

당연히 모르지요. 제가 어떻게 초면인 그 젊은이를 알겠습니까? 질문 자체가 의아하여 그를 물끄러미 쳐다보았습니다. 그때 그가 말했습니다. "그런데 왜 반말하세요?" 이 황당한 말에 저도 모르게 "예에?"라는 반문이 나왔습니다. '무슨 일이 벌어진 거지?' 순간 상황을 이해할 수가 없었습니다. 저는 그 젊은이와 대화를 하고 있지 않았습니다. CD를 보는 일에 정신을 쏟고 있을 때 "영수증을 끊어드릴까요?"라고 묻기에 그저 반사적으로 "됐어요"라고 한 것뿐입니다. 사실 저는 그 젊은이가 남자인지 여자인지도 모를 정도로 관심이 없었습니다. "제가 반말을 했다구요? 저는 그저 '됐어요'라고 한 것뿐인데." "반말하셨잖아요." "허허, 이런 일이, 내가 왜 반말을 하겠어요. 생면부지의 사람에게, '됐어요'가 반말이에요?" "반말하셨잖아요." 사태가 이 지경에 이르자 커피숍 주인이 나서 그 젊은이를 끌고 가고 제게 사과했습니다. 저도 일행이 있어 그 커피숍을 나와 차에 탔습니다. 차를 타고 목적지로 가는 내내 이 일이 머리를 떠나지 않았습니다.

먼저 드는 생각은 이런 것이었습니다.

'뭐 저런 사람이 다 있어. 커피숍에서 일하는 사람이 서비스 정신이 저렇게 없어서야. 내가 자기에게 반말했다고 쳐, 그래도 그게 손님에게 눈을 동그랗게 치켜뜨고, 저 아세요, 왜 반말하세요, 할 일이야. 나 원, 일진이 사나우려니까.'

생각은 다시 요동쳤습니다.

'다시 돌아가서 내가 무엇을 잘못했는지 따져야겠어. 누가 잘못했는지 잘잘못도 따지지 않고 상대방에게 사과도 받지 않고 그냥 갈 수는 없어. 나는 잘못한 것이 하나도 없는데 아들 뻘밖에 안 되는 사람에게 일방적으로 당할 수만은 없지.'

화가 머리끝까지 나서 동승한 일행에게 이러저런 이야기를 늘어놓았습니다. 그렇다고 그곳에 다시 갈 수는 없는 일이지요. 그저 말뿐이지요. 그런데 한 시간쯤 지나고 나니 생각이 바뀌기 시작했습니다.

'왜 그 젊은이가 그런 반응을 보였을까? 혹시 내가 무엇을 잘못한 것 아닐까? '됐어요'라고 답변할 때 혹시 마지막 '요' 자를 상대방이 잘 안 들리게 발음하는 바람에 자신에게 반말한 걸로 오해한 것 아닐까? 나는 '됐어요'라고 답변했다고 생각하지만, 오랜 검사 생활에서 몸에 밴 반말투가 여전히 바뀌지 않아 그저 '됐어'라고 튀어 나온 것일지도 몰라. 그렇다면 앞으로 말할 때 이런 오해를 받지 않도록 세심하게 신경 써야겠네.'

남 탓으로 돌리는 데서 방향을 바꿔 내 탓으로 돌리는 자기성찰의 시간이 온 것입니다. 그래도 화가 풀리지 않았습니다. "내가 '됐어'라고 반말을 했다고 치자. 도대체 서비스맨인 직원이 손님이 잘못하기를 기다렸다가 '너 잘 걸렸다' 식으로 따지고 들어오는 게 할 일이냐구."

생각은 남 탓, 내 탓, 남 탓을 넘나들고 있었습니다. 이때 갑자기 어느 회사 임원에게 전화 걸 용건이 생각나 전화를 걸었습니다. 비서는 회의 중이라고 했습니다. 그 비서에게 제 전화번호를 알려주면서 편한 시간에 리콜을 부탁하고 전화를 끊었습니다. 전화를 끊고 나니 옆에 타고 있던 일행이 "비서에게 극존칭을 쓰시네요." 하고 웃었습니다. 저도 모르는 사이 커피숍 사건이 저의 어투를 바꿔놓은 것입니다. 검사에서 변호사로 변신한 세월이 저를 바꿔놓았다고 생각했지만 이 같은 일이 생기고 만 것입니다. 누가 잘못했는지는 알 수 없지만 그 젊은이가 제 대답을 기분 나쁘게 들은 것은 틀림없었으니까요.

이를테면 계산하는 사람에게 카드를 내밀면서 "이곳 인테리어가 참 마음에 듭니다. 장사는 잘 되세요?"라고 인사말이라도 건넸더라면, 그가 계산하는 동안 딴전 피우지 말고 있다가 "영수증 끊어드릴까요?"라고 물었을 때 단번에 "괜찮습니다"라고 답했더라면, 최소한 이런 다툼은 없었을 것입니다. 어쩌면 서로 기분 좋게 대화하며 좋은 순간이 되었을지도 모르지요.

커피숍에서 일하는 사람도 한 사람의 엄연한 직업인입니다. 제 자식과 비슷한 또래의 젊은이를 딸이나 아들이라고 생각했더라면, 신용카드로 결제하는 순간에 결제하는 그를 무시하고 CD를 뒤적거리는 딴짓은 하지 않았을 테니까요. 저는 그에게 반말하지 않았을지는 모르지만, 제가 그를 투명인간처럼 무시한 행동만큼은 비난받아도 할 말이 없습니다. 그가 저에게 폭발한 근본적인 이유는 '반말'이 아니라 '무시'에 있었는지도 모르겠습니다.

요즘은 하이패스를 이용해 고속도로 톨게이트에서 요금을 내는 일이 줄어들었지만, 톨게이트 여직원에게 요금을 낼 때, 제 친구 하나는 그 여직원에게 열 번이면 열 번 모두 환한 미소를 띠며 "수고하십니다"를 반갑게 소리쳤습니다. "저 조그마한 통 속에서 하루 종일 표를 결제해주는 단순한 일을 하고 있으면 얼마나 답답하고 짜증나겠어. 내가 웃으면서 인사해주면 그 순간만은 행복해지지 않을까?" 저는 오랜만에 그 친구의 말이 머리에 떠올랐습니다. 이 자명한 이치를 저는 왜 잊고 살았을까요?

저는 이런 방식으로 자기 성찰의 시간을 가졌습니다. 그런데 반대로, 그 젊은 직원은 어땠을까요? 어떤 이유에서든 저 때문에 화가 났는데 제가 사과도 하지 않고 오히려 따지고 나섰고 결국 사장이 나서서 자신을 오히려 나무랐으니, 이처럼 황당한 일이 있을까요. 그는 하루 종일 기분이 나빴을 것입니다. 만약 제가 그의 입장이라면 이 문제를 어떻게 극복했을까요. 이 문제를 '자존심'과 '자존감'의 문제로 바꾸어 극복했을 것 같습니다.

저는 어릴 때부터 전화로 약속 잡는 것을 싫어했습니다. 전화기 너머로 들려오는 '시간 안 되는데'라는 소리가 듣기 싫었습니다. 각자의 사정이 있어 일정이 맞지 않는 경우, '시간 안 되는데'라는 말을 하기 마련이지만, 그 소리가 곧 '너 싫어'로 들렸습니다. 왜 그런 인식구조가 생겼는지는 너무 오래된 일이라 알 수 없지만, 아무튼 저는 그런 이유로 전화로 약속 잡는 일을 불편해했습니다.

그런데 요즘, 저희 사무실 변호사들을 보고 있노라면, 어느 변호사는 사건 관계로 경찰이나 검찰에 전화하는 일을 쉽게 하는가 하면, 어떤 변호사는 마지못해 억지로 전화를 합니다. 그 차이가 어디에 있을까요? 막내 변호사는 로스쿨 2기라 법조 경력이 일천함에도 검사실에 전화하는 것을 친구한테 전화하듯 쉽게 합니다. 그를 바라보고 있으면 어디에서 그런 당당함이 나오는지 신기합니다. 저는 잘 아는 후배 검찰 간부에게도 전화하기가 불편하여 굳이 찾아갑니다. 이는 저만의 현상은 아닌 것 같습니다. 검찰 고위직을 지낸 어느 선배 변호사도 후배 검찰 간부에게 전화를 하려면 전화기를 열 번은 들었다가 놓았다가 한다고 하더군요.

이 문제에 대한 설명은 여러 면으로 할 수 있지만, 제 경우에는 자존심에 상처를 받을까 두려워 전화하지 못하는 것입니다.

자존심은 과연 무엇일까요? '타인의 인정을 통해 형성되는, 자신을 존중하고 사랑하는 마음'입니다. 자존심을 세우기 위해 전제가 되는 것은 '타인의 인정'입니다. 그래서 타인의 인정 여부에 따라 자존심이 살기도 하고 상처를 받기도 하는 것입니다. 우리는 흔히 누군가에게 이런 부탁을 하지요. "내 자존심 좀 세워줘"라고 말입니다. 저는 검사장을 하면서도 이 전화 불편증이 사라지지 않았습니다. 상식적으로 말이 되지 않는 일이지만, 누군가에게 무시당할지도 모른다는 생각이 무의식에 깔려 있어 전화로 약속하는 일이 쉽지 않았습니다. 검사장이라는 외투를 입고도 이런 생각을 하니 이 외투를 벗어버린 지금은 어떨까요? 비즈니스 때문에 제가 먼저 약속을 잡아야 할 일이 많아진 상황에서 이 전화 불편증은 여전히 저를 힘들게 하는 놈입니다.

그런데 저 막내 변호사는 어떻게 전화 걸기 어려운 상대인 검사들에게 그토록 쉽게 전화할까요? 그는 자존심이 낮아서일까요? 그는 이 문제를 자존심이 아닌 자존감을 무기로 해결하고 있는 듯 보였습니다.

'자존감'은 '타인의 인정'을 통해 형성되는 자신을 존중하고 사랑하는 마음인 '자존심'과는 달리, 타인의 인정 없이도 '자신 스스로의 인정'을 통해 형성된 자신을 존중하고 사랑하는 마음입니다.

이 막내 변호사가 검사에게 전화를 거는 데 있어, 검사의 반응은 아무런 의미가 없습니다. 그저 자신의 일을 하고 있을 뿐입니다. 그러니 전화 상대방인 검사가 어떤 반응을 보이더라도 자신의 자존심에 상처를 입지 않고 의뢰인을 위해 일하는 변호인이라는 자신 스스로의 인정을 통해 형성된 자존감 위에서 쉽게 전화를 하는 것입니다.

영어로는 자존심이나 자존감이나 모두 'Self-esteem'입니다. 그러나 우리말에서는 자존심과 자존감은 매우 다르게 쓰입니다. 이를테면 자존심은 부정적인 맥락에서 많이 쓰이는 반면, 자존감은 긍정적인 어투에서 사용되지요. 가령 자존심은, 자존감은 없으면서 자존심만 잔뜩 높은 사람을 비판할 때 곧잘 쓰입니다. "그 친구는 쓸데없이 자존심만 높아." 문제는 대부분의 사람들이 자존심만 높고 자존감은 약하다는 것입니다. 저역시 자존심만 쓸데없이 높아 그저 친구들에게 저녁 한번 먹자고 약속하는 일이 자존심을 거는 일로 발전하고 맙니다.

마르틴 림벡의《영업의 고수는 다르게 생각한다》라는 책을 읽으니 가슴에 와 닿는 문장이 몇 개 있었습니다.

"최고의 영업자는 높은 사람과의 만남을 즐긴다. 직위도 서열도 두려워하지 않는다. 최고 영업자, 그는 어떤 사람일까? 그는 매일 평균 네 명의 고객을 만난다. 매일 평균 스무 통의 전화를 고객과 주고받고, 적어도 평균 10~15년의 영업 경험이 있다. 그에게 서열로 겁을 주기는 쉽지 않다. 스스로를 넘버원이라고 생각하기 때문이다. 실제로도 그럴까? 정말 그가 넘버원일까? 그건 아무 상관없다. 어쨌거나 넘버원이 될 사람이니까."

"최고 영업자는 자존감도 높다. 그래서 절대 투덜거리지 않는다."

"'자신을 찾은 사람은 이 세상에서 잃을 것이 없다.' 작가 슈테판 츠바이크의 이 명언을 최고의 영업자들에게 꼭 들려주고 싶다."

자신을 찾은 사람, 즉 자존감이 있는 사람은 다른 사람과의 관계에서 당당히 자신이 가진 것을 내놓고 거래를 요구할 것입니다. 만약 상대방이 그것을 필요로 하지 않으면, 비록 그것이 하룻밤의 저녁식사라 하더라도 그는 그 제안이 필요하지 않았을 뿐입니다. 자존감이 있는 사람은 그 상황을 쿨하게 받아들여 다음번에는 그에게 다른 제안을 할 것이고, 이렇게 제안이 이어지다 보면 상대방은 그중 어느 것을 필요로 할 것입니다. 그러나 자존심을 내세우는 사람은 그 거절이 자신을 무시한 것으로 생각하여 괴로워하고 필요 이상의 비난을 하며 심지어 상대방과의 관계를 단절할지도 모릅니다.

단 한 글자 차이인데 자존'심'과 자존'감'은 이렇게 우리의 생각과 행동을 모두 바꾸어버립니다.

그래서 이런 말이 나왔나봅니다.

"자존심은 버리고 자존감은 키워라."

다시 커피숍 사건으로 돌아가보겠습니다. 제가 그 커피숍 직원이라면 화를 가라앉힌 다음 이렇게 생각했을 것 같습니다.

"내가 왜 화를 냈을까. 그 손님이 나의 무엇을 자극했을까. 아하, 나의 자존심에 상처를 준 것이야. 그런데 왜 자존심이 상처를 입었을까. 혹시 나의 자존감이 부족한 탓은 아닐까? 나의 자존감이 충만했다면 이렇게 여유있게 생각할 수도 있지 않았을까. '저 손님이 나에게 반말을 하는 것

을 보니 어제 기분 나쁜 일이 있었을 거야. 혹시 부부싸움을 했나. 허허,
불쌍한 분이네.'"

죽을 때까지 배워야 하는 인간관계

인생에서 인간관계는 사실 살아가는 전부일지도 모릅니다. 그러나 학창 시절 인간관계를 잘 맺는 법에 대해 아무도 가르쳐주지 않았습니다. 검사 시절에도 능동적으로 인간관계를 만들지 않았습니다. 검찰을 떠난 뒤부터 인간관계에 대해 배우고 실천하며 살고 있습니다. 특히 비즈니스를 해보니 인간관계가 더더욱 중요합니다.

모든 비즈니스에는 고객이 있고 그 고객과의 관계를 관리합니다. 하다못해 작은 동네 구멍가게도 그런 일을 합니다. 그것을 전문용어로 고객관계관리, CRM Customer relationship management이라고 하지요.

전화번호부에 있는 모든 분들이 잠재 고객일 수 있지만 어떻게 그분들에게 홍보를 할 것인지는 또 다른 문제입니다. 뜬금없이 제 전화번호부에 있는 수천 명을 상대로 "저희 사무실은 이런 일을 하고 있습니다.

혹시 어려운 일을 당하시면 저를 찾아주십시오"라고 문자메시지나 이메일을 보내면, 받는 분의 기분이 어떨까요? '조 변호사는 내가 불행한 일을 당하기를 바라는 것 같아' 하고 저를 오히려 더 멀리하지 않을까요?

이런저런 고민 끝에 CRM 전문가를 만나보았습니다. 그분은 이런 조언을 해주었습니다. "CRM을 한다고 단기에 매출이 오르지는 않습니다. 변호사 일은 건설공사를 따는 것과 같은 수주 산업입니다. 이런 분야에서 CRM의 핵심은 장기적인 인간관계의 구축입니다. 긴 호흡으로 조 변호사님의 인간관계를 어떻게 구축하고 유지할 것인지를 고민하셔야 합니다. 이 문제는 조 변호사님의 인생과도 깊은 관련이 있습니다. 어떻게 행복하고 성공적인 삶을 살 것인지가 바로 이 CRM에 달려 있습니다."

놀라웠습니다. 단기에 변호사 비즈니스에 도움이 되는 방법을 구하려고 CRM에 관심을 가진 저에게 인생이라는 무거운 주제를 제시한 것입니다. 그렇다면 고객관계, 아니 인간관계를 어떻게 하면 잘하는 것일까요? 2012년 3월부터 CRM 전문가인 제원우 대표와 매주 정기 미팅을 했습니다. 그 미팅에서 이런 이야기들이 오갔습니다.

제원우   인간관계를 하는 목적은 무엇일까요?

조근호   누군가를 사랑하고 누군가로부터 사랑받는 것이 인간관계의 목적인 것 같습니다.

제원우   대부분 개인의 전화번호부를 관리할 때 그룹을 나눕니다. 조 변호사님은 그룹을 나누는 독특한 기준이 있나요?

조근호   인간관계를 맺는 과정을 보면 처음에는 1백여 명의 큰 모임에서 만나 명함을 주고받고 다음으로 열 명쯤의 모임에 초대되어 다시 만납니다. 그러다가 서로 의기투합하면 네 명쯤 모임을 서로 주선하지요. 그다음에는 1:1로 만나고 더 깊어지면 부부동반 나아가 가족동반으로까지 발전하지요. 그래서 저는 100:1, 10:1, 4:1, 1:1, 2:2, 4:4 그룹으로 나누면 어떨까 생각하고 있습니다.

제원우 인간관계의 발전 방향에 대한 지적은 탁견인 것 같습니다. 그런데 1:1로 만나는 친한 관계라 해도 1:1 그룹에 속하는 분들을 자세히 살펴보면 친밀도에서 차이가 있을 것입니다. 또 만나는 주기의 차이도 있을 것입니다. 친하다고 자주 만나는 것은 아닌 것 같습니다. 친한 고등학교 동창이라 해도 1년에 한 번도 못 만나는 경우가 허다하니까요. 그래서 그룹은 친밀도와 미팅 주기를 두 개의 축으로 그룹을 나누면 좋습니다. 친밀도는 '사랑 받기To be loved'의 문제입니다. 어느 분이 조 변호사님을 얼마나 좋아하는지 그 정도에 따라 분류하는 것입니다. 미팅 주기는 '사랑하기To love'의 문제입니다. 조 변호사님이 어느 분을 얼마나 자주 만나고 싶어 하느냐의 문제입니다.

제 대표와 이런 식의 토론을 하였습니다. 그 과정에서 인간관계, 나아가 인생에 대한 깨달음을 하나하나 배우고 있습니다.

얼마 뒤, 사법연수원 부원장 시절 같이 근무했던 분들과 저녁 모임이 있었습니다. 제가 원장님으로 모신 바 있고, 당시 성균관대학교 로스쿨 원장인 손기식 원장님이 인간관계에 대해 이런 통찰을 주었습니다.

"누군가를 만나는 것은 각자 자신이 가진 시간을 주는 것입니다. 그런데 시간이란, 각자가 가지고 있는 생명입니다. 따라서 누군가를 만나는 것은 그에게 자신이 가진 생명을 바치는 것입니다. 그러니 어느 모임도 허투루 할 수가 없습니다."

저는 비즈니스를 위해 CRM을 생각했고 CRM을 통해 인간관계를 배워나가고 있습니다. 그러나 이 모든 주제의 본질은 자신의 생명을 누군가에게 바치는 것입니다. 여러분은 이 순간 여러분의 생명을 누구에게 바치고 계신가요? 또 어느 분이 여러분을 위해 자신의 생명을 바치고 계신가요?

2013년, 누군가에게 생명을 바칠 기회가 생겼습니다. 팔자에 없는 총무 풍년이 들어 각종 모임의 총무를 네 개나 맡게 된 것입니다. 제가 막내인 모임도 있고, 아무도 총무를 하지 않으려 하여 떠밀린 경우도 있고, 회장이 없어 사실상 회장과 총무를 겸한 경우도 있었습니다. 그래도 총무는 총무이고 총무 일을 누구에게 떠넘길 수도 없는 상황입니다. 모임 총무로 일해보니 모임의 회원으로 참석할 때와는 전혀 다른 세상을 알게 되었습니다.

첫째, 모임 연락을 해보면 여러 가지를 한꺼번에 알 수 있습니다.

먼저 회원의 성격을 알 수 있습니다. 문자메시지나 이메일 연락에 대해 5분 내 즉답을 하는 사람은 5퍼센트도 안 됩니다. 이렇게 그 수가 적다 보니 매번 즉답을 해주는 회원에 대해서는 사람이 달리 보이고 존경심이 생깁니다. 물론 아무런 답신이 없는 경우도 30~40퍼센트는 되지요.

또한 그 회원이 회사 오너나 대표인 경우, 연락 과정에서 회사의 수준을 금방 파악할 수 있습니다. 회원들에게 직접 연락을 하지만 답신이 없는 경우에는 저의 비서가 회원의 비서에게 전화 연락을 합니다. 제 비서를 통해 전해 들은 비서들의 반응은 각양각색입니다. 비서가 상사에게 모임 참석 여부를 물어보는 것이 편하지 않아 보이는 회사가 적지 않습니다. 심지어 그쪽 비서가 저의 비서더러 자신의 상사에게 직접 연락해 보라고 퉁명스럽게 답하는 황당한 경우도 실제로 있었습니다.

둘째, 모임에 참석하겠다는 의사를 낸 사람들 중에도 실제 참석까지 이어지는 과정에는 여러 가지 우여곡절이 있습니다. 물론 사회적으로 많은 일을 하는 분들이기에 갑자기 중요한 일이 생겨 참석하지 못하는 건 저도 자주 있는 일입니다. 문제는 그 통지 방법입니다.

많은 분들이 총무인 저에게 직접 전화를 해 사정이 변경된 것에 대해 죄송하다는 말과 함께 총무 일을 하느라 수고하는 데 함께하지 못해 미안하다고 정중하게 양해를 구합니다. 그러나 상당수는 문자메시지로 일방 통보합니다. 속상하지만 그래도 이 정도는 양반입니다. 예측할 수 있게 해주니까요.

문제는, 당일 아침에 불참 통보를 하는 경우입니다. 특히 조찬 모임의 경우 반드시 두세 명이 생기더군요. 아마도 전날 늦게까지 일을 하느라 아침에 일찍 일어나지 못한 때문일 것으로 짐작하지만, 모임 30분 전에 불참 문자 메시지가 들어오면 그 회원의 인품을 다시 보게 됩니다.

최악의 경우는 노쇼No Show입니다. 아무런 이야기도 없이 안 오는 경우입니다. 조찬 모임은 이런 분이 한두 명 나올 것을 각오하여야 합니다. 저도 총무를 1년여 하다 보니 통계치가 자연스럽게 형성되고 회원의 면면을 살피면 예측도 가능해집니다.

셋째, 모임 참석 시각의 문제입니다. 저는 총무이니 적어도 30분 전에 장소에 도착합니다. 그런데 꼭 30분 정도 일찍 오시는 분이 있습니다. 그분의 직함을 보면 절대로 한가한 분이 아닌데 늘 먼저 도착하여 이어서 오는 회원들과 반갑게 인사를 나누십니다. 저는 그분의 시간관념을 보면서, 그분의 성공요인 중 하나는 약속 시간에 일찍 도착하는 것이 아닌가 생각해봅니다. 그런데 꼭 늦는 분이 있습니다. 어쩌다 늦는 것이 아니라 가만히 보면 습관적으로 늦습니다. 또 반대로 꼭 먼저 가는 분이 있습니다. 그분도 자세히 살펴보면 늘 같은 분입니다. 습관적으로 약속을 두 가지 겹쳐서 하는 것 같습니다. 그런데 그분이 떠나고 나면 참석자 중에 한두 분은 뒷말을 합니다. '저 사람은 뭐가 바쁜지 꼭 먼저 가네.' 그다지 좋게 들리지 않습니다.

이러고 보니 반대로 제가 회원으로 참석하는 많은 모임에서 저는 잘못된 처신을 하고 살아온 것 같습니다. 제가 총무로 일해보니 제가 그런 처신을 할 때마다 총무가 얼마나 속상했을까, 고스란히 느껴지더군요.

총무 일을 하면서 인간관계 공부를 새롭게 하고 있습니다. 한 사람 한 사람이 이렇게 귀할 수 없습니다. 모임이 잘되고 안 되고는 총무 손에 달렸다고들 하니 부담도 많이 됩니다. 그런데 총무를 하고 보니, 총무해보기를 잘했다는 생각이 듭니다. 더 젊은 나이에 총무를 했더라면 사람을 더 귀하게 여기고 인간관계를 더 잘 맺었을 것이라고 생각됩니다. '사랑하는 자식은 여행을 보내라'는 말이 있는데 저는 하나 덧붙여 '사랑하는 자식은 총무를 시켜라'고 이야기하고 싶습니다. 총무 일은 귀찮은 일이지만 그 일을 인간관계 공부의 기회로 삼으면 이만한 산 교육은 없는 것 같습니다.

총무를 해보니 약속 잡기부터 실제 만남에 이르기까지 여러 가지 우여곡절이 있음을 알게 되었습니다. 그러나 진짜 본 게임은 만남이지요. 자, 이제 만났습니다. 만남에서 어떻게 해야 좋은 인간관계를 맺을 수 있을까요?

두 가지 장면을 상상해보시지요.

첫 번째 장면입니다. 몇 사람이 만나 이야기꽃을 피웁니다. 누군가가 재미난 이야기를 꺼냅니다. 그런데 그의 이야기를 듣는 순간, 어떤 이야기가 생각났습니다. 저는 언제 그의 이야기를 끊고 치고 들어갈까 타이밍만 봅니다. 마치 농구선수가 상대방이 드리블하고 있는 공을 낚아채듯이 저는 잽싸게 그의 이야기를 가로채 제 이야기를 시작합니다. 그를 포함하여 다른 모든 사람들이 저를 쳐다봅니다. 그들의 반응을 보니 제가 이야기를 시작한 것이 잘했다는 생각이 들어 다른 이야기로 슬슬 옮겨갑니다. 이러다 보니 그의 이야기는 제 머리에 남는 것이 별로 없습니다. 저는 모임을 마치고 일어서는 순간 모임을 주도했다는 자신감을 가집니다. 그러나 집으로 돌아오는 차 속에서 무엇인가 허전함을 느낍니다. 기가 빠진 느낌이 듭니다. 무엇이 빠져나간 것일까요?

두 번째 장면입니다. 몇 사람이 모였습니다. 그저 아무런 목적 없이 만나 이야기꽃을 피웁니다. 누군가가 재미난 이야기를 꺼냅니다. 저는 그의 이야기에 귀를 기울입니다. 썩 재미난 이야기는 아니지만 그의 이야기에 집중합니다. 그가 이야기할 때마다 고개를 끄덕이기도 하고 박수도

치고 '와우' '대단한데' 등의 리액션을 적절히 합니다. 어떤 대목에서는 그의 의견에 동의할 수 없습니다. 그러나 그의 의견에 바로 반론을 제기하기보다는 그의 상황과 배경에 주목합니다. 그렇게 생각하니 그의 이야기가 훨씬 가슴에 와 닿습니다. 저는 오늘 몇 마디 하지 않았습니다. 감탄사만 몇 마디 했을 뿐입니다. 그런데 마음이 편안하고 무엇인가 많은 것을 얻은 느낌이 듭니다.

평소 여러분의 스타일은 어떠신가요? 저는 거의 대부분 첫 번째 장면의 주인공입니다. 이것을 '대화로 위장된 독백'이라고 표현한 학자가 있습니다. '두 사람이 서로 대화를 나누고 있다고 생각하지만 사실상 혼잣말이나 다름없는 대화를 하고 있다'는 것입니다.

언젠가 들은 문달주 교수의 강의에서, 문 교수는 대화 시 가장 먼저 할일은 상대방에게 관심을 가지는 일이라고 강조했습니다. "카사노바 같은 친구가 있었습니다. 그런데 그 친구는 여자를 만날 때 세 마디밖에 하지 않는데도 그의 주변에는 여자들이 항상 많았습니다. 그 세 마디가 무엇이었을까요. '진짜', '정말', '와우'."

문 교수가 제안하는 대화 시의 두 번째 할 일은, 상대방의 이야기에 공감을 느끼는 일입니다. 문 교수는 '공감'이란 '동의'와는 다른 개념으로 '그의 입장에서는 그렇게 생각할 수도 있겠다'라고 생각해주는 것이라고 규정했습니다. 여러분은 지금 옆에 있는 사람과 공감하고 계신가요?

인간관계는 이처럼 배워야 할 것도 많고 몸으로 익혀야 할 것도 많습니다. 저는 아마도 죽을 때까지 낙제를 면하려고 안간힘을 쓸 것 같습니다.

매일매일 인격이란 우물 파기

2012년 9월 어느 날, 외국 출장 가는 딸을 인천공항에 데려다주고 아내와 함께 운전해 집으로 돌아오고 있었습니다. 차는 좀 밀렸지만 아무 문제가 없는 평범한 아침이었습니다. 강북강변도로를 따라 행주대교 방면에서 반포대교 방면으로 2차선을 따라 달리고 있었습니다. 양화대교가 눈앞에 나타날 무렵, 갑자기 차 시동이 슬그머니 꺼져버렸습니다. 다시 시동을 걸었지만 신호가 들어오는 것 같더니 꺼지기를 수차례, 무슨 일이 있어났는지 아는 데에는 5분이 더 필요했습니다.

기름이 '엥꼬' 난 것입니다. 기름이 다 떨어졌다는 말입니다. 마지막으로 '엥꼬'가 난 것이 1986년이었으니 정말 오랜만에 기름이 떨어진 상황을 겪게 되었습니다.

아침 8시 반, 일산에서 서울로 출근하는 차량 때문에 차로 꽉 막힌 강북강변도로, 그 2차선에 떡하니 자리 잡고 제 차는 꼼짝도 하지 않았습니다. 무엇을 어떻게 해야 하는지 순간 머릿속이 하얘졌습니다. 일단 보험회사에 전화하여 도움을 청했습니다. 뒤에서 오는 차들이 부딪힐 것이 걱정되어 차에서 내려 비켜 가라고 수신호를 했습니다. 그 순간, 짜증과 창피가 엄습했습니다. 2차선에 있는 차를 갓길로 옮겨보려 했지만 꼼짝도 하지 않았습니다. 다행히 트렁크에서 안전 삼각대를 찾아 차 후방 10미터쯤에 설치하고 아내와 차 속에 앉아 보험회사 직원을 기다리고 있었습니다. 옆 차선에서는 차들이 무서운 속도로 달리고 있었습니다. 갑자기 아내가 트렁크에서 무엇을 꺼낸다며 차에서 내리려고 문을 열었습니다.

그 순간 간신히 억누르고 있던 화가 폭발했습니다. "뒤도 안 보고 열면 어떡해! 사고 나잖아!" 차에 기름이 떨어지는 줄도 모르고 운전한 저에게 아내가 화를 내도 모자랄 판에, 거꾸로 제가 아내에게 화를 내고 만 것입니다. 어색하고 귀찮은 상황이 자제력을 먹어치운 것입니다.

이렇게 씩씩거리고 있는데 경찰차가 지나가다가 이 상황을 보고 차를 세우고 다가왔습니다. '그냥 가도 되는데 왜 이 사람이 오는 거야?' 속으로 일단은 귀찮은 생각이 치밀어 올랐습니다. 경찰관은 다가와 정중하게 물었습니다. "무슨 일이십니까?" "기름이 떨어져 보험회사 서비스 차량을 기다리고 있습니다." "이렇게 차에 앉아 계시면 뒤차가 충돌할 경우 위험합니다. 다행히 지금은 아침이라 시야도 좋고 교통량이 많아 차가 천천히 달리지만 밤에는 매우 위험합니다. 이런 경우 반드시 차에서 내려 길가에 서 계셔야 합니다."

경찰관은 재빠른 솜씨로 옆 차선에서 오는 차를 막더니 차를 밀기 시작했습니다. 제가 뒤에서 조금 거들자 꼼짝도 하지 않던 차가 움직이기 시작했고 오른쪽 갓길로 빼낼 수 있었습니다. 경찰관이 너무도 고마웠습니다.

5분쯤 기다리니 보험회사 서비스 차량이 기름통을 가지고 왔고, 기름을 차에 붓자 모든 상황이 종료되었습니다. 이 소동은 약 40분가량 걸렸고 그 소동 속에서 많은 마음공부를 할 수 있었습니다.

예상치 못한 상황에 빠지면 일단 평온했던 감정이 요동치게 됩니다. 그것은 짜증이나 화로 표현됩니다. 시간이 지나 그 사태가 해결되고 나면 그때 냈던 짜증이나 화는 창피한 감정의 흔적이 됩니다. 그 흔적에 상처를 입은 상대방에게는 미안하기 짝이 없지만 이미 저질러진 일이 되고 말지요. 좋은 해법은 어떤 일이 일어났을 때 평정심을 잃지 않고 관조하는 것이겠지만, 수도를 하지 않는 저로서는 쉽지 않은 일입니다.

그러면 어떻게 해야 할까요? 11세기 유대인 철학자 솔로몬 이븐 가비롤의 '말하지 않은 것은 번복할 수 있지만, 이미 말해버린 것은 번복할 수 없다'는 권고를 가슴에 새기고 싶습니다. 아내에게 순간 화내며 말하지 않았더라면 좋았을 텐데 여느 날과 같이 이미 말해버리고 번복할 수 없다는 사실에 또 후회하고 맙니다. 또 이런 상황이 오면 속으로는 짜증과 화가 나더라도 말하지 않고 지낼 수 있을까, 하는 생각이 듭니다.

주변을 살펴보면 각자 본인의 방식으로 화를 표출하고 있습니다. 바로 폭발해버리는 타입, 꾹 참는 타입 등, 여러 가지 스타일이 있습니다. 저도 2008년 3월 대전 지검장으로 부임해 행복경영을 시작하기 전에는 바로 폭발해버리는 타입이었습니다. 그러나 그렇게 하고 나면 반드시 수습을 해야 했습니다. 화를 낸 상대방에게 "사실 당신이 미워서 화를 낸 것이 아니다. 내 속마음은 그렇지 않다" 등의 구차한 변명을 해야 했습니다. 행복경영을 시작하면서 그 핵심을 직원들에게 야단치지 않는 것으로 삼고 지낸 이래로는 화내는 빈도가 훨씬 줄어들었습니다.

데일 카네기에게 이런 일화가 있습니다. 라디오 방송에 출연하여 역대 미국 대통령에 대해 이야기를 하다가 링컨의 장단점을 지적했답니다. 그런데 링컨을 존경한다는 한 여성이 카네기의 의견이 틀렸다며 그를 비난하는 편지를 보내왔습니다. 카네기는 모욕당했다고 생각한 나머지 그 자리에서 그녀에게 똑같은 어투로 비난과 경멸의 편지를 썼습니다. 편지를 다 썼을 때는 이미 늦은 시간이라 비서도 없어 그다음 날 부치려고 책상에 편지를 놓고 퇴근했습니다.

그다음 날 출근하여 그 편지를 읽어본 카네기는 부끄러운 생각이 몰려왔습니다. '어제는 내가 너무 흥분한 것 같아. 아무리 화가 나는 일도 하루가 지나면 별것 아닌 것을.' 그는 책상에 앉아 그녀에게 충고에 감사하다는 내용의 편지를 다시 썼습니다.

짜증이나 화는, 모두 하루가 지나고 나면 대부분 별것 아닌 것이 되고 맙니다. 다만, 우리가 참지 못할 뿐이지요. 가끔 우리는 모든 것에 신경질 내고 화를 내고 짜증을 부리면서 하루를 보냅니다. 그러고는 행복하지 않다고 합니다.

우리는 사소한 일에도 금방 반응을 보이며 화를 내는 사람을 속이 좁은 사람이라고 하고, 웬만한 일에는 반응도 보이지 않고 늘 한결같은 사람을 속이 깊은 사람이라고 합니다. 그런데 '속이 깊다'는 표현을 떠올리면 이런 비유가 생각났습니다.

"우리 모두는 마음 안에 우물을 하나씩 가지고 있다. 마음의 깊이는 그 우물의 깊이이다. 우리 가슴 안에 있는 우물이 얕으면 다른 사람이 던지는 비난, 비판, 불만이라는 돌멩이에 즉각 반응을 보이며 '풍덩' 하는 소리를 낸다. 그런데 그 우물이 상당히 깊으면 돌멩이가 떨어져도 즉각 반응을 보이지 않고 한참 후에 소리를 낸다. 그리고 그 소리마저도 우물 안에서 흡수되어 밖으로 잘 들리지 않게 된다.

상상해보자. 누군가 돌멩이가 아니라 바위를 던졌다면 결과가 어떻게 될까? 천둥벼락이 치며 물이 한 동이쯤 밖으로 쏟아질 것이다. 그런데 누군가 바위가 던져지는 모습은 보지 못하고 풍덩 소리와 내뿜어지는 물만 보았다면 그는 우물 주인을 분명 불평불만이 많은 사람으로 여기게 될 것이다.

'우물이 깊은가? 그렇지 않은가?'는 너무도 중요하다. 그러면 그 우물은 어떻게 해야 깊어질까. 저절로 깊어지지는 않는 것 같다. 매일매일 우물을 조금씩 깊게 파야 한참 지난 후 그 우물이 깊어져 우물로 던져지는 수많은 돌멩이에 반응하지 않게 될 것이다.

우리는 매일 한 삽씩 우물을 파야 한다. 오늘 읽은 책의 좋은 글귀 한 줄, 누군가에게서 들은 좋은 말 한마디, 스스로 사색한 좋은 생각 한 가닥이 삽이 되어 우물을 파 내려갈 것이다. 그래서 나는 오늘도 책을 읽고 누군가와 대화를 나누고 깊은 상념에 빠진다.

오늘 하루도 우물이 한 뼘쯤 깊어졌기를 바라면서 말이다. 그런데 그 우물의 다른 이름을 아는가? 우리는 그 우물을 '인격'이라 부른다."

남자는 자꾸 설명하려 한다

몇 년 전, 저희 회사의 이용훈 상무가 저에게 직원들과 개별 면담을 해 달라고 건의했습니다.

"대표님, 직원들이 평소 하고 싶었던 이야기를 할 수 있는 장을 만들어주십시오. 그런데 한 가지, 반드시 직원이 가슴에 있는 이야기를 할 수 있게 직접 종이에 건의사항을 적어 와 읽을 수 있게 해주십시오."

제가 반문했습니다.

"왜, 그냥 말로 하면 안 되나요?"

"대표님, 직원들이 대표님과 이야기 나누다 보면 대표님의 권위와 달변에 눌려 하고 싶은 이야기를 다 하지 못한다고 합니다."

망치로 한 대 얻어맞은 것 같았습니다. 검찰에 있을 때부터 소통을 강조하고 직원들을 위해 행복경영을 하겠다고 배치표도 뒤집고 별짓 다했는데, 정작 직원과의 소통은커녕 장광설만 남았다니……. 그의 말은 나 자신을 돌아보게 했습니다. 저는 직원들이 제 뜻을 온전히 이해할 수 있게 순수한 의도에서 성의껏 말을 많이 한 것인데, 오히려 소통에 차질을 주고 있었다니. 그러고 보면 '검찰총장과의 간담회' 같은 자리가 마련된다 해도 어느 검사가 속에 있는 이야기를 할 수 있을까요. 그저 총장의 이야기에 귀 기울이다가 사주는 밥이나 한 끼 얻어먹고 오는 것이 고작이지 않을까요. 애당초 소통은 존재하기 힘들고 일방적 훈시만 남는 것입니다. '대통령과의 대화'나 'CEO와의 대화' 같은 자리도 성격은 마찬가지입니다. 질문이라는 것도, 따지고 보면 질문자가 듣고 싶은 답변을 유도하기 위한 방편에 불과하지 상대의 가슴속 이야기를 들으려는 게 아닐 것입니다.

돌이켜 보니 저는 늘 설명을 하고 살아왔습니다. 제가 꿈꾼 세상, 제가 만든 세상, 제가 바라본 세상, 제가 느낀 세상……. 저는 설명하고 싶은 것이 너무도 많았습니다. 집에도 사무실에도 늘 제 옆에는 칠판이 있습니다. 걸핏하면 일어나 씁니다. 사건 상담을 하면서도 질문하기보다는 제가 이해한 것을 설명하고 싶어 안달이 납니다. 제가 누군가에게 그가 꿈꾼 세상, 그가 만든 세상, 그가 바라본 세상, 그가 느낀 세상을 진지하게 물어본 적은 거의 없는 것 같습니다. 사실 그는 그런 이야기를 하고 싶었을 텐데도 말입니다.

사람은 질문을 하는 학생으로 살아갈 수도 있고 설명을 하는 선생님으로 살아갈 수도 있습니다. 저는 학창 시절부터 질문하기보다는 질문에 답하기를 좋아했습니다. 선생님이 어려운 질문을 하면 그 질문에 답변하며 희열을 느꼈습니다. 이렇게 습관이 들다 보니 어른이 되어서는 당연히 질문하는 학생의 삶이 아닌 설명하는 선생님의 삶을 살고 있는 것입니다. 그러나 세상의 많은 새로운 것들은 질문에서 출발합니다. '왜 Why'라는 것에서 궁금증이 생기고 이것을 설명하고 해결하기 위해 새로운 사상과 발명품이 만들어집니다. 우리는 이런 사실을 너무도 잘 알고 있습니다. 그러나 개개인의 삶에서는 이와 반대로 살고 있습니다. 특히 나이가 들면 더더욱 세상에 대한 호기심이 줄어 질문은 적어지고 자신이 아는 것에 대한 설명만 하게 됩니다. 그러니 오죽하면, 나이가 들수록 입을 닫으라는 말까지 나오겠습니까?

그런데 근본적으로 질문하는 학생으로서의 삶을 살 것인가, 아니면 설명하는 선생님의 삶을 살 것인가의 문제는 타인에게 관심을 두는 삶을 살 것인지, 자신에게 관심을 두는 삶을 살 것인지의 문제와 연결되어 있습니다. 다른 사람에게 관심을 두려면 다른 사람에 대한 사랑이 있어야 합니다. 그를 좋아하고 아끼는 마음이 있어야 합니다. 누군가를 사랑하게 되면 그에 대해 궁금해져서 자꾸 묻습니다. 어제 무엇을 했는지 무슨 영화를 좋아하는지 무슨 음악을 좋아하는지 별거 아닌 것을 꼬치꼬치 묻습니다. 그러나 그에 대한 사랑이 식으면 묻기를 그치고 지시하거나 설명하려 듭니다.

직원들에 대한 나의 태도도 아마도 이런 일들과 연관이 있는 것 같습니다. 직원들을 사랑하면 그들에 대해 궁금해질 것이고 그러면 그들이 어디에 사는지, 가족은 어떻게 되는지, 아이들은 지금 몇 학년인지, 지금 무슨 고민을 하고 사는지 등등, 그에 대한 모든 것을 묻게 될 것입니다.

그리고 수시로 다시 확인하고 그것을 기억할 것입니다. 그러나 사랑이 없으면, 질문을 하더라도 형식적이거나 내 논리를 펴기 위한 기회 포착에 불과하게 될 것입니다.

설명을 즐기며 살아온 삶의 방식을 하루아침에 바꿀 수는 없습니다. 바뀌지도 않을 것입니다. 삶의 방식을 바꾸기 위해서는 제 자신이 아니라 세상에 대해 그리고 다른 사람에 대해 관심과 애정을 가지는 것이 먼저 선행되어야 합니다.

이용훈 상무와 약속했던 '직원들과의 면담'을 진행하기로 한 뒤, 저의 일방적 훈시나 설교가 되지 않게 직원들이 하고 싶은 이야기를 적어 와도 좋다고 했습니다.

아침을 같이하며 1 : 1 면담을 했습니다. 개인적인 삶에 대해서는 예상했던 대로 각자 성향에 따라 관심 분야가 달랐습니다. 그러나 회사에 대한 생각은 관심 분야가 비슷했습니다. 제가 아무리 의식적으로 노력했다 해도, 행복마루 식구들과의 면담에서 설명하는 선생님의 역할을 버리고 질문하는 학생의 역할을 잘 수행했는지 모르겠습니다.

그런데 저는, 제 '설명 버릇'을 이렇게 강변하고 싶습니다. 누군가를 사랑해서, 그래서 그에게 해주고 싶은 것이 많아질 때 수다스러워져 설명이 느는 것이라고 말입니다. 이렇게 강변하지만 설명을 하는 선생님으로 살기보다 질문을 하는 학생으로 사는 것이 중요하다는 것을 잘 알고 있습니다. 반드시 실천해야 할 일이지요.

어쨌든 중요한 것은, 그들을 얼마나 진심으로 위하고 사랑하느냐일 것입니다. 그리고 또 하나의 문제는, 제가 그들을 위해 질문하고 그들을 사랑해 설명하려 한다 하지만 그들도 그렇게 느끼고 받아들이고 있느냐의 여부입니다. 그들이 저의 질문을 감시로 여기고 저의 설명을 잔소리로 받아들이면 제가 아무리 그들을 사랑한다고 하더라도 그들과 저의 간격은 한없이 멀어질 것입니다.

이것은 비단 직원들과의 관계에 국한된 일은 아닙니다. 저와 아내, 저와 아이들 간에도 빈번히 발생하는 문제입니다. 저는 지금까지 그랬듯이 앞으로도 아내와 아이들에게 어떤 때는 질문하고 어떤 때는 설명할 것입니다. 그리고 가급적 설명을 줄이고 질문을 많이 할 것입니다. 그러나 이것밖에 방법이 없을까요? 질문과 설명 이외에 다른 방법은 없는 것일까요? 때로는 질문과 설명 대신 따뜻하게 품어주는 것만으로, 아니 그윽하게 바라보는 것만으로도 그들에게 제 사랑을 표현할 수 있는 것 아닐까요. 직원들과도 마찬가지입니다. 그들에게 질문하고 설명하는 것을 멈추고 그들이 힘들 때 그저 아무 말 없이 등을 두드려주는 것만으로도 그들에 대한 애정을 전달해줄 수 있을 것입니다.

2016년 4월 미국 메이저리그에서 활약했던 유명 야구선수와 '질문과 설명'에 대해 이야기 나눌 기회가 있었습니다.

"야구의 세계에서 보면 훌륭했던 선수가 훌륭한 감독이 되는 확률이 낮아 보이는데, 왜 그런가요? 오히려 선수 시절 화려하지 않았던 분들이 감독으로 변신해 뛰어난 기량을 보이는 경우가 더러 있잖아요. 공직이나 기업의 경우에도 일을 잘하던 직원이 관리자가 되어 리더십을 발휘하지 못하는 경우가 적지 않아요."

"제가 생각하기로는 감독은 매니징이나 코칭을 해야 하는데 지시를 하기 때문일 것입니다. 제 경험을 토대로 말씀드리겠습니다. 투수가 잘 못 던져 홈런을 맞았습니다. 이런 경우, 투수 코치가 마운드에 올라옵니다. 제가 경험한 한국의 코치는 '야 뭐 하냐. 똑바로 안 해'라고 말합니다. 그러면 투수는 '예.' 하지요. 그런데 다시 안타를 맞으면 또 투수 코치가 마운드에 올라와 '야. 이렇게 하라고.' 하며 화를 냅니다. 이 경우 두 가지 종류의 선수가 있습니다. 착한 선수는 '예.' 합니다. 그러나 약간 건방진 선수들은 '하라는 대로 했는데요'라고 말대답을 합니다. 이것이 한국 코치들의 모습입니다.

그런데 제가 경험한 미국 코치는 달랐습니다. 제가 홈런을 맞았을 때의 일입니다. 투수 코치가 마운드에 올라와 영어도 잘 못하는 저에게 이렇게 질문했습니다. '다음번 타자에게 무슨 공을 던질 생각이야?' 저는 황당하기 짝이 없었습니다. 지금 홈런을 맞아 정신이 나가 있는데 다음번 타자에게 던질 공이 생각이 나겠습니까? 그러고는 자신을 쳐다보라고 합니다. 눈을 마주치기가 쉽지 않습니다. 고개를 못 들자 다시 이야기합니다. 'Look at me. Look at me.' 간신히 고개를 들어 눈을 마주치자 다음 타자에게 무슨 공을 던질 것인지 또 물어봅니다. 그러나 저는 그런 질문은 상상도 못 했기 때문에 가만히 있었습니다. 그러자 투수 코치는 아무런 말도 없이 내려가버렸습니다. 그런데 또 공을 잘못 던져 안타를 맞으면 또 투수 코치가 올라와 다음번에 무슨 공을 던질 것인지 계속 질문합니다. 이러면 나중에는 제가 거짓말을 합니다. '바깥쪽 직구'라고 생각나는 대로 이야기합니다. 물론 미리 생각한 것도 아니지요. 그러면 투수 코치가 아무 코멘트도 없이 그냥 돌아갑니다. 저는 어리둥절했습니다. 이렇게 경기가 끝납니다. 저 스스로 제가 거짓말을 한 것을 알잖아요. 그래서 생각합니다. '다음번에 투수 코치가 올라오면 무슨 말을 해야 할까.'

다음 경기에 똑같은 상황이 전개됩니다. 이번에는 다릅니다. 거짓말할 필요 없이 미리 고민한 바가 있었으니 잠시 생각하고 변화구나 직구를 던지겠다고 합니다. 이렇게 던지고 나면 그것이 정답이었는지 여부를 스스로 알게 됩니다. 이처럼 미국의 투수 코치는 선수가 계속 생각하게 합니다. 물론 이런 과정은 시간이 걸립니다. 그러나 이렇게 생각하고 또 생각하면 스스로 정답을 찾게 됩니다. 모든 사람은 아이디어와 생각이 있습니다. 그런데 어떤 상사는 아랫사람의 아이디어와 생각을 '판단'합니다. 반대로 비록 잘못되었다고 하더라도 '그래 해봐.' 하면 그는 실패하면서 자신을 발전시킬 것입니다."

이때 참석자들이 이구동성으로 한마디씩 했습니다. "그러다가 속 터져요." "한국 사람들은 못 기다려요." "알기는 아는데 그렇게 하기 진짜 힘들어요."

그 선수는 설명을 이어갔습니다.

"선수 경력이 좋은 분들이 좋은 감독이나 코치가 못 되는 이유가 이와 관련이 있습니다. 자신은 예전에 선수 시절 연습할 때 매일 1천 개씩 공을 때렸습니다. 그래서 선수들에게 똑같이 시킵니다. 그러나 선수들은 1천 개를 때리지 않습니다. 그러면 화를 내며 억지로 시킵니다. 이렇게 하면 안 됩니다. 어떤 선수는 엄청난 집중력과 열정을 가지고 1백 개만 쳐도

대충 1천 개를 때린 선수보다 더 효과가 있을 수 있습니다. 저의 경험으로는 훌륭한 감독이 되는 데 필요한 것은 존경을 받을 만한 자세와 인내심인 것 같습니다."

짧고 인상 깊은 그의 이야기가 끝나자 동석했던 사람들이 모두 이구동성으로 공감을 표했습니다.

"한국 리더십과 미국 리더십에 많은 차이가 있네요.""제가 지난주에 한 모든 일은 한국 코치가 한 일과 같았습니다. '이게 뭐니'라고 야단치고 지시한 것이 전부였지요.""한국 사람에게 창의력이 부족한 것은 부하의 발전을 인내심으로 기다려주지 못하는 성격과도 관련이 있는 것 같네요."

어느 원로 변호사께서 화제를 돌렸습니다.

"제가 미국에 가서 공부할 때 일방적으로 설명하는 교수보다는 질문만 하라고 시키는 교수들이 더 많았습니다. 학생들에게 생각하는 법을 가르치고 있는 것이지요. 생각하지 않으면 질문을 할 수 없거든요."

이야기가 코칭에서 교수법으로 넘어가고 있었습니다. 이 이야기를 어느 중견기업 회장님께서 받았습니다.

"제가 고려대에 가서 강의할 때의 일입니다. 장하성 교수님이 학장으로 계실 때 부탁을 받아 한 학기 강의를 했습니다. 장 교수님은 학생을 2백여 명 모아두었습니다. 빈자리가 거의 없었습니다. 장 교수님은 저에게 '강의 시간을 두 시간 드릴 테니 한 시간은 강의하시고, 한 시간은 질의응답 시간을 가져주세요'라고 하더군요. 전 평소 두 시간 강의를 하면 1시간 40분 동안 강의하고 20분 동안 질문 받는 것이 보통이었지요. 그래서

'질문 시간 한 시간은 길지 않을까요?' 했더니 '질문이 많을 테니 한 시간도 부족할 것입니다'라고 하더군요. 한 시간 강의가 끝나고 질문하라고 했습니다. 그러자 놀라운 광경이 펼쳐졌습니다. 2백여 명의 학생 중약 180명 정도가 손을 들어 질문하겠다고 나선 것입니다. 저는 그 광경을 잊을 수가 없습니다. 우리나라 사람들은 대부분 질문을 하지 않지요. 제 회사에서도 외부 강사를 모셔 특강을 하고 나서 질문하라고 하면 간신히 한두 명, 강사의 체면을 살려주려 질문하지요. 여기에 포인트가 있는 것입니다. 창의력이란 결국, 생각을 하는 힘이지요. 그런데 우리나라 사람들은 생각하지 않으니 질문을 하지 못하고 결국 창의력이 생기지 않는 것이지요."

저는 이야기를 들으며 '과연 나는 어떤 코치일까' 생각해보았습니다. 저는 전형적인 한국 투수 코치입니다. 직원들이 해온 것이 틀렸을 경우, 질문하여 스스로 생각하도록 기다리지 못하고 바로 마커 펜을 들고 칠판에 설명하기 시작합니다. 그러면 침묵이 흐릅니다. 아마도 직원들은 이런 생각을 하겠죠. '또 강의 시작이네. 언제 저 강의가 끝날까.'

'맨스플레인mansplain', '남자man'와 '설명하다explain'를 결합한 신조어를 아시나요? 위키피디아에는 "누군가에게 무언가를, 특히 남성이 여성에게 거들먹거리거나 잘난 체하는 태도로 설명하는 것"이라고 정의되어 있습니다. 이 단어는 2010년 〈뉴욕타임스〉가 꼽은 '올해의 단어'로 선정된 바 있고, 레베카 솔닛이라는 여성 인권운동가는 같은 이름의 책을 낸 바도 있습니다. 그녀는 이 현상을 일부 남성의 '과잉 확신과 무지함'의 결합으로 일어나는 현상에 속한다고 보았습니다. 아마도 저는 맨스플레인 증후군 환자일지도 모릅니다.

가능할지는 모르지만, 일단 진단이 되었으니 치료를 하고 싶습니다. 'Mansplain'에서 'Mansk'로 바뀌어야겠습니다. 눈치채셨나요? 'Mansk' 는 Man(남자)과 Ask(질문하다)를 결합하여 제가 만든 신조어입니다. 오늘의 이야기에 이 신조어를 대입시켜보면 한국 코치는 Mansplain의 달인인 반면, 미국 코치는 Mansk의 달인인 것이지요. 남자들이 Mansplain 의 오명을 벗고 Mansk의 달인이 되어 위키피디아에 이 단어가 등재되는 날을 기대해봅니다.

"대표님, 직원들이 대표님과 이야기 나누다 보면

대표님의 권위와 달변에 눌려 하고 싶은 이야기를 다 하지 못한다고 합니다."

망치로 한 대 얻어맞은 것 같았습니다.

검찰에 있을 때부터 소통을 강조하고 직원들을 위해

행복경영을 하겠다고 배치표도 뒤집고 별짓 다했는데,

정작 직원과의 소통은커녕 장광설만 남았다니……

무엇이 행복을 주는가

　'돈을 많이 벌면 행복한가'는 행복 경제학Happiness economics의 가장 큰 논란거리입니다.

　여러분은 어떻게 생각하시나요? 굳이 여러 이론을 들먹이지 않더라도, 대학교를 졸업하고 직장생활을 하여 돈을 벌면 사고 싶은 것을 사고 하고 싶은 것을 할 수 있으니 당연히 행복해집니다. 그런데 돈을 아주 많이 벌면 어떻게 될까요? 그런 돈을 벌어보지 않아 잘 모르시겠다고요. 그러나 언론을 통해 재벌가 사람들의 살아가는 모습을 보고 있노라면 그들이 완벽하게 행복한 것 같지는 않습니다. 우리네 삶과 큰 차이가 없는 것 같습니다. 그들도 기쁠 때가 있는가 하면 슬플 때도 있어 보입니다.

　'돈으로 행복을 살 수 있는가?' 아니면 '그렇지 않은가.' 이에 대해 명쾌한 설명을 하고 나선 사람이 있었습니다. 코넬 대학교의 길로비치

Thomas Dashiff Gilovich 교수는 2004년 물건 구매라는 개념에 대비해 경험 구매Experiential Purchases라는 개념을 만들어냈습니다. 물건을 사면 쾌락의 쳇바퀴 이론Hedonic treadmil(외부적 사건과 변동에도 불구하고 자신이 가진 행복 기준점으로 돌아가는 경향이 있다는 이론)에 의해 행복감이 곧 사라지지만, 경험을 사면 물건을 샀을 때보다 행복감이 더 높고 더 오래 기억된다고 주장했습니다.

그의 이론을 들어봅니다.

"경험은 소유보다 사람을 더 행복하게 만든다. 경험에 대한 기억은 시간이 지날수록 더 달콤해진다. 나쁜 경험도 좋은 이야기가 된다. 우리는 물건을 구매한 것을 이야기할 때보다 무엇을 경험한 것을 이야기할 때 더 즐겁다. 물건 구매에서 오는 행복감보다 경험 구매에서 오는 행복감이 더 오래간다. 경험 구매는 우리를 감사로 이끌고 우리가 더욱 친사회적 행동을 하도록 이끈다."

길로비치 교수는 결론적으로 이렇게 이야기합니다.

"사람은 목표 지향적으로 진화되었다. 당신의 목표를 상기하라. 휴가 기간이 중요한 것이 아니라 휴가를 어떻게 밀도 있게 지냈는지가 중요하다. 당신의 인생을 위해 무엇인가 특별한 경험을 하라."

제가 이 분야 전문가가 아니라 혹시 잘못 이해한 부분이 있을지도 모르지만, 대개는 이런 뜻일 것입니다.

저는 주말 내내 이 생소한 이론과 씨름하면서 많은 생각을 하게 되었습니다. 돈과 행복은 복잡한 상관관계를 가지고 있었습니다.

첫째, 일정한 소득수준이 넘어서면 돈과 행복은 직접 관계가 없습니다.

둘째, 물건을 구매하는 것은 행복감을 오래 지속시켜주지 않습니다.

셋째, 경험을 구매하는 것은 행복감을 오래 지속시켜줍니다.

결론적으로, 행복을 위해서는 기본적인 물건을 구매하는 데 돈을 쓰고 나면 그다음에는 물건 구매보다 경험 구매에 돈을 더 써야 합니다. 이러기 위해 돈을 벌어야 하고 그런 의미에서 돈과 행복은 상관관계가 있습니다.

여러분, 휴가를 가서 쓰는 돈이 아깝습니까? 차라리 그 돈으로 전자제품이나 핸드백을 사면 낫지 않을까 생각한 적이 있으십니까? 그 생각은 틀린 생각입니다. 경험을 사십시오. 휴가 동안 경험을 사기 위해 쓴 돈을 아까워하지 마십시오. 훗날 여러분에게 행복을 가져다줄 것입니다.

저는 이 문제에 대해 더 깊이 고민하게 되었습니다. 제가 새롭게 설정한 문제의식은 '아무것도 가진 것 없이 살았지만 그때가 행복했어'라는 표현이 어떻게 가능하냐는 것입니다.

돈이 없던 시절에는 거의 모든 것을 직접 하여야 합니다. 그러다가 돈을 벌면, 처음에는 물건들을 사기 시작합니다. 집, 차, 가구, 전자제품 등을 구입하지요. 그것들이 없을 때는 그것만 사면 행복할 것 같지만, 쾌락의 쳇바퀴 이론이 작동하여 물건을 구입하고 일정 기간이 지나면 더 이상 그 물건은 행복감을 주지 못합니다. 저도 자가용을 여러 번 구입했지만 가장 기억에 남는 차는 처음 산 중고 대우 자동차 맵시나입니다.

물건을 구입하다가 더 여유가 생기면 서비스를 구입합니다. 가사 도우미, 운전기사, 비서 등을 채용하여 그들의 서비스를 구입합니다. 구입 초기에는 너무 편합니다. 물론 행복감도 고조되지요. 그러나 일정 시간이 지나면 역시 쾌락의 쳇바퀴 이론처럼 더 이상 행복감을 느끼지 못하고 당연시됩니다.

결론적으로, 돈을 많이 벌수록 과거 돈이 없던 시절에 하던 경험이 대부분 물건과 서비스로 대체되어버립니다. 즉, 물건과 서비스 구입은 늘고 경험 구입은 줄어드는 것이지요. 여기에서 문제가 발생하는 것 같습니다. 물건과 서비스 구입이 주는 행복감은 쾌락의 쳇바퀴 이론의 영향을 받아 금방 사그라지는데, 쾌락의 쳇바퀴 이론의 영향을 적게 받는 경험 구입은 점점 줄어드니 행복감을 느낄 기회가 적어지는 것입니다. 이래서 부자가 될수록 덜 행복한 것 같습니다.

그러면 어찌해야 할까요. 정답은, 경험 구입을 늘리는 것입니다.

그런데 곰곰이 생각해보니 경험 구입에도 고려할 요소들이 몇 가지 있는 것 같습니다. 그래서 그것들을 정리해보았습니다.

첫째, 경험 구입에 있어 새로운 경험이 행복감을 더 증진시킵니다. 경험을 구입하더라도 매일 똑같은 경험을 하면 그 경험은 식상해질 것입니다. 새로운 경험을 하는 것이 중요합니다. 제주도가 좋다고 매달 제주도의 동일한 장소를 가면 몇 번 안 가서 더 이상 행복감을 느끼지 못하고 지겨워질 것입니다. 집은 어떨까요? 매번 똑같은 모습입니다. 새로 인테리어를 할 수는 없지만, 가끔 가구 배치를 바꾸는 것이 필요합니다. 사람은 어떨까요. 매번 똑같은 모습을 경험하면 지루해집니다. 부부 관계가 식상해지는 데는 이런 요인도 있을 것입니다. 헤어스타일을 바꾸든 옷차림을 바꾸든 말투를 바꾸든, 무엇인가 새로운 시도가 필요합니다. 저희 부부는 몇 년 전부터 반말로 이야기하던 것을 존댓말로 바꾸었는데, 그것만으로도 새로운 경험이었습니다.

둘째, 경험 구입에 여러 개의 작은 경험보다는 큰 경험이 행복감을 더 증진시킵니다. 데이트할 때 1만 원짜리 짜장면을 열 번 사는 것보다 10만 원짜리 스테이크를 한 번 사는 것이 더 상대방의 기억에 오래 남는다는 것입니다. 경험상으로도 당연하고 심리학도 동일한 결론을 내리고 있습니다. 지난 1년을 돌이켜 보면 하루하루 산 것은 잘 기억이 나지 않는데 비싼 돈을 들여 이스라엘을 여행한 것은 뚜렷하게 기억에 남아 있습니다. 경험 구입에 같은 원리가 작용하는 것입니다. 같은 비용이면 작은 경험을 여러 번 구입하는 것보다 좀 참았다가 한 번에 큰 경험을 하는 것이 행복감을 증진시키는 데 도움이 된다는 말입니다.

셋째, 경험은 회상하여야 행복감이 증진됩니다. 기억 속에 있는 아름다운 추억은 그 자체로는 아무런 기능을 하지 못하지만 일단 회상하는 순간 행복감은 증진됩니다. 미국 로욜라 대학교 심리학과 교수인 브리안 트Fred Bryant는 행복감을 증진시키는 방법의 하나로 '향유하기Savoring'를 제시했습니다. 향유하기는, 긍정적인 경험을 자각하여 충분히 느낌으로써 행복감이 증폭되고 지속되도록 의도적 노력을 기울이는 것을 말합니다. 즉, 회상을 통해 경험을 향유하는 것이 중요합니다.

넷째, 경험을 회상하기 위해서는 기억만으로는 부족하고 기록하여야 합니다. 일기도 좋고 사진도 좋습니다. 개인적으로 존경하는 윤은기 원장님은 사진광입니다. 걸핏하면 핸드폰을 들고 사진을 찍습니다. 물론 자신의 모습도 찍어달라고 부탁하십니다. 지방에 갔다가 버스가 떠나야 하는데 다른 분들과 사진을 찍느라 출발이 늦어진 적도 있습니다. 다른

160

분들이 핀잔을 주기도 합니다. 그러면 윤 원장님은 전혀 개의치 않고 이렇게 답합니다.

"내가 사진 찍으면 뭣하러 사진 찍냐고 투덜거리는 분도 막상 사진 보내드리면 다들 좋아하세요. 사진이 스토리고 히스토리입니다."

저도 윤 원장님의 견해에 전적으로 동의합니다. 빛바랜 사진 한 장이 얼마나 많은 추억을 회상시켜주는지 우리 모두 경험이 있습니다. 그러나 귀찮아서 기록하지 않지요. 저도 매주 〈월요편지〉를 쓰는 일이 힘들기는 하지만 이것은 저의 경험 기록 방식입니다. 이전의 〈월요편지〉를 다시 읽을 때, 저도 모르게 눈물이 흐르기도 합니다. 행복 창고입니다.

다섯째, 경험은 같이하여야 더 좋습니다. 브리안트 교수는 경험 회상에서 중요한 것이 공유하기라고 강조하고 있습니다. 제가 가진 경험을 다른 사람에게 전달하여 그 감동을 같이 공유하도록 하는 일이 중요합니다. 그러나 더 중요한 것은, 그 경험을 같이한 사람들이 모여 옛 경험을 회상하면서 그 추억을 나누는 것입니다. 그러면 그 효과는 배가 될 것입니다. 동창들이 모여 학창 시절 이야기를 나눌 때 함께 행복해지는 것은, 다른 사람의 경험을 전달받는 것이 아니라 우리가 같이한 그때 그 경험을 나누는 것이기 때문입니다.

여섯째, 경험은 물건 구입에 비해 돈이 많이 들지 않습니다. 물건은 반드시 더 좋은 것을 구입하여야 일시적이나마 행복감을 느끼게 됩니다. 그러나 경험은 반드시 그렇지는 않습니다. 지난달에는 비싼 돈을 들여 유럽을 여행했다가 이번 달에는 값싸게 국내여행을 해도 그 국내여행은 행복감을 줍니다.

일곱째, 경험은 물건과 달리 개인의 아이덴티티를 강화시켜줍니다. 비싼 옷을 샀다고 저의 정체성이 바뀌지는 않지만 여행을 하고 나면 저의 정체성에 변화가 생깁니다. 사람은 인격의 완성을 위해 살아가는 존재입니다. 아이덴티티가 성장해야 하지요. 그런 면에서 경험이 물건보다 훨씬 효과적입니다.

그러면 물건이나 서비스를 살 필요가 없다는 뜻일까요? 그렇지 않습니다. 살아가기 위해서는 물건과 서비스를 구입하여야 합니다. 그러나 물건과 서비스를 사용하고 나면 그것으로 인한 행복감은 오래가지 않는다는 말입니다. 저는 물건과 서비스가 경험의 플랫폼이 되면 좋겠다는 생각을 합니다. 핸드폰을 사서 전화만 거는 것보다 그것을 통해 여러 가지 경험을 할 수 있으면 그 경험이 행복감을 증진시켜줄 것입니다. 그러나 그 행복감은 핸드폰이 없으면 생겨나지 않는 것이지요. 이처럼 어떤 물건이나 서비스는 다른 경험을 유발시켜야 하고 그런 것들을 구입하는 데 당연히 돈을 써야지요. 다만 우리가 경계하여야 하는 것은, 물건을 사고 금방 식상해지는 것입니다.

이런 관점에서, 만약 1억 원이 생기면 어떻게 하시겠습니까? 집 몇 평을 늘릴 수도 있고 고급 차를 살 수도 있습니다. 아니면 여행을 수십 번할 수도 있습니다. 어느 것이 여러분을 행복으로 이끌까요? 대답은 너무 자명합니다.

4

돈 다 발 이

아 니 라

도 전 다 발

30일 동안 새로운 것 도전하기

2012년 1월 초, 몇 분과 저녁을 함께했습니다. 그런데 그중 한 분이 광장동 집에서 약속 장소인 역삼동까지 두 시간 반을 걸어 오셨다고 했습니다. 만보기 숫자는 1만 9천이 넘어 있었습니다. 겨울인데도 모자나 목도리도 없었습니다. 일흔이 넘은 그분의 체력은 청년과 다름이 없었습니다.

그분은 오래전 말기 암을 극복한 고영호 회장입니다. 암을 극복한 뒤 채식주의자가 되었고 정기적으로 포도단식도 하고 끊임없이 운동을 하며 건강관리를 하십니다. 그분은 저녁식사를 마치고 집까지 다시 걸어간다고 했습니다. 그분의 걷기운동을 보면서, 집에서 사무실까지 걸어서 출퇴근하려고 신발까지 맞추는 호들갑을 떨고는 한 번도 걷지 않은 제 자신이 부끄러웠습니다.

그때 문득 구글 엔지니어 맷 커츠Matt Cutts가 테드TED에 공개한 '30일 동안 새로운 것 도전하기'가 생각났습니다. 맷 커츠는 늘 해보고 싶었던 일을 정한 뒤 30일 동안 그 일에 도전했습니다. 그는 이렇게 이야기합니다. "30일이란 기간은 새로운 습관을 들이거나 예전 습관을 버리기에 충분한 시간이더군요."

그는 이 일을 통해 몇 가지를 배웠다고 했습니다. 첫째, 시간을 흘려보내는 대신 더 기억에 남는 순간으로 만들 수 있더라는 것입니다. 그는 한 달 동안 매일 한 장씩 사진을 찍어 자신이 어디에서 무엇을 했는지를 기록했습니다. 둘째, 자신감을 얻었다고 했습니다. 자신은 방에만 틀어박혀 있는 컴퓨터광이었는데 자전거로 출퇴근하게 되었다고 합니다. 모험심이 전혀 없던 그가 킬리만자로 산을 등반하기까지 했다고 하니 '30일 동안 새로운 것 도전하기'의 위력이 대단한 것 같습니다. 셋째, 무엇인가를 간절히 원한다면 30일이면 그 일을 충분히 할 수 있다는 사실을 알게 되었다고 합니다. 그는 30일 만에 5만 자짜리 소설을 쓰기도 했습니다. 마지막으로 작은 변화는 지속될 가능성이 높다는 사실을 깨달았다고 합니다.

그는 테드 시청자들에게 도발적으로 질문을 던졌습니다.

"도대체 무엇을 기다리고 계십니까? 여러분이 좋든 싫든 앞으로 30일이란 시간은 흘러가기 마련입니다. 그렇다면 지금까지 하고 싶었던 일이 무엇인지 생각해서 다음 30일 동안 도전해보면 어떨까요?"

저는 다음 날인 일요일 아침 8시부터 한 시간 반을 시험 삼아 걸었습니다. 그런데 다리가 뻐근해 더 이상 걷지 못하고 택시를 탔습니다. 고 회장님이 걸은 2시간 반은 매우 긴 시간이었습니다. 그래도 30일간 하루

한 시간 걷기에 도전하기로 했습니다. 가장 걱정이 되는 것은 하루 1시간 걷기 하나에 집중하지 않고 여전히 또 다른 일을 하고 싶으면 어떻게 하나였습니다. 멀티태스킹이 습관이 되어버린 저에게 모노태스킹은 쉽지 않은 일이었습니다.

그 무렵 어느 후배 검사장실을 방문하게 되었습니다. 그런데 그 방은 적막강산 같았습니다. 서류 한 장 보이지 않고 너무 깨끗해 이 방이 과연 바쁜 검사장실이 맞나 하는 의문이 들 정도였습니다. 저는 농담으로 "아니, 밖에서는 대형사건이 많이 터져 검사장의 동정만 바라보고 있을 텐데 이렇게 한가한가요?"라고 했더니 돌아오는 대답이 의외였습니다.

"저는 학창 시절부터 한 가지씩 공부를 했습니다. 공부를 하기 전에 책상을 깨끗하게 정리하고 책 한 권만 올려놓고 공부했습니다. 그 습관이 검사가 되어서도 이어져 평검사 시절에도 딱 기록 한 권만 꺼내놓고 검토했을 뿐 나머지 기록은 모두 캐비닛에 넣어두었습니다. 요즘도 마찬가지입니다. 한 가지만 집중하여 생각하고 고민하지요."

저는 책상 위에 여러 권의 기록을 올려놓고 이것저것 하는 타입인데, 그는 철저한 모노태스킹 타입이었습니다. 그 검사장의 엄청난 추진력은 아마도 한 가지에 몰입하는 그의 능력에서 나온 것이 아닌가 여겨졌습니다. 멀티태스킹과 모노태스킹, 그 어느 것이 옳고 그른 것은 아니지만 나이가 들수록 멀티태스킹 능력이 저하되는 것이 아닌가 여겨집니다. 또한 멀티태스킹을 하다 보니 어느 하나에 몰입하지 못하는 것도 사실입니다.

그래서 멀티태스킹의 유혹을 떨치고 30일간 오로지 한 가지 '한 시간 걷기'만 해보기로 결심했습니다. 모노태스킹에 도전해보는 것이지요. 새로운 경험이 될 것 같았습니다. 이렇게 매일 한 시간씩 걸었습니다. 공개적으로 약속을 하고 나니 안 지키기가 어려웠습니다. 이것 하나 지키지 못하면 공개적으로 망신당할 것 같은 생각에 기를 쓰고 걸었습니다. 혹한 속에서도 완전무장을 하고 한 시간씩 걸었고 어느 날은 두 시간을 걸었습니다. 방배동 집에서 출발하여 반포대교를 건너 이태원을 통과하여 남산까지 걸었습니다. 아내가 감기라도 걸리면 어떻게 하느냐며 말렸지만 고집을 부렸습니다.

열흘쯤 걸었을 때 쓴 메모입니다. "한 시간 걷기를 지난 15일부터 시작했으니 어제까지 10일을 걸은 셈이다. 작심 3일은 지났다. 벌써 10일이 되었으니 성공 가능성이 더 높아진 것이다. 앞으로 20일만 버티면 '30일 동안 새로운 것 도전하기'의 첫 번째 시도가 성공한다."

실제로 해보니 별것 아닌 것 같았습니다. 그래도 막연히 목표를 세우고 실천해보던 것에 비해 마지막 날을 정해놓으니 훨씬 쉬운 것 같았습니다. 그 30일 동안 걷기만 한 것이 아니라 독서도 했습니다. 몸과 마음을 함께 갈고 닦은 것이지요.

도올 김용옥 교수의 《중용, 인간의 맛》을 완독했습니다. 오랜만에 만만치 않은 동양철학 책을 완독하고 나니 가슴 밑바닥에서 희열이 밀려올라왔습니다. 바삐 살아온 탓에 오랫동안 잊고 지내던 학문에 대한 열정이 살아나는 느낌도 함께 느껴졌습니다.

그런데 그 책을 보면서 가슴에 와 닿는 대목이 있었습니다. 공자께서 말씀하시었습니다.

"세상 사람들이 모두 내가 지혜롭다고 말하는데 나는 중용을 택하여 지키려고 노력해도 불과 만 1개월을 지켜내지 못하는구나!"

김 교수는 이 대목 해설에서 공자는 자신을 낮춤으로써 범용한 인간들을 격려하고 있다고 설명했습니다.

《중용, 인간의 맛》에는 이런 대목도 있습니다. 공자님은 '보통 사람들이 선을 실천하려고 노력하는 자세'와 관련하여 이런 말씀을 하고 계십니다.

"도중에 포기하지 마십시오. 남이 한 번에 능하거든 나는 백 번을 하며, 남이 열 번에 능하거든 나는 천 번을 하십시오. 과연 이 호학역행好學力行의 도에 능하게 되면, 비록 어리석은 자라도 반드시 현명해지며, 비록 유약한 자라도 반드시 강건하게 될 것입니다."

《중용》은 이같이 끊임없는 '노력'에 대해 강조하고 있습니다. 김용옥 교수는 이 부분 해설에서 순자의 책 한 대목을 소개하고 있습니다.

"천리마는 하루에 천 리를 간다고 뽐낸다. 그러나 조랑말이라도 열심히 가기만 하면 열흘이면 같은 목적지에 너끈히 도달할 수 있다."

그렇습니다. 우리는 목표를 정해 실천해보다가 잘 안 되면 며칠 만에 금세 스스로에게 실망하고 포기하고 말지요. 우리는 성인군자가 아닙니다. 그런데 성인의 반열에 오르신 공자님께서도 1개월을 꾸준히 하기가 정말 어렵더라는 말씀을 하시면서 남보다 백 배 더 노력하여야 한다고 말씀하고 계십니다. 그러니 저같이 평범한 사람은 천 배, 만 배는 더 노력하여야 하는 것 같습니다. 그리고 단번에 안 되더라도 순자의 말처럼 남이 하루에 가는 거리를 열흘에 가면 어떻습니까? 인생은 그 정도의 여유는 있는 것 같습니다.

지나고 보면 우리는 너무 조급하여 너무 쉽게 포기하고 마는 것이 아닌지 모르겠습니다. 그리고 포기가 너무 일상화되어버렸는지도 모르겠습니다.

인터넷에 우스개로 이런 이야기가 있더군요. 코끼리를 먹는 방법을 아시나요? 정답은 '한 입에 조금씩'입니다. 썰렁하다고 느끼시는 분들은 이 이야기의 핵심을 들으시면 '아하!' 하실 것입니다.

이 이야기의 교훈은 실현 불가능한 목표도 잘게 쪼개어 그 쪼개진 하나하나를 실천하다 보면 달성할 수 있다는 의미입니다. 그래서 이 이야기는 특히 연초에 많이 인용되지요.

저도 드디어 코끼리를 먹었습니다. 저는 '30일 동안 새로운 것 도전하기'의 일환으로 2012년 1월 15일부터 매일 한 시간씩 걷기에 도전했습니다. 그리고 2월 13일까지 30일간 매일 걸었습니다.

아침 출근길에 걷는 것은 즐거움이었습니다. 방배동 집에서 출발하여 정보사 뒷산을 넘어 대검찰청 뒤 정수장을 거쳐 누에다리를 통과한 다음 서울지검 뒷산을 따라 걷다 보면 행정법원으로 내려서게 됩니다. 그 후 교대역에서 강남역까지는 대로를 따라 걷습니다. 한 시간 걸리는 이

길은 환상입니다. 서울에서 출근길에 야트막한 산길을 따라 산책하는 즐거움을 가지는 사람은 그리 많지 않을 것입니다.

강남에 저녁 약속이 있는 날이면 역삼역에서 내려 완전무장한 후 역삼역, 강남역, 교대역, 서초역을 거쳐 대법원 옆길을 따라 방배중학교까지 온 다음 집으로 갑니다. 이 길도 약 한 시간가량 걸리지요. 생전 처음 걸어보는 도시의 밤길에서 만나는 많은 것들은 저에게 이런저런 생각의 실마리를 제공하지요.

일주일에 한 번 이태원에서 미술공부를 할 때면 이태원에서 반포대교까지 걸어와 반포대교 아래 잠수교를 따라 차가운 공기를 맞으며 걸어갑니다. 밤 10시경 아무도 없는 잠수교는 정적 그 자체이지만 저에게는 편안한 세상을 선사하지요. 계속 직진하면 팔레스 호텔까지 당도합니다. 그 앞에서 우회전하여 서래마을 입구에서 다시 좌회전하여 방배중학교로 간 다음 집으로 향합니다.

이런저런 사정이 있어 걷지 못한 날은 집에 와서 다시 옷을 차려입고 집 주위 동네를 한 바퀴 걷습니다. 약 한 시간 정도. 이럴 때면 가끔 아내가 길동무를 해줍니다. 길을 걸으며 아내에게 하루 종일 무엇을 했는지 묻습니다. 제 이야기보다는 아내 이야기를 들으려고 노력합니다. 이렇게 다양한 방법으로 걷기를 했습니다.

생각보다 30일은 긴 기간이었습니다. 중간에 포기하고 싶은 유혹이 수없이 많이 있었고 핑곗거리도 무척 많았습니다. 특히 매우 춥다는 사실이 저에게는 크나큰 핑곗거리였습니다. 그러나 300일도 아니고 30일 정도 못해서야 어찌 무슨 일을 할 수 있을까, 하는 심정으로 기를 쓰고 걸었습니다. 그런데 20일이 지나자, 그동안 걸은 것이 아까워서라도 포기할 수 없었습니다.

걸을 때의 복장은, 누가 보면 깜짝 놀라 도망칠 정도의 완전무장이었습니다. 특히 밤에는 머리에 모자를 쓰고 입도 막고 눈에는 스키 고글을 쓰고 장갑을 껴 흡사 어느 영화에 나오는 범죄자의 모습이었습니다. 그러나 중요한 것은 멋이 아니라 목표 달성이었습니다.

그런데, 30일간 걷고 나니 몸에 중요한 변화가 생기기 시작했습니다. 처음에는 피곤하여 아침에 잘 일어나지 못했습니다. 다리에 알이 배겨 잘 걷지도 못했습니다. 그러던 것이 한 달을 걷고 나니 지금은 한 시간 걷기는 싱거운 느낌입니다. 어떤 날 시간이 있으면 한 시간 반 정도 걷는 데 적당한 느낌이 듭니다. 그다음으로는 기초체력이 좋아졌습니다. 일주일에 한두 번 헬스클럽에 가서 트레이너의 지도에 따라 운동을 하는데 그전에는 그 운동시간이 고욕이었습니다. 운동량을 다 소화하기가 힘들어 빨리 끝나기만을 고대했습니다. 그런데 이제는 운동시간이 즐겁습니다. 제가 운동량을 잘 소화하고 있다는 느낌이 확실히 듭니다.

또 달라진 변화는 목욕탕의 열탕과 냉탕을 들어갈 수 있게 되었다는 것입니다. 저는 목욕탕에 가더라도 샤워만 하고 미지근한 온탕에만 잠시 들어갔다가 나오는 식이었습니다. 열탕은 너무 뜨겁고 냉탕은 너무 추워 도저히 들어갈 엄두가 나지 않아 지금까지 그렇게 살았습니다. 그런데 시험 삼아 열탕과 냉탕에 들어가보니 아무렇지도 않았습니다. 너무나도 놀라웠습니다. 단지 30일 동안 한 시간씩 걸었을 뿐인데 몸이 이렇게 변할 수 있다니.

과학자들은 이야기합니다. 사람이 새로운 습관을 몸에 익히는 데 30일은 걸린다고 말입니다. 그런데 그 말이 사실이었습니다. 30일을 하니 새로운 근육이 생긴 것입니다. 변화를 확연히 감지할 정도로 말입니다. 코끼리를 한입에 조금씩 먹는 방법으로 저도 '매일 한 시간씩 걷기'라는 코끼리를 먹을 수 있었습니다.

저는 장난삼아 저에게 축하패를 주었습니다.

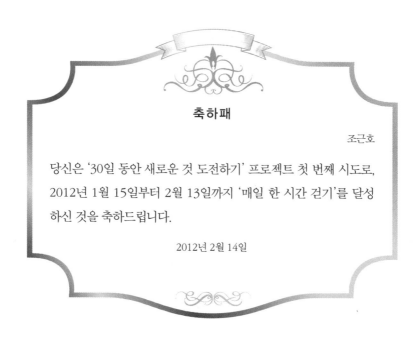

축하패

조근호

당신은 '30일 동안 새로운 것 도전하기' 프로젝트 첫 번째 시도로, 2012년 1월 15일부터 2월 13일까지 '매일 한 시간 걷기'를 달성하신 것을 축하드립니다.

2012년 2월 14일

루틴과 중용

스포츠 심리학에 '루틴'이라는 개념이 있습니다. 선수들이 최상의 결과를 발휘하는 데 필요한 이상적인 컨디션을 갖추기 위해 자신만이 지니고 있는 고유한 동작이나 절차를 말합니다. 이렇게 사전 식으로 설명을 하니 좀 어려운 것 같지만, 사실은 우리가 늘 하거나 보는 것입니다.

야구선수는 타격 자세를 취하기 전에 투수를 한 번 노려보고 방망이를 들어 한 번 휘두르고 다시 타석을 벗어나 손에 침을 뱉고 방망이를 잡아본 다음 타석에 들어와 공을 기다립니다.

농구선수는 자유투를 쏘기 전에 공을 땅바닥에 다섯 번 튀기고 한번 빙그르르 돌려 공을 잡고 무릎을 두 번 정도 구부렸다가 슛을 쏩니다.

골프선수는 어드레스하기 전에 타석 밖에서 두 번 정도 빈 스윙을 하고 타석에 들어서서 클럽을 내려놓은 다음, 다시 그립을 잡고 목표 지점을 노려보고 클럽을 두세 번 흔들어본 뒤 샷을 합니다.

이 사전 절차는 개개인이 다 다릅니다. 그러나 한 개인 입장에서 보면 늘 같아야 합니다. 이 사전 절차가 그때그때 다르면 좋은 결과를 기대하기 어렵습니다.

루틴을 지키게 되면 시합의 심리적 불안감을 극복하고 경기에 집중할 수 있게 됩니다. 스포츠 심리학에 의하면 루틴에는 행동적 루틴과 인지적 루틴, 두 가지가 있다고 합니다. 지금까지 예를 든 것은 행동적 루틴입니다. 인지적 루틴은 생각을 루틴화한 것입니다.

양궁선수들의 루틴은 이렇습니다. 일종의 주문과도 같지요. 국가대표 양궁 코치진은 각 선수들에게 자신만의 루틴 카드를 만들도록 했습니다. 기보배 선수의 루틴 카드에는 이렇게 적혀 있습니다.

'① 내 자신을 믿고 쏘자. ② 빨리 들어와서 뒷손 깊숙이 붙인 뒤 ③ 왼쪽 어깨 10점 방향으로 ④ 탄력 있고 경쾌하게 쏘기. ☆바람, 그 까짓것 이길 수 있어!'

그러면 루틴은 운동선수들에게만 적용되는 것일까요? 저는 일상생활에서도 얼마든지 적용할 수 있다고 생각합니다.

성공을 꿈꾸든 행복을 꿈꾸든, 개개인이 바라는 것을 달성하기 위해서는 운동선수들과 마찬가지로 하루를 시작할 때 자신만의 루틴에 따라 시작한다면 하루를 최상의 컨디션으로 유지할 수 있지 않을까요?

"나는 나의 능력을 믿으며, 어떠한 어려움이나 고난도 이겨낼 것이다. 나는 자랑스러운 나를 만들 것이며, 항상 배우는 사람으로서 더 큰 사람이 될 것이다. 나는 늘 시작하는 사람으로서 새롭게 일할 것이며, 어떤 일도 포기하지 않고 끝까지 성공시킬 것이다. 나는 항상 의욕이 넘치는 사람으로서, 행동과 언어 그리고 표정을 밝게 할 것이다. 나는 긍정적인 사람으로서 마음이 병들지 않도록 할 것이며, 남을 미워하거나 시기, 질투하지 않을 것이다. 나는 내 나이가 몇 살이든 스무 살의 젊음을 유지할 것이며, 한 가지 분야에서 전문가가 되어 나라에 보탬이 될 것이다. 나는 다른 사람의 입장에서 생각하고, 나를 아는 모든 사람들을 사랑할 것이다. 나는 나의 신조를 매일 반복하며 실천할 것이다."

웅진그룹 윤석금 회장의 '나의 신조'입니다. 윤 회장은 매일 아침 이 신조를 읽고 하루를 시작한다고 합니다. 한때 웅진그룹이 법정관리를 받는 어려움에 처했을 때도 '나의 신조' 읽기는 멈추지 않았다고 합니다. 윤석금 회장을 바라보고 있으면 나의 신조대로 닮아 있는 그분의 모습을 발견합니다. 루틴의 효과라 여겨집니다.

저의 개인적인 루틴을 소개해보겠습니다. 지극히 사적인 것이지만 이렇게 하루를 시작합니다.

5시 반경 일어나면 현관에 가서 조간신문을 가지고 옵니다. 식탁에 앉아 10분간 신문을 읽지요. 그리고 화장실에 가서 씻습니다. 이어 체중계에서 체중을 재지요. 그러고는 책상에 앉아 노트북을 켭니다. 이어 에버노트를 이용하여 먼저 체중을 기록합니다. 그리고 저의 목표를 점검합니다. 1년 목표를 읽어보고, 1개월 목표를 본 다음, 2주간의 일정을 살핍니다. 그런 다음 어제 에버노트에 채집한 각종 정보를 정리합니다. 메모한 것, 사진 찍은 것, 인터넷에서 스크랩한 것 등을 정리하면서 오늘의 할 일을 점검합니다. 필요하면 캘린더에 약속을 추가로 기재합니다. 이렇게 하면 약 30분쯤 지나갑니다. 그러고 나서 책을 보든 글을 쓰든 다른 일을 합니다.

사람들은 뭐 그렇게 복잡하게 사냐고 한마디씩 합니다. 그러나 이것이 하루를 시작하는 저의 루틴입니다. 며칠을 여행하고 돌아와 삶이 흐트러져 있을 때 아침에 할 일을 하고 나면 난기류를 만났던 비행기가 제 궤도를 찾듯 삶이 정돈됩니다. 바로 그것이 루틴의 효과이니까요.

일을 할 때도 저는 루틴이 있습니다.

첫 번째, 책상을 깨끗하게 정리합니다. 책상에 책들이 수북이 쌓여 있고 물건이 어지럽게 널려 있으면 일이 되지 않습니다. 일을 시작하기 전에 약 10여 분간 책상을 정리하는 것은 오래된 습관입니다.

두 번째, 사무실이나 서재에 있는 흰 칠판을 깨끗이 닦습니다. 저는 일을 시작할 때 솟아나는 아이디어를 흰 칠판에 바로바로 적습니다. 보고서를 작성하여야 할 때도 먼저 종이나 컴퓨터에 개요를 쓰지 않고 칠판에 씁니다. 특히 강의안을 정리할 때는 칠판에 쓰면서 중얼거립니다. 약식 강의를 하는 것입니다. 또한 직원들과 토론을 할 때도 칠판에 글을 써가며 이야기합니다. 그러는 편이 생각을 정리하기 쉽기 때문입니다. 이런 습성은 고객과 만날 때도 나타납니다. 약 30분간 이야기를 듣고 제 나름대로 사건 개요가 파악되면 칠판에 사건 쟁점과 향후 전략을 적고 토의합니다. 고객과 칠판을 보며 논의하니 훨씬 소통이 잘 되는 것 같습니다.

여러분에게도 인생을 살면서 자신도 모르게 만들어놓은 루틴이 있을 것입니다. 혹 없다면 오늘 한번 고민해보세요.

"내가 좋은 샷을 할 수 있는 이유 중 하나는 언제나 같은 루틴을 따르기 때문이다"라는 타이거 우즈의 조언을 흘려듣지 마십시오. 그 속에는 진리가 있습니다. 저 자신이 산증인이니까요.

그런데 2015년 1월 초, 저를 잘 아는 한 심리학자가 저에게 이런 말씀을 해주셨습니다.

"조 변호사님, 하루하루를 너무 계획적으로 사는 것은 정신 건강에 좋지 않습니다. 저희 아버님이 올해로 아흔이신데 매일 계획을 세우고 공부를 하십니다. 심리학자인 전 아버님께 말씀드립니다. '삶에는 여유 공간이 필요합니다. 계획이 없는 부분이 있어야 조급증, 강박증에서 벗어날 수 있습니다. 아버님 연세에는 여유롭게 사시는 것이 필요합니다.' 조 변호사님, 사람들은 자신이 인생을 열심히 산다는 자기 확신을 하기 위해 매일매일 계획을 세우고 그것을 달성하기 위해 노력하지요. 그러나 그 계획을 1백 퍼센트 달성하는 사람은 거의 없지요. 계획을 달성하지 못하면 그곳에서 불안이 싹틉니다. 그 불안은 계획을 강화하고 실천을 강요하지요. 그러다가 또 실패하면 다시 불안해지고 이런 사이클이 계속되면 어느덧 삶에 '불안'이 깊게 자리를 잡게 됩니다. 그래서 많은 분이 천천히 가라, 단순하게 살아라 등의 조언을 하는 것입니다. 조 변호사님도 달성 목표를 줄여보십시오. 인생이 훨씬 편안해질 것입니다."

제가 루틴이라고 생각하고 행하고 있는 많은 것 중 일부를 줄이라는 말이었습니다. 사실 제 루틴의 대부분은 목표 설정과 점검이었습니다.

이 모든 것은 성공과 관련이 있는 일이지 행복과는 다소 거리가 있다는 생각도 들었습니다. 그의 조언에 따라 루틴 과정에서 설정하고 점검하는 목표를 줄여나가기 시작했습니다. 그런데 줄이다 보니 줄인 것을 실천하는 일이 재미가 없어졌습니다. 슬금슬금 하나둘 줄이다가 결국에는 아침에 하는 일을 모두 없애버렸습니다. 그로부터 10개월쯤 지났습니다. 삶이 어떻게 바뀌었을까요?

2015년 11월 29일 일요일 아침 체중을 재어보았습니다. 한 달 전보다 무려 3킬로그램 늘어 있었습니다. 비도 오고 할 일도 별로 없던 터라 운동을 해야겠다고 생각했습니다. 그러나 옷을 차려입고 걷기 시작한 것은 그로부터 무려 다섯 시간이 지난 뒤였습니다. 〈응답하라 1988〉을 TV 다시보기로 세 편이나 본 것입니다. 마음먹으면 즉시 행동에 옮기던 모습이 느긋한 모습으로 바뀐 것입니다. 여유가 있어 좋다고 하여야 할까요?

한 30분 살살 걸으니 꾀가 납니다. 커피를 마시러 들어갑니다. 그곳에서 아내와 이런저런 이야기를 하며 시간을 보냈습니다. 불어난 체중 때문에 마음이 불편해 아침과 점심을 걸렀습니다. 아내는 이렇게 하는 것이 좋지 않다고 합니다. 그러나 그런 말이 더 기분을 상하게 합니다. 이런 상태로 저녁 세미나에 참석했습니다. 공부 모임이라 저녁은 김밥입니다. 저는 체중 때문에 불편한 마음 상태가 이어져 김밥을 먹지 않기로 결심했습니다. 세미나 주제가 격론을 불러일으켜 참석자와 강사 간에 논쟁이 벌어졌습니다.

그 논쟁을 듣다 보니 배가 고팠습니다. 탁자 위에 놓인 김밥이 저를 유혹합니다. '그래, 하루 종일 아무것도 안 먹었잖아. 이 정도는 먹어도 괜찮을 거야.' 금방 자기합리화 논리가 세워집니다. 단숨에 다 먹어버립니다. 세미나가 9시에 끝났습니다. 허둥지둥 교회에 가서 아내와 같이 9시 예배에 참석했습니다. 예배를 마치고 돌아오는 길에 아내에게 춥다는 핑계로 따뜻한 국물이 먹고 싶다고 말합니다. 아내는 저의 성화에 못 이겨 어묵 집에 들어갔습니다. 어묵을 먹으며 깨닫습니다. '아! 참, 3킬로그램 늘었지. 그래도 오늘 아침, 점심 걸렀잖아. 저녁에 먹는 야식이 안 좋은데. 뭐 어때, 내일부터 다이어트하자.'

철저하게 자신을 통제하던 삶에서 아무것도 통제하지 않는 삶으로 바뀌어버린 것입니다. 같은 사람인지 저 스스로 의심이 들 정도로 바뀌어버렸습니다. 정신 건강은 어떠냐고요. 확실히 여유는 있어졌습니다. 불안한 것도 많이 줄고요. 그런데 이런 역효과가 나타났습니다. 다시 삶을 철저히 통제하던 과거로 돌아가야 하는 것 아닌가, 하는 생각이 든 것입니다. 삶을 철저히 통제하면 마음에 문제가 생기고, 통제를 포기하면 몸에 문제가 생기니 어떻게 해야 할까요? 여러분은 어떻게 조화롭게 해결하고 계신가요?

문득 그 심리학자가 해준 말이 떠올랐습니다.

"중요한 것은 목표를 없애는 것이 아니라 목표를 낮추는 것입니다. 목표를 80퍼센트쯤으로 낮추십시오. 지금 하는 일이 열 개라면 일고여덟 개로 줄이고 그 한 가지마다 1백 퍼센트 달성하려고 하지 말고 목표치를 70~80퍼센트로 낮추라는 것입니다. 조 변호사님 같은 완벽주의자들은 1백 퍼센트가 아닌 70~80퍼센트는 실패라고 생각하여 조금 지나면 아예 목표를 세우지 않으려 하거나 목표가 있더라도 달성 자체를 포기하려 들지도 모릅니다. 그 점을 꼭 유의하십시오."

저는 그분이 이야기한 '포기의 유혹'에 빠져버렸던 것입니다. 인생은 1백 퍼센트 달성도 1백 퍼센트 포기도 아니라는 것을 너무 잘 알지만, 실제 삶은 왜 배운 것과 다를까요? 살아가면서 수많은 도전과 실험을 하지만 아직도 인생은 수수께끼입니다. 아마도 영원히 정복되지 않게 잘 설계된 게임인지도 모르겠습니다. 인류의 스승들도 풀지 못한 인생이라는 숙제를 풀어보겠다고 끙끙거리며 살고 있습니다. 어떤 때는 숙제를 확 외면할까, 하는 유혹도 받지만 그렇다고 저에게서 멀어질 숙제가 아닙니다. 아마도 '중용'을 지키지 못해 벌어진 일이겠지요. 그 선생님은 중용의 도를 저에게 이야기했지만 저는 결국 모 아니면 도의 삶을 살았던 것입니다.

〈걱정 말아요, 그대〉라는 노래의 한 구절이 떠오릅니다. "지나간 것은 지나간 대로 그런 의미가 있죠." 이 노랫말처럼 지난 삶은 모두 어떤 의미가 있었을 것입니다. 자! 지나간 것은 지나갔습니다. 이제 어떤 것도 새롭게 시작할 수 있는 '오늘'이 저에게 주어졌습니다. 운동할 수도 있고 야식을 먹을 수도 있습니다. 하루하루를 철저하게 통제할 수도, 그냥 내버려둘 수도 있습니다. 과거라는 괴물이, 습관이라는 사슬이 저를 붙잡을 것입니다. 그러나 다시 시작하렵니다. 조금 덜 후회하는 하루의 삶을 살기 위해서. 그러기 위해서는 새롭게 만든 루틴이 다시 필요할 것입니다. 저는 스스로에게 말합니다. '루틴을 만들되 목표 80퍼센트만 달성하자.'

〈걱정 말아요, 그대〉라는 노래의 한 구절이 떠오릅니다.

"지나간 것은 지나간 대로 그런 의미가 있죠."

이 노랫말처럼 지난 삶은 모두 어떤 의미가 있었을 것입니다.

자! 지나간 것은 지나갔습니다. 이제 어떤 것도 새롭게 시작할 수 있는
'오늘'이 저에게 주어졌습니다.

1월 1일의 꿈

매년 새해를 맞이하는 모습은 다릅니다. 그러나 모두들 새로운 결심을 하는 것은 비슷한 것 같습니다. 물론 그 결심이 실천으로 이어지는 경우는 매우 드물지요.

2012년 1월 1일의 모습입니다. 그해 첫날은 대한민국 전역에 구름이 끼어 안타깝게도 1월 1일 일출을 직접 눈으로 보지는 못했지만 정확하게 한반도는 지역에 따라 7시 31분에서 7시 45분 사이에 새해 첫 태양이 떠올랐습니다.

네 부부가 제주에서 연말연시를 맞았습니다. 당초 성산 일출봉에서 새해 첫 일출을 보는 걸로 계획을 세웠지만 숙소에서 너무 멀어 숙소 근처 별도봉이라는 오름에서 일출을 보기로 했습니다. 별도봉은 성산 일출봉처럼 그리 알려진 곳도 아니라서 부지런한 동네 사람들 몇몇이나 만나려니 생각했습니다. 그러나 그곳에 가보니 수천 명의 사람들이 모여 사회자의 진행 속에 일출을 기다리고 있었습니다.

일출 시각은 되었지만 구름에 뒤덮인 하늘은 동틀 기색이 전혀 없었습니다. 그래도 사회자는 카운트다운을 시작했고, 일출 시각이 되자 "여러분 드디어 해가 떴습니다. 그런데 구름도 같이 떴습니다." 하고 넉살을 부렸습니다. 이어 그 자리에 참석한 사람들은 자신들의 소망을 담은 풍선을 하늘로 날려보냈습니다. 저도 아내와 함께 소망을 빌었습니다.

여러분은 어떤 방식으로 새해를 맞이하시나요? 누구는 동해까지 찾아가서, 누구는 집에서, 자신의 방식으로 새해를 맞이합니다. 그리고 새해 소망을 빌어봅니다. 그러나 안타까운 것은, 1월 1일의 감동이 오래가지 않는다는 것입니다. 그리고 그날 했던 결심이나 계획도 잘 실천하지 않습니다. 우리는 이렇게 수십 년을 살아왔습니다. 앞으로 맞이하는 새해도 또 이렇게 될 가능성이 높습니다.

새해를 맞는 감흥을 노래한 그 수많은 시구도, 미래에 대한 꿈과 소망을 웅변적으로 이야기하고 있는 그 어느 글귀도, '새날의 감동이 쉬 사라지고 새해의 결심이 곧 무디어지는' 이 자연의 섭리를 막아내지는 못했습니다. 나이를 한 살 두 살 더 먹을수록 이 섭리를 깨달은 것을 지혜로 생각하고 이 섭리 앞에 고개를 숙이며 순응하려 합니다. 그러다 보면 1월 1일도 12월 31일이나 1월 2일과 아무 차이가 없는 똑같은 날이라는 무감각에 빠지게 됩니다.

그러나 저는 그런 자연의 섭리에 과감히 도전하고 극복하렵니다. 1월 1일의 의미를 늘 가슴에 품고 살고 싶습니다. 새해 첫날 솟아오르는 태양의 찬란한 기운을 매일매일 온몸으로 느끼며 살아가렵니다.

2012년 새해 첫날, 엉뚱한 생각을 했습니다. 세상만사 의미를 부여하기 나름인데, '새해 첫날'이라는 의미가 그토록 우리의 가슴을 뛰게 만드는 것이라면, 그날의 감동을 자주 느끼게 만들 수는 없을까. 1년에 한 번이 아니라 한 달에 한 번씩 느낄 수는 없을까.

저는 그 해법으로 2012년을 열둘로 나누어 1월은 2012-1년, 2월은 2012-2년, 3월은 2012-3년, 이런 식으로 이름 붙이고 매해 첫날에는 우리가 새해 첫날 하듯 해돋이도 하고 자신의 소망도 빌고 새로운 결심도 하면 어떨까 생각해보았습니다. 장난 같아 보이기도 할 것입니다. 그러나 이렇게 마음을 바꾸고 나니 훨씬 여유 있었습니다. 2012-1년에 비록 마음먹은 대로 계획이 잘 이루어지지 않고 작심삼일이 되어도 한 달만 지나면 2012-2년이 기다리고 있으니까요.

저는 2012-1년의 소망을 이렇게 빌었습니다.

"저에게 욕심을 버리게 해주소서. 이것저것 하고 싶은 많은 것들을 자제하게 해주소서. 수많은 계획을 짜고 곧 지쳐 아무것도 이루지 못하는 어리석음에서 깨어나게 하소서. 대신 간절히 소망하는 한 가지만은 꼭 가슴에 품고 반드시 이루어내게 하소서. 둘도 아닌 반드시 한 가지를 오늘부터 2012-1년 남은 30일 동안 매일매일 실천하게 해주소서. 그것이 운동이든 공부든 무엇이든, 이 한 가지만큼은 자존심을 걸고 이루어내게 해주소서. 그러나 중간에 그만두게 되더라도 너무 자책하지 않게 용기를 주시고, 2012-2년에 다시 도전해보라고 격려해주소서. 그리고 2012-2년의 첫날 다시 산에 올라 신년 해돋이를 하며 솟아오르는 태양의 기운을 가슴에 안고 새로운 꿈을 꾸게 해주소서."

2012년 1월 1일은 이렇게 시작했지만 3년 뒤인 2015년 1월 1일은 베를린 필하모닉 오케스트라의 2014년 송년음악회를 녹화중계로 보면서 시작하였습니다.

그런데 베를린 필하모닉 오케스트라의 음악회에서 놀라운 장면을 보았습니다. 모차르트의 피아노 협주곡 A장조 K488를 연주할 때 피아노 협연이 있었는데, 피아노 협연자가 메나헴 프레슬러Menahem Pressler였습니다. 음악에 문외한인 저는 그가 누구인지 잘 몰랐습니다. 그는 1923년 12월 16일 생으로, 만 91세였습니다.

화면에 잡힌 그의 손은 전형적인 노인의 손이었습니다. 검버섯이 있고 젊은 피아니스트의 손 모양에서 느껴지는 날렵함은 어디에도 없었습니다. 약간 뭉툭한 그의 손을 보고, 과연 이 91세의 노인 연주자가 제대로 연주를 해낼 수 있을까 걱정이 되었습니다. 연주가 시작되었습니다. 음악 자체가 그래서인지 화려한 손놀림보다는 건반 하나하나를 정확하게 두드리는 것에 집중했습니다. 저는 혹시 이분이 음을 놓치지나 않을까 하는 쓸데없는 걱정을 하며 숨죽이며 연주 장면을 지켜보았습니다. 연주가 무르익고 드디어 거장의 모습이 한 꺼풀씩 벗겨질 때마다 객석은 탄성을 자아냈고 그의 손놀림은 화려함을 더해갔습니다. 저는 그분의 손보다 그분의 표정에 더 매료되었습니다. 놀란 눈으로 악보를 응시하는 모습은 천진난만한 어린아이의 눈동자, 바로 그것이었습니다. 마치 신기해하며 피아노 건반을 처음 두드리는 아이의 모습이었습니다. 음에 따라 어깨를 들썩이고 몸을 움직이는 모습은 그와 피아노가 하나가 된 듯했습니다. 91세의 노인이라고는 도저히 여겨지지 않는 그만의 흥과 힘이 느껴지는 무대였습니다.

그의 연주가 끝나고도 한참 동안 감흥이 가시지 않았습니다. 집에 오는 길에 생각해보았습니다. 나는 91세까지 살아 있을 수 있을까? 살아 있다고 해도 메나헴 프레슬러처럼 자기 분야에서 최고의 경지를 유지할 수 있을까? 91세가 되어서도 피아니스트가 피아노를 칠 수는 있겠지요. 그러나 세계 최고의 베를린 필하모닉 오케스트라 송년음악회의 협연자가 되는 건 경이로운 일일 것입니다.

집에 와서 그에 대해 더 공부해보았습니다. 그는 평생을 피아노 연주를 했지만 솔리스트로서가 아니라 1955년 보자르 트리오를 창단하여 해산하던 2008년까지 53년간 트리오의 일원으로 살아왔습니다. 2008년 85세의 나이로 드디어 피아노 솔리스트로 데뷔하여 홀로서기를 감행했습니다. 성공적인 홀로서기 결과, 2014년 1월 11일 모든 연주자의 꿈의 무대인 베를린 필하모니 홀에서 베를린 필하모닉 오케스트라와 협연 데뷔 무대를 가졌습니다. 음악을 시작한 지 70년 만의 일입니다. 이 콘서트의 타이틀이 〈전설의 데뷔 Debut of a Legend〉입니다. 메나헴 프레슬러에 대해 더 많이 알수록, 절로 존경의 마음이 들었습니다.

저는 매년 1월 초 연간 계획을 세웁니다. 중심 화두를 고르고 각 분야별로 1년 동안 할 일을 나름대로 정리하는 것입니다. 2014년 제 화두는 '뜨겁게 살자'였습니다. 연초에 2015년 화두를 무엇으로 정할까 고민하고 있던 중 메나헴 프레슬러를 만난 것입니다.

저는 인생을 좀 더 길게 보아야겠다고 생각했습니다. 만약 그가 인생을 조급하게 여겨 솔리스트로서의 빠른 성공을 재촉했더라면 90세에 베를린 필하모닉 오케스트라와 협연하는 영광은 갖지 못했을 것입니다. 이미 그는 연주를 그만두었을지도 모릅니다. 저는 그보다 36세나 젊습니다. 앞으로 36년간 어떤 일에 매진한다면 세계 최고는 못 되어도 전문가 소리는 들을 것입니다.

2015년의 화두는 '느긋하게 살자'로 정했습니다. 우리는 인생을 너무 조급하게 살고 있습니다. 그러다 보니 갈등이 생기고 불만투성이가 되고 맙니다. 연초에 구입한 책 중 이런 책이 있습니다. 츠샤오촨渥嘯川의 《베이징대 인생철학 명강의―느리게 더 느리게》입니다. 띠지에는 '완벽한 인생을 내려놓는 순간, 완벽한 행복이 다가온다'라고 적혀 있었습니다.

음악회의 여운이 채 가시지 않은 상태에서 이 책을 집어 들었습니다. 각 장의 제목이 가슴에 깊이 와 닿습니다.

제1강 〈완벽하지 않기에 인생이라 부른다〉에는 베이징 대학교 부총장을 역임한 지셴린의 글이 소개되어 있습니다. 그는 "사람은 누구나 완벽한 인생을 살고 싶어 한다. 그러나 예로부터 지금까지 세상 그 어디에도 1백 퍼센트 완벽한 인생을 산 사람은 없었다. 그렇기에 인생이라고 부르는 것이다"라고 이야기합니다.

제2강 〈산다는 것 자체가 수행이다〉에는 베이징 대학교 교수를 역임한 쉬즈모의 재미난 글이 수록되어 있었습니다. "가끔 커피에 설탕을 넣고도 제대로 젓지 않아 쓴맛에 진저리 칠 때가 있다. 이럴 경우 마지막 한 모금까지 마셔야 단맛을 느낄 수 있다. 인생도 이와 같아서 지금은 쓴

맛밖에 느끼지 못해도 마지막에는 단맛을 느끼게 된다."

저절로 책장이 넘어갈 정도로 재미있었습니다. 저는 페이지를 넘기면서 2015년 화두를 '느긋하게 살자'로 정하길 정말 잘했다는 생각이 들었습니다. 특히, 이 대목은 제 선택에 힘을 더해주었습니다. "여유로운 삶은 사치스러운 삶보다 훨씬 저렴하게 즐길 수 있다. 편안하고 한적하게 아무 일 없는 오후를 누릴 만한 예술가적 기질만 있으면 되니까."

'송년음악회―91세의 피아니스트―느긋하게 살자―느리게 더 느리게―여유로운 삶―예술가적 기질'로 연결되는 생각의 실마리는, 결국 원을 그려 다시 만나고 말았습니다. 그런 의미에서 지난 2015년을 음악회로 시작한 것은 정말 뜻밖에도 의미 있는 선택이었습니다.

여러분은 매년 1월 1일을 어떻게 시작하고 있나요?

스스로 나는 법

검사를 그만두기 전부터 많은 분들이 '갑에서 빨리 을로 변신하여야한다'는 충고를 해주었습니다. '갑과 을'의 관계를 잘 아시죠. 권력을 쥔쪽이 '갑'이고 그 반대편이 '을'입니다. 계약서상 발주자를 '갑', 건축회사를 '을'로 표기하는 것을 관용어처럼 말하는 것이지요. 검사 중에서도고검장을 지냈으니 '슈퍼갑'쯤 될까요. 그러던 제가 '을'이 된 것입니다.

저는 '을'로 신분이 바뀌면서 어떻게 해야 하는지 곰곰이 생각했습니다. 대학을 졸업한 해에 바로 연수원에 들어갔다가 졸업하면서 검사가되어 28년 만에 퇴직했으니 한 번도 '을'로 살아본 적이 없었습니다. 그러나 엄밀히 말하면 평검사 때는 상사가 '갑'이고 저는 '을'이었지요. 국회나 언론을 상대할 때는 일시적이나마 '을'인 적도 있었습니다. 그러나대부분 '갑'이었던 것이 사실입니다.

저는 2011년 8월 2일 퇴직한 뒤, 며칠을 지내며 어떻게 하면 '을'로 잘 지낼 수 있을까를 고민했습니다. 그 고민 끝에 네 가지 원칙을 생각해 냈습니다.

첫째, 모든 연락에 바로 응답을 한다는 원칙을 세웠습니다. 예전에는 바쁘면 전화가 와도 몇 시간 뒤에 리콜을 하고 문자메시지를 무시하기도 하고 이메일을 하루이틀 뒤에 열어보기도 했지요. 그러나 이제는 바로바로 응답하기로 했습니다. '을'이니까요.

둘째, 누군가가 연락을 해와 언제 한번 만나자고 하면 바로 날짜를 잡습니다. '슈퍼갑'일 때는 그저 건성으로 '언제 한번 만나지요'라고 답변을 한다 해도 그분이 또 연락하겠지만 지금은 아마도 이 연락이 마지막일 수도 있다는 생각을 했습니다.

셋째, 모임에 가서 앉을 때 상석을 포기하고 끄트머리에 앉기로 했습니다. 고검장일 때는 다른 분들이 직급에 대한 예우상 상석을 권했습니다만, 퇴직한 뒤에는 그 룰이 바뀔 것 같습니다. 나이순으로 앉을 수도 있고 그 모임 직책순으로 앉을 수도 있으니까요.

마지막으로 모든 약속은 15분 전에 도착하기로 마음을 먹었습니다. '갑'일 때는 조금 늦어도 공무를 보느라 늦었을 것이라고 으레 이해해주었지만 '을'인 지금은 늦으면 무례한 행동으로 이해될 테니까요. 그 밖에도 많은 '을'의 법칙이 있겠지만 차차 익히기로 하고 우선은 이 네 가지에 주력하기로 했습니다.

바꾸어 생각하면 세상 모든 사람들은 '을'일 수밖에 없습니다. 그러나 우리는 '을'로 살아가는 법을 배운 적이 없는 것 같습니다. 반대로 '갑'으로 살면서도 '을'의 애환에 대해 관심을 기울여본 적도 없는 것 같습니다.

저는 '을'로 살기 시작하면서 '을로 살아가는 법'을 먼저 공부하여야겠다고 다짐했습니다. 인생의 궁극적인 승리는 '깨인 을'의 몫이니까요. 여러분은 '을'이신가요? '갑'이신가요? 그 어느 쪽이라도 '을의 생존법'은 알아둘 만하지 않을까요.

그런데 곰곰 생각해보니 '갑'과 '을'의 가장 큰 차이는 인생행로에 정해진 길이 있는가, 없는가의 차이 같습니다. '갑'은 어느 도로를 달려야 하는지 압니다. 그의 앞에는 탄탄대로가 열려 있습니다. 물론 내비게이션도 있지요. 그러나 '을' 앞에는 그 흔한 지도 하나 없습니다. 이 길로 갔다가 막혀 있으면 다시 돌아 나와 다른 길로 들어섭니다. 그러기를 여러 차례, 운이 좋으면 그중 하나가 뻥 뚫린 신작로와 연결되어 있습니다. 그래서 '을'은 생존력이 있어야 합니다. 누구도 그에게 길을 열어주지 않습니다. 그가 길을 열어야 합니다. 만들어야 합니다.

수년 전 미국을 여행할 때의 일입니다. 코네티컷 주 뉴헤이븐에 있는 예일 대학교를 구경하고 나서 1백 킬로미터 남쪽에 위치한 뉴욕 맨해튼을 향해 차를 몰아 출발했습니다. 조금 달리다 보니 밤 10시가 되었습니다. 초행길인 데다가 굳이 밤을 다투어 뉴욕에 갈 일도 없어 중간에서 자고 가기로 했습니다. 그런데 갑자기 내비게이션이 먹통이 되어버리는 것이 아닙니까? 내비게이션만 믿고 지도를 준비하지 않은 것이 후회가 되었지만 방법이 없었습니다.

내비게이션을 고치기 위해 스위치를 껐다가 켜기를 수십 차례, 시가 책에 플러그를 넣었다 빼기를 또 수십 차례, 그러나 아무 반응이 없었습니다. 하는 수 없이 고속도로에서 빠져나와 주위를 한참 맴돌다가 다행히 호텔을 발견하고 들어갔습니다. 내비게이션이 먹통이 되니 우리의 모든 기능이 마비된 듯했습니다. 그다음 날 아침에 시동을 걸어보아도 여전히 내비게이션은 먹통이었습니다. 하는 수 없이 편의점에서 지도를 사서 오랜만에 독도법 실력을 발휘하여 뉴욕으로 향했습니다. 결국 한 시간 남짓이면 갈 거리를 두 시간을 넘겨 도착했습니다.

내비게이션에 지나치게 의존하여 사는 바람에 내비게이션이 먹통이 될 때를 전혀 상상하지도 못했고 따라서 아무런 준비도 해놓지 않았던 것입니다. 내비게이션이 나오기 전에는 지도만으로 잘 찾아다니던 길이 갑자기 외계행성인 양 낯설고 지도를 보아도 잘 찾기 어려워진 것입니다.

노래 부르기도 마찬가지입니다. 노래방이 없던 시절에는 곧잘 노래 가사를 외워 부르기도 했지만, 지금은 어느 누구 할 것 없이 노래 가사를 외우려 하지 않는 것 같습니다. 그러다 보니 노래방 기계 없이는 노래를 부르는 게 엄두가 안 나는 세상에 살고 있습니다.

이처럼 기계의 발달이 우리의 부족한 능력을 보완해주기도 하지만, 반대로 그나마 있던 능력마저 퇴화시켜버리기도 하는 것 같습니다.

저는 공직에 30여 년 있다 보니 여러 가지 내비게이션과 노래방 기계를 가지고 있었습니다. 어떤 때는 선배들이 그 역할을 해주었고 어떤 때는 동료들이 그 역할을 해주기도 했습니다. 따라서 길을 잃어버리거나 가사를 까먹는 경우가 거의 없었습니다. 그들이 만들어놓은 길을 따라가기만 하면 되었기 때문입니다. 그래서 어떤 일이 발생하여도 그리 걱정하지 않았습니다. 이미 수없이 많은 해법들이 내비게이션 내부에 내장되어 있었기 때문입니다.

그런데 공직을 떠나 '을'로 민간 영역에 나와 보니 상황이 전혀 달랐습니다. 더군다나 선후배들이 터를 닦아놓은 기존 로펌에 들어간 것이 아니라 스스로 법률사무소를 차리다 보니 제가 보고 따라갈 내비게이션이나 가사를 보여주는 노래방 기계가 전혀 없어 스스로 독도법으로 길을 찾아가야 하는 상황이었습니다. 문제는 독도법을 배운 적이 없다는 사실입니다. 내비게이션에 익숙해 독도법을 배울 필요성을 전혀 느끼지 못한 것입니다.

저는 법률사무소를 차리기 위해 사업자등록을 하고 컨설팅 회사를 차리기 위해 법인을 만드는 일에 어떤 번거로움이 있는지 전혀 몰랐습니다. 직원을 채용하여 급여를 주고, 사무실 유지 경비를 지출하고, 세금을 납부할 준비를 한다는 것이 거의 곡예에 가깝다는 사실도 하나하나 배웠습니다.

사실 검찰에 있을 때도 그런 일들은 늘 있었겠지만 직원들이 알아서 준비해주니 세세하게는 모르고 살았습니다. 그런 일들을 뒤늦게 하나하나 배웠습니다. 문제는 저에게 내비게이션이 없고 제가 스스로 독도법을 익혀 길을 찾아야 한다는 사실입니다. 조직에 소속되어 오래 지내다 보면 길 찾는 기능이 퇴화되어버리고 맙니다. 그러나 아주 없어져버린 것은 아닌 것 같습니다.

저는 저의 변신을 이렇게 설명하곤 합니다.

"옥상에서 누군가 밀어 떨어지게 되었습니다. 그러나 낙하산을 펴지 않고 날아보려고 기를 써서 팔을 흔들어보았습니다. 그랬더니 정말 놀랍게도 겨드랑이 사이에 퇴화해버린, 그러나 없어지지는 않은 조그마한 날개가 팔을 한 번 흔들 때마다 1밀리미터씩 자라 다행히 땅바닥에 추락하지 않고 날 수 있게 되었습니다. 그 날개는 처음에는 참새 날개 정도였는데 이제는 까치 날개 정도는 되었습니다. 저는 언젠가 창공을 가로질러 날아오르는 독수리의 날개를 갖게 되기를 바라며 오늘도 열심히 팔을 젓고 있습니다.”

우리들은 내비게이션이나 노래방 기계 때문에 자신이 원래 가지고 태어난 날개를 더 이상 사용하지 않아 날 수 없게 되어버렸는지도 모르겠습니다. 그러나 다른 환경에 가게 되면 그 날개가 필요할지도 모릅니다. 변신과 도전이 필요한 그날을 위해, 가끔은 팔을 힘차게 저어 자신의 겨드랑이에 숨겨져 있는 날개가 더는 퇴화되지 않도록 할 필요가 있습니다. 평소 이런 훈련을 하지 않으면 정작 필요할 때 날지 못하고 주저앉아 다른 새가 날아가는 모습을 멍하니 바라보며 자신의 지난날을 후회할지도 모르니 말입니다.

가끔은 팔을 힘차게 저어

자신의 겨드랑이에 숨겨져 있는 날개가

더는 퇴화되지 않도록 할 필요가 있습니다.

평소 이런 훈련을 하지 않으면 정작 필요할 때

날지 못하고 주저앉아 다른 새가 날아가는 모습을 멍하니 바라보며

자신의 지난날을 후회할지도 모르니 말입니다.

몸이라는 본질에 집중하는 시간

한 친구가 퇴직하고 2개월 동안 읽고 싶었던 책만 읽고 지냈답니다. 그런데 생활을 담백하게 해보니, 지난 세월 동안 자신이 비본질적인 일에 지나치게 많은 시간을 할애했다는 사실을 깨달았다고 했습니다.

우리의 삶에 있어 본질적인 것은 무엇일까요? 세월이 가도 나에게서 떨어지지 않는 것이 본질적인 것입니다. 직업, 돈, 친구 심지어 가족마저도 철저하게 내 기준으로 보면 비본질적인 것 아닐까요? 나에게서 떨어져나가지 않는 것, 어디를 가도 언제라도 나에게 속한 것, 그것이 무엇일까요. 저는 몸과 마음이라고 생각합니다. 육체와 정신 말입니다. 그것 이외에 나머지는 사실 중요하다고 하지만 본질은 아니지요.

그러나 인생을 살아보면 이 두 가지에 시간을 할애하기보다는 다른 것을 위해 많은 시간을 보내다가 죽지요. 저는 검사로 30년을 살았습니다. 검사라는 직업이 저의 본질일까요? 아니지요. 그저 30년 동안 제가 한 일에 불과하지요. 돈. 그것도 저의 곁에 있다가 간 그 무엇일 뿐이지요. 오래된 친구도 그 친구를 만날 때만 저에게 의미가 있지, 그 나머지 시간에 그는 저에게 아무것도 아닙니다. 그러나 우리는 이런 것들에 자신의 모든 것을 걸고 살지요. 돈에 목숨을 걸기도 하고 사랑에 목숨을 걸기도 하고 자식에 목숨을 걸기도 하지요.

언제 제가 저의 몸에 그렇게 많은 공을 들인 적이 있었을까요. 제가 아파 병원에 입원한 때를 제외하고는 몸은 항상 후순위였습니다. 회사 일과 운동시간이 겹치면 회사 일을 포기하고 운동을 하는 사람이 얼마나 될까요. 비본질이 본질을 이긴 것입니다.

마음공부, 인격수양에 하루 중 얼마나 쓰시나요. 마음과 인격은 내가 죽기 전까지는 나를 따라다니는 것이고 나를 드러내는 나 자신입니다. 그런데 그 마음과 인격을 위해 시간을 얼마나 투자해 공부하고 있을까요. '인격수양 시간'과 '친구 만나는 시간'이 혹시라도 겹치면(이런 상상 자체가 의미 없는 일이지만) 친구 만나기를 포기하고 인격수양을 하는 사람이 얼마나 될까요. 소위 도를 닦는 사람이라면 몰라도 제 주위에는 거의 그런 사람이 없을 것 같습니다.

제 삶에서도 몸을 위한 운동과 마음을 위한 수양은 시간이 나면 여가로 하는 일이지 다른 일을 제치고 몰두하는 일은 아니었습니다. 그래서 '목숨을 걸고 운동을 한다'는 말이나 '목숨을 걸고 인격수양을 한다'는 말이 '목숨을 걸고 돈을 번다'는 말처럼 입에 착 달라붙지 않는 것입니다.

2016년 2월 중순 어느 날, 운동을 한창 하던 지난해보다 무려 8킬로

그럼이나 늘어난 체중을 확인하고는, 무슨 조치를 취해야겠다고 생각했습니다. '몸'이라는 본질에 집중해야겠다는 생각을 한 것입니다. 사실 '체중 감량'은 모든 사람의 목표이지만 가장 달성하기 어려운 것 중 하나입니다. 저는 인식을 바꾸기로 했습니다. 체중 감량이 아니라 '몸이라는 본질에 대한 집중'으로 인식체계를 전환했습니다. 이 전환은 다른 것과의 비교나 타협을 불허하는 것을 말합니다. '몸이라는 본질에 대한 집중'과 다른 비본질적인 일이 겹치면 '몸이라는 본질에 대한 집중'을 우선시하겠다는 각오이자 선언입니다.

그러나 세상일이 이런 인식체계의 전환만으로 쉽게 이루어지는 것이던가요. 그래서 하나의 장치가 더 필요했습니다. 과연 어떤 목표로 '몸이라는 본질에 대한 집중'을 할 것이냐입니다. 통상 하는 방법은 언제까지 얼마의 체중을 감량하느냐입니다. 그런 방법은 수차례 실패했습니다. 그래서 이번에는 다른 방법을 동원했습니다. 다니고 있는 헬스클럽의 헬스 코치에게 이런 말을 했습니다. "보디빌더 대회에 나가고 싶은데 좀 도와주세요." 그는 어리둥절한 모양입니다. "나이도 있으니 쉽지 않으실 텐데요." 저는 고집했습니다. "보디빌더 선수들이 나가는 그런 대회 말고 구청이나 동네에서 주최하는 아무 대회라도 좋으니 보디빌더 대회에 참가하게만 해줘요. 예선에만 나가면 그것으로 만족이에요." "한번 찾아보겠습니다."

며칠 뒤 그가 몇 가지 대회를 찾아왔습니다. 그중 하나가 '쿨가이 대회'라는 것이었습니다. 2017년 대회를 목표로 준비하자는 것이었습니다. 1년이 남은 것입니다. 그런데 쿨가이 역대 수상자의 사진을 보니 기가 죽습니다. 과연 할 수 있을까? 그러나 어떻습니까. 쿨가이 대회 출전 자체보다는 '몸이라는 본질에 집중'에 더 초점이 맞추어져 있으니 재미있게 할 수 있을 것 같습니다.

쿨가이 대회를 알아보다가 제가 아는 후배 두 사람이 50대에 도전한 사실을 확인할 수 있었습니다. 저는 본선에 오르자는 것도 아니고 참가만 하자는 것인데 안 될 일이 뭐 있을까, 하는 막연한 자신감이 생기기도 했습니다.

헬스 코치는 일단 감량을 하자고 제안했습니다. 2월 24일 제 체중은 75.2킬로그램이었습니다. 키는 165센티미터밖에 안 되는데 지나친 과체중입니다. 4월 말까지 65킬로그램으로 낮추자고 했습니다. 먼저 3일간의 단식을 제안하더군요. 힘들었지만 해냈습니다. 그리고 매일 저녁에 아무리 늦게 귀가하여도 적어도 한 시간은 걸었습니다. 근육 운동은 일주일에 두 번 합니다. 이러니 당연히 먹는 것도 조심합니다. 많이 먹고 싶지만 다음 날 아침 체중계에서 만날 수치를 생각하면 젓가락을 거두게 됩니다.

이렇게 '몸이라는 본질에 대해 집중'을 하며 지내던 중 2016년 3월 13일 저는 우연히 에머슨 퍼시픽의 이중명 회장에게 놀라운 이야기를 들었습니다. 제가 밥을 안 먹는 것을 이상하게 여겨 자꾸 물어보기에 쿨가이 대회를 나가볼 생각이라고 했더니 잘 생각했다고 격려하면서 자신의 아이패드에 들어 있는 사진을 보여주었습니다. 올해 74세인 이 분이 쿨가이 대회 참석자들처럼 각종 포즈를 취하고 찍은 사진이었습니다. 저는 놀라 물었습니다. "이건 무엇인가요?" "저는 66세 때부터 육체미 운동을 해야겠다고 생각하고 코치와 함께 운동을 해오고 있습니다. 한 8년 되었지요. 더 나이 들기 전에 제 몸 사진을 찍고 싶어 지난 1년을 열심히 운동하여 얼마 전에 정식으로 보디빌더 선수처럼 사진을 찍었습니다. 어때요, 그럴싸해요?" 하시며 너털웃음을 웃으셨습니다.

74세의 쿨가이. 젊은이 같은 근육은 아니지만, 이 회장님의 몸은 충분히 매력적이었습니다. 그분의 도전이 아름다웠습니다. 그분은 이렇게 덧붙였습니다. "운동을 열심히 하면 사업도 더 잘 됩니다. 에너지가 넘치니까요. 조 대표께서도 꼭 쿨가이 대회에 참가하세요. 인생이 바뀝니다."

'몸이라는 본질에 대한 집중'이 가져온 결과입니다. 막연히 이론적으로만 정립한 '본질에 대한 집중'이라는 개념이 '비본질적인 것들에 대한 성공'에도 얼마나 힘을 발휘하는지 알려주는 사례였습니다.

문득 티모시 페리스가 쓴 《포 아워 바디》라는 책에 나오는 한 대목이 생각났습니다.

"'어떻게 지금처럼 생산적인 사람이 되었습니까?' 이 질문에 버진 그룹 리처드 브랜슨은 의자에 털썩 기대앉아 잠시 생각에 잠겼다. 그가 앉은 의자 뒤편 창문으로 그가 소유한 섬이 보였다. (…) 버진 그룹은 3백 개가 넘는 기업을 거느리고 5만 명 이상을 고용했으며 연간 매출이 250억 달러가 넘는 대기업이었다. (…) 마침내 그가 침묵을 깨며 대답했다. '운동을 했습니다.' 그는 진지한 표정으로 덧붙여 설명했다. 운동 덕분에 생산적인 시간을 매일 네 시간 이상 더 활용할 수 있었다고!"

왜 우리가 비본질적인 것이 아닌 본질적인 것에 집중하여야 하는지를 극명하게 알려주는 말입니다. 본질적인 것에 집중하자는 것은, 비본질적인 것을 포기하라는 말이 아닙니다. 본질적인 것에 집중하면 비본질적인 것은 저절로 잘하게 된다는 말입니다.

2016년 2월 24일 75.2킬로그램에서 출발한 체중은 2016년 5월 16일 65.3킬로그램을 가리키고 있었습니다. 2월 24일부터 82일 만에 9.9킬로그램이 빠진 것입니다. 체중계를 바라보며 만감이 교차했습니다. 몸에 집중한 82일간 많은 일이 있었습니다.

쿨가이 대회를 출전하겠다고 선언하자 많은 분이 대단하다고 하면서도 편하게 살지 왜 사서 고생을 하느냐고 하시는 분들이 더 많았습니다. 특히 같이 식사를 할 때 거의 안 먹고 야채 위주로 식사를 하는 저의 모습을 보며 안타까워하다가 핀잔을 주기도 했습니다.

사실 치밀한 사전조사를 한 것도 아니고 그냥 기분으로 쿨가이 대회에 출전하겠다고 한 것이라 목표를 성사시킬 가능성은 그리 크지 않은 상황입니다. 막무가내라고 할 정도로 그냥 밀어붙이고 있습니다. 일단 체중은 10킬로그램 가까이 뺐으니 그것만으로도 대성공입니다.

5월 10일 병원을 갔더니 주치의 선생님께서 제 콜레스테롤 수치를 보고 깜짝 놀라면서 도대체 3개월 동안 무엇을 했기에 나쁜 콜레스테롤 LDL 수치가 이렇게 낮아졌냐고 합니다. 지난 2월 3일 163이던 수치가 5월 10일 120으로 낮아진 것입니다.

사실 살아오면서 여러 번 다이어트를 했고 어떤 때 체중을 빼기도 했지만, 요요현상이 와서 원위치된 적이 여러 번이라 이번에도 그런 실패를 하지 않으려고 체중의 변화를 예의 주시하고 있습니다.

체중 감량을 하면서, 도중에 체중이 1킬로그램 이상 올라가는 것을 결코 두려워해서는 안 된다는 것을 깨달았습니다. 문제는, 그다음 날 얼마만큼 지독하게 감량을 하여 빠른 시일 내에 정상궤도로 돌려놓을 수 있느냐가 성공의 관건이라는 사실을 알게 되었습니다.

그리고 이것은 1년 이상이 걸리는 장기전입니다. 굶기만 하여 체중을 감량하는 것은 정답이 아니지요. 식사조절과 함께 일주일에 두 번 이상 근육운동을 하고 가급적 매일 한 시간씩 걷습니다. 골프를 칠 때도 카트를 타지 않습니다. 유산소 운동을 할 수 있는 절호의 찬스를 놓칠 수 없지요. 그리고 체중이 줄 때 체지방만 빠지면 너무 좋겠지만 근육도 같이 소실됩니다. 이런 부작용을 막기 위해 분말 단백질을 같이 먹고 있습니다.

쿨가이 대회 참가 프로젝트가 2017년에 성공할지 아니면 2018년으로 성공이 연기될지 알 수 없지만, 장기전으로 가는 채비를 했습니다. 사실 쿨가이 대회를 나가기 위해 들여야 하는 노력이 적지 않습니다. 그 시간에 다른 것을 할 수도 있습니다. 그러나 아직까지는 몸에 투자하는 것보다 더 값진 것을 찾지 못했습니다. 몸이 저의 본질이니까요.

여러분도 이 글을 읽고 다이어트에 자신감이 생기고 몸이 근질근질해지지 않으신가요. 제가 노리는 것은 바로 이것입니다. 여러분을 방에서 뛰쳐나가게 하고 싶습니다.

부족한 여행길에 발견한 기쁨

1995년 대구지검 영덕지청장을 하고 있던 어느 토요일 아침, 서울지검 동부지청 시절 같이 근무했던 부하 직원 두 사람이 불쑥 찾아왔습니다. 서울에서 멀고 먼 영덕까지 찾아온 부하들이 반가워 하룻밤 자고 가라고 권했습니다. 그들은 사실 울릉도에 가고 싶어 영덕을 찾았다며 저더러 같이 가자고 권했습니다. 때는 11월 하순, 이미 울릉도 여행철이 끝나 볼 게 아무것도 없을 거라고 조언했지만, 그들은 한사코 울릉도를 가보자 했습니다. 영덕까지 찾아준 부하들의 성의가 고마워 예정에 없던 울릉도 여행을 떠났습니다. 근무를 마치고 부랴부랴 간단한 짐을 꾸리고 오후 2시 반 울진 후포항에서 배를 타고, 3시간 반 바닷길을 달려 울릉도에 당도하니 땅거미가 지기 직전이었습니다. 부둣가는 폐허처럼 을씨년스럽기 그지없고 그 흔한 호객꾼 하나 없었습니다.

다음 날 육지로 나가는 배를 알아보니 아침 9시 반이 유일한 배편이었습니다. 아뿔싸, 막연하게 오후 배가 있으려니 하고 울릉도 관광을 나섰는데 관광할 시간이 오늘 저녁밖에 없다는 사실에 어안이 벙벙했습니다. 이렇게 사전준비가 없는 여행이 또 있을까. 하는 수 없이 코란도 택시를 대절하여 속전속결로 울릉도를 한 바퀴 돌아보기로 했습니다. 어디가 어디인지 잘 알 수도 없고 그저 택시기사가 데려다주는 대로 이곳저곳을 구경했습니다. 지금 기억나는 것은 어둑어둑해진 나리분지의 광활한 모습과 낭떠러지 산길을 위험천만하게 운전한 택시기사의 곡예 운전기술 정도입니다.

관광을 마치고 식당을 찾았으나 기대와 달리 변변한 음식이 없어 간단히 물회로 끼니를 때우고 허름한 여관에 들어가 하룻밤을 지낸 뒤 다음 날 9시 반, 뭍으로 향하는 배를 탔습니다. 정확하게 열다섯 시간 반을 울릉도에 체류했고 그중 대부분이 밤이었으니 여행도 이런 여행은 제 생애 없을 것만 같습니다.

'울릉도' 하면 이런 여행이 머릿속에 남아 있는 저에게 2013년 4월 초 어느 모임에서 울릉도를 여행하자는 제안을 해왔습니다. 아쉽고 미진한 울릉도 여행에 대한 기억을 씻기 위해서라도 반드시 다시 한 번은 가보아야 할 곳이기에 바쁜 업무 속에서 금요일 하루를 휴가 내어 일요일까지 2박 3일의 울릉도 여행을 감행했습니다.

4월 26일 금요일 새벽 4시 반, 집에서 출발하여 차로 세 시간을 달려 묵호항 여객터미널에 도착한 저희 부부는 일행과 그곳에 배를 기다리고 있는 다른 승객의 옷차림을 보고 무엇인가 잘못되었다는 생각이 들었습니다. 모두가 등산복 차림에 등산화를 신고 있었습니다. 반면 저희 부부는 캐주얼 정장에 바바리를 입고 구두를 신고 있었습니다. 지난번 여행의 기억으로 그저 차를 타고 이곳저곳을 둘러보지 않을까 생각하여 주말 나들이 복장을 한 것인데, 저희만 완전히 이상한 나라의 앨리스가 되고 말았습니다. 총무는 운동화를 가지고 오라고 했는데 왜 연락을 못 받았냐고 물었고, 저희는 애꿎은 카톡만 원망할 따름이었습니다.

울릉도를 40여 번 오셨다는 울릉도 마니아 한국예술종합대학교의 배진환 교수님의 안내를 받아 일반 관광보다 심도 깊은 '속살' 울릉도 여행이 시작되었습니다. 명이나물이 인상적인 늦은 아침을 먹고, 열여섯 명의 우리 일행이 제일 먼저 찾은 곳은 울릉도 도동항에서 고깃배를 타고 15분을 달려간 죽도입니다. 선착장에서 해발 107미터 높이의 정상까지 사이에는 365계단이 720도로 회전하며 우리를 기다리고 있었습니다. 정상에 올라 대나무 길을 조금 가노라니 믿기지 않을 만큼 아름다운 풍경이 눈앞에 드러났습니다. 2대째 이곳에서 더덕을 재배하고 있는 김유곤 씨의 더덕 농장이었습니다. 일행은 한 시간 남짓 죽도를 한 바퀴 돌았습니다. 구두를 신었지만 산길은 산책로에 지나지 않아 그리 불편함을 느끼지 못했습니다. 아름다운 풍광을 카메라에 담느라 발이 불편하다는 생각은 한 번도 하지 않고 죽도 관광을 마쳤습니다. 울릉도로 돌아와 늦은 점심을 먹고 서너 곳을 더 관광했지만 울릉도 시내라 구두로 다니는 것이 그다지 불편하지 않았습니다.

2일째 아침이 밝았습니다. 좀 걷는 코스가 있다는 배 교수님 말씀에 다들 구두로 다니기 불편하지 않을까 걱정해주었습니다. 그러나 어제의 경험을 기반으로 그리 힘들 일이 있겠냐는 짐작이 들더군요. 아침을 먹은 뒤 울릉도 일주도로를 시계방향으로 돌며, 아름다운 경치가 있는 곳마다 멈춰 서서 카메라로 자연을 잘라 훔치기에 여념이 없었습니다. 여기까지는 구두로 관광하기에 아무 문제가 없었습니다.

드디어 첫 번째 걷는 코스에 도달했습니다. 2008년에 새롭게 만들었다는 태하향목 모노레일. 정상에 올라가면 한국 10대 비경 중 하나를 볼수 있는 곳이라고 했습니다. 등판 각도 최대 39도의 모노레일은 해안 절경을 감상하기에 제격이었습니다. 그 높은 곳에도 민가는 있었습니다. KBS 〈인간극장〉 '낙원의 케이블카' 편에 나온 노부부가 부지깽이 등의 산나물을 농사짓고 있었습니다. 배 교수님이 그 노부부와 인사하는 모습으로 보아 보통 친한 사이가 아닌 것 같았습니다.

그 노부부의 밭 끝자락에서 바라보는 경치는 한국 10대 비경 중 하나라 일컬을 만했습니다. 이곳 정상에서 드디어 괴로운 산행이 시작되었습니다. 도저히 구두로는 다닐 수 없는 산 비탈길을 내려가기 시작했습니다. 그러나 그 길은 그다지 길지 않아 구두가 좀 망가지기는 했지만 발은 여전히 건재했습니다. 그런데 제 구두와 발의 고생은 여기가 끝이 아니었습니다.

산길을 내려와 바닷가에서 먹는 막걸리는 세상 그 어느 술보다 맛있는 명주였습니다. 마침내 18년 전 제가 가보았던 그 나리분지를 찾았습니다. 나리분지에서 먹는 산채비빔밥은 모두의 탄성을 자아냈습니다. 점심을 든든하게 먹고 그곳에서 각종 나물을 한보따리 사들고 우리는 오늘의 하이라이트로 향했습니다.

죽도가 바라보이는 울릉도 동북쪽 끄트머리의 울릉 둘레길을 걷기로 한 것입니다. 구두를 신은 저희 부부는 산길 3킬로미터에 다다르는 무리한 산행을 시작했습니다. 등산화를 신은 분들에게는 아무것도 아닌 가벼운 산길이지만 저희 부부에게는 거의 설악산을 등반하는 정도의 힘이 들었습니다. 미끄러지고 삐끗하고 균형을 잃을까 조심조심하고, 한 발짝 한 발짝 예사롭지 않았습니다. 이렇게 구두 등산을 하길 한 시간 남짓, 드디어 우리 일행을 기다리는 택시가 눈앞에 보이자, 그리 반가울 수가 없었습니다. 그런데 이것도 끝이 아니었습니다.

약 15분간 계단 길을 따라 내수전 일출 전망대까지 올라가야 한다는 것이었지요. 이미 그로기 상태가 된 아내는 도저히 갈 형편이 못 되었고, 저도 지칠 대로 지쳐 택시에서 일행을 기다리자는 아내의 유혹이 정말 달콤하게 들렸지만, 언제 여기 다시 올까, 하는 생각에 마지막 힘을 내어 전망대로 올라갔습니다. 전망대에 올라서서야 왜 이곳이 전망대인지 실감했고 15분간 힘들여 올라온 것이 후회되지 않았습니다. 이것으로 울릉도 구두 답사 여행은 끝이 났습니다.

배편에 대한 정보가 없어 허무하게 마친 18년 전의 울릉도 여행과 신발에 대한 정보가 없어 구두를 신고 한 이번 울릉도 여행, 모두 제 인생에 잊을 수 없는 여행이 될 것입니다. 돌이켜 보면 인생 여행에서도 다 갖춘 여행보다는 이렇게 부족한 여행이 더 기억에 남는 것 같습니다. 인생길에 무엇이 부족할 때 이를 탓하지 말고 훗날 더 기억에 오래 남도록 하려는 신의 섭리라고 이해하면 인생 여행의 발걸음이 훨씬 더 가벼워질 것입니다. 비록 등산화 대신 구두를 신었더라도 말입니다.

5

지 　　　　　　　　　　　　　금

나 　**를** 　　　　　　　**있** 　　**게**

하 　　는 　　　　　　　　　일

열린 방문 사이로 내가 본 것은

2014년 10월 중순, 어느 시중 은행 임원 사무실을 방문할 일이 있었습니다. 도착하자 소파로 안내 받아 자리에 앉았습니다. 곧이어 여직원이 들어와 차를 주고 나갔는데, 특이한 점이 있었습니다. 방문을 닫지 않고 나가는 것이었습니다. '여직원이 방문 닫는 것을 잊은 모양이다'라고 생각하고 대화를 나누었습니다. 이러니 자연스럽게 열린 방문으로 직원들이 왔다 갔다 하는 모습이 보이고 직원들이 일하는 모습도 눈에 들어왔습니다. 늘 방문이 닫힌 사무실에서 일하고 손님을 맞이하던 저로서는 약간 생소한 환경이었습니다. 그러나 잠시 지나자 처음의 어색함이 사라지고 오픈 사무실 한편에서 대화하고 있다는 생각이 들었습니다.

대화 내용이 조직에서의 소통 문제로 이어졌습니다. 이때 그 임원이 이렇게 이야기했습니다. "혹시 제가 방문을 열어놓고 조 대표님을 맞이

하고 있어 불편하지 않으셨는지 모르겠습니다." 열린 방문은 여직원의 실수가 아니라 자연스러운 것이었습니다.

"임원이 되기 전에 은행에서 근무하면서 상사 방에 들어가는 것이 매우 불편하다는 생각을 했습니다. 상사가 안에서 무엇을 하고 있는지 알 수 없어 지금 들어가야 하는지 아닌지 고민하게 되었고, 또 상사의 기분이 어떤지 알 수 없어 타이밍을 살피다가 시간을 놓친 경우도 있습니다. 그래서 임원이 되고 나서는, 제 사무실 방문을 열어놓기로 결정했습니다. 직원들과 제가 같은 공간에서 근무하는 환경을 조성한 것입니다. 직원들은 지나다니며 제가 무슨 일을 하고 있는지 알 수 있습니다. 제가 바쁜지 여유가 있는지도 알 수 있습니다. 자연스럽게 직원들과 소통할 기회가 많아졌습니다. 저도 방문을 열어놓으니 제 몸가짐을 바르게 할 수밖에 없습니다. 방문을 닫아놓으면 사람인지라 흐트러지기 마련이지요. 반대로 제가 사무실에 없을 때는 방문을 닫아놓습니다. 제가 부재중인 것을 직원들에게 알리는 것이지요."

정말 특이한 발상이었습니다. 평생 방문을 닫고 살아온 저로서는 이런 도전을 하기가 쉽지 않을 것 같습니다. 제 프라이버시가 보호되지 않는다는 생각이 들 테니까요. 그런데 한편으로 생각해보면, 직원들은 모두 오픈된 공간에서 근무합니다. 자신의 프라이버시가 노출되어 있지요. 직원들은 노출된 공간에서 일하고 임원은 폐쇄된 공간에서 일한다는 것이 고정된 생각입니다. 이러다 보니 직원들끼리는 소통이 비교적 쉬운데 임원과 직원, 임원과 임원 사이의 소통은 격식을 갖추게 되고 점점 어려워지는 것 아닐까요? 직원이 동료 직원에게 무슨 말을 하기 위해서는 그저 자리에서 일어나 맞은편 동료에게 말을 걸거나 뒤를 돌아보고 툭 치기만 하면 되지요. "점심 같이할까요?" 상대가 선약이 있어 거절하더라도 동료의 상황을 꿰뚫어 보고 있어 마음이 덜 쓰라립니다. 임원은 동료 임원에게 찾아가려면 격식을 갖추게 됩니다. 윗저고리를 입고 신발을 실내화에서 구두로 바꿔 신고 자리에 있는지 알아보고 시간 약속을 하고 찾아가게 됩니다. 사정이 이러니 될 수 있으면 찾아가지 않으려 합니다. 전화마저도 여러 번 고민하다가 하게 되지요. 점심도 며칠 전에 약속해놓지 않으면 불쑥 당일 약속을 청하기 조심스럽습니다. 이런 일이 한 달, 1년이 지속되면 자연스럽게 임원과 임원 사이에 보이지 않는 막이 생기고 점점 멀어지게 됩니다.

예전 평검사 시절에는 옆방에 가는 일이 비교적 쉬웠습니다. 실내화를 끌고 찾아가 궁금한 것을 묻곤 했지요. 검사실 문이 환하게 열려 있어서 화장실에 갔다 오다가 동료 검사가 시간 여유가 있는 것을 보면 들어가 골치 아픈 사건을 상의하기도 하고 오늘 저녁 같이할 수 있는지 쉽게 물어보기도 했습니다. 그러나 부장이 되니 몸이 무거워졌습니다. 동료 부장실에 가는 것이 큰 행사가 되었습니다. 부장검사 간에 소통이 원활하여야 부를 지휘하는 노하우를 공유하게 되고 부하를 지도하는 법을 자연스럽게 배우게 됩니다. 그러나 점점 자신의 방에서 시간을 보내는 일이 많아지게 됩니다. 차장검사는 대부분 혼자이니 검사장실에 보고하러 갈 때 빼고는 달리 갈 방이 없습니다. 부하인 부장검사 방을 가는 일은 거의 생기지 않습니다. 검사장은 어떤가요? 화장실도 방 안에 있으니 출근하며 점심 먹으러 갈 때까지 꼼짝 없이 방에 유폐됩니다. 점심 먹고 와서는 퇴근할 때까지 또 감옥살이입니다. 사정이 이러니 소통은 요원한 일이고 검사장이 검찰청 사정에 가장 어둡게 됩니다.

일반 회사도 사정은 마찬가지입니다. 임원이 되면 회의 때만 만나게 됩니다. 사적인 교류와 소통이 잦아야 갈등도 해소되고 오해도 풀립니다.

그 은행 임원과 소통에 관한 이야기를 더 나누게 되었습니다.

"한 시간 회의를 해도 풀리지 않는 부서 간 갈등이 잠시 휴식 시간을 갖고 임원들끼리 담배를 피우거나 커피를 한잔 마시면서 속내를 털어놓으면 의외로 쉽게 해결책이 생기는 경험을 여러 번 했습니다. 공식 회의 석상에서의 발언은 여러 가지 측면에서 경직되기 마련입니다. 그러나 속내를 열고 이야기하면 별것도 아닌 문제들이 참 많더군요."

"읽은 지 오래되어 회사 이름은 기억나지 않지만, 이런 글을 읽었던 기억이 납니다. 스웨덴에 있는 어느 회사에 CEO가 새로 부임해 회사를 순시해보니 직원들이 자판기 앞에 삼삼오오 모여 잡담을 하고 있는 것이 눈에 띄었습니다. 일할 시간에 모여 낄낄거리는 모습에 화가 난 CEO는 층별로 있는 커피 자판기를 모두 없애버리고 휴식이 필요한 사람을 위해 1층에 휴게실을 만들어주었습니다. CEO가 예상한 대로 직원들이 커피를 마시는 시간이 현저하게 줄어들었습니다. 그런데 몇 달 뒤 이 회사의 실적은 급감했습니다. 원인을 조사해보니 직원 간 소통이 막혀 문제가 발생해도 전혀 해결이 안 되고 있었습니다. 직원들이 커피 자판기 앞에서 나눈 이야기는 잡담이 아니라 업무였다는 사실을 이 CEO는 미처 알지 못했던 것이지요."

이 임원이 자신의 방문을 오픈한 것은 단순한 아이디어 차원이 아니라 오랜 고민 끝에 나온 소통 철학의 소산이었습니다. 저는 방문을 마치고 건물을 나서면서 실리콘 밸리에 있는 IT기업의 젊은 CEO들이 굳이 자신의 방을 가지지 않고 사무실 중간에 자신의 자리를 놓는다는 이야기에 수긍이 갔습니다.

소통은 이처럼 쉽지 않은 주제입니다. 그리고 소통보다 더 어려운 것이 위임입니다.

2015년 6월, 대한민국에서 가장 연봉을 많이 받는 어느 CEO와 몇몇 젊은 벤처 기업인들이 함께 저녁식사를 하는 자리가 마련되었습니다. 이 자리에서 CEO는 한 벤처기업 대표를 바라보며 이런 말을 했습니다.

"이 대표, 회사 직원들이 주말에 출근하고 싶어 안달하나요? 주말에 월요일이 오기를 학수고대하나요? 혹간 그런 직원도 있겠지만 대부분은 회사 나오기 싫어하지요. 이 대표는 어떤가요? 회사가 궁금하지요. 일찍 나가고 늦게까지 남아 있지요. 주말에 출근할지도 모르죠. 왜 이런 차이가 생길까요. 직원들도 이 대표처럼 회사에 자발적으로 출근하고 싶으면 회사가 더 잘 될 텐데요. 현실은 그 반대이지요. 자, 그러면 이 문제를 잠시 접어두고 다른 이야기를 해보죠.

이 대표, 결혼했나요? 자녀도 있나요? 혹시 형님 있나요? 형님도 자녀가 있겠군요. 자, 그러면 옛날 기억을 더듬어봅시다. 형수님이 조카를 임신했을 때 축하 전화를 했나요? 그랬겠지요. 그런데 그날부터 매일 형수님에게 전화하여 조카가 배 속에서 잘 자라고 있는지, 발길질을 잘하는지 물어보았나요? 그렇게 물어보면 좀 이상한 사람이겠죠. 반대로 부인이 임신했을 때는 어땠나요. 매일 전화해서 아기가 잘 자라고 있는지 물어보았겠지요. 또 궁금해 아내의 배에 귀를 대보기도 했을 테고요. 왜 이런 차이가 생길까요. 아내가 임신한 아이는 내 아이이기 때문입니다. 내 아이에 대해서는 이렇게 관심이 많고 정성을 기울이지요.

직장인들에게 회사가 재미없는 이유는, 자기 자식이 아닌 남의 자식을 키우고 있기 때문이지요. 창업을 한 사람들은 당분간 돈이 안 생겨도 조그만 창고 같은 곳에서 밤잠을 설쳐가며 일을 하는데 왜 직장인들에게는 그런 열정이 없을까요? 이것은 단지 월급의 문제가 아닙니다. 대기업에서 연봉을 많이 받는 임원들도 출근하기 싫기는 마찬가지거든요. 내 자식을 키우느냐, 남의 자식을 키우느냐의 문제입니다.

내가 낸 아이디어가 채택되어 내 책임하에 그 아이디어를 사업으로 키워나갈 수 있게 되었고 그 과실에 대해서도 인센티브를 받을 수 있다면 그 일이 왜 재미가 없겠습니까? 반대로 상사가 시킨 일을 하고 있는데 수시로 지시를 하고, 진행 상황을 보고할 때면 잘못했다고 수정하고 끊임없이 잔소리하면 무슨 재미로 일을 할 것이며 무슨 이유로 출근하고 싶을까요?

이 대표, 직원들이 이 대표처럼 일을 하게 만들고 싶으면 직원들이 자신의 아이를 키우게 해주세요. 우리 속담에, '하던 일도 멍석 깔아놓으면 안 한다'고 하지 않던가요. 인간은 누구나 스스로 놀고 싶은 것입니다. 회사는 그런 인간의 속성을 억누르고 있지요.

그러면 상사는 무엇을 하냐고요? 직원들이 성공하기 어려운 아이디어를 내놓으면 정리해주어야 합니다. 자신의 경험과 지식으로 아이디어를 잘 가려주어야 하고 그 아이디어가 초기에 죽지 않도록 태교법을 알려주어야 합니다. 그러나 직접 태교를 하는 정도까지 가면 곤란합니다. 태교는 임신한 사람이 하는 것이지요. 직원이 모든 것을 다 알 수는 없습니다. 상사는 그가 태교를 잘못 하고 있는 것은 아닌지 태교법을 상담해주는 상담사 역할을, 태아가 건강하게 잘 자라고 있는지 병원에 가서 진료를 받듯 태아를 진찰해주는 산부인과 의사의 역할을, 그 아이가 태어나자라는 과정에 발생할 수 있는 문제를 상담해주는 육아 전문가 역할을 해주어야 합니다.

이것이 기업에서 말하는 위임입니다. 임파워먼트empowerment. 이래야 상사에게 시간이 생깁니다. 그 시간에 멀리 보고 넓게 보고 달리 보는 연습을 할 수 있고, 훈련이 쌓이면 실제로 그렇게 보기 위해 세상 밖으로 나서야 합니다. 사람도 만나고 시장동향도 살피고 컨퍼런스도 참석하고 해외도 나가보아야 합니다. 사무실에서 직원들에게 자신의 아이 양육을 맡겨놓고 못 미더워 시종일관 간섭과 통제만 하여서는 회사가 성장하기 어렵습니다. 간섭과 통제도 필요하지만 위임의 측면을 균형 있게 고려하여야 합니다.

물론 회사 일의 상당 부분은 위에서 시키는 일입니다. 본인이 아이디어를 내서 하는 일은 예외입니다. 이렇게 지시 받은 일도 자신의 아이디어를 넣고 자신이 주도권을 가지고 추진할 수 있는 공간을 만들어주어야 비록 남의 집 아이이지만 직원들도 점차 자신의 아이처럼 느끼게 될 것입니다. 위에서 시켜서 한 일이지만 자신의 아이디어와 열정을 쏟아부은 일에 대해서는 그 성공을 자신의 성공이라 생각하고 자랑스러워하며 다른 사람에게 '그 일은 내가 한 일'이라고 자신 있게 말할 수 있는 것입니다.

저는 대부분 일을 이런 식으로 위임합니다. 부하들이 불안한지 자꾸 물어봅니다. 어떻게 하여야 하는지를 말입니다. 그럴 때마다 이렇게 대답해주고 싶습니다. '네가 알아서 해. 네 아이잖아.'"

저는 이 이야기를 듣고 순간 멍했습니다. 평생 검찰에 몸담았고 그 경험을 살려 회사를 운영하고 있는 저로서는 지시와 확인을 양대 축으로 살아왔습니다. 그런데 그분은 전혀 다른 이야기를 하고 있는 것입니다.

그다음 날 아침 간부회의에서 각 간부들이 어떤 자식을 키우고 있는지 칠판에 적어보았습니다. 친자식, 남의 자식, 남의 자식이지만 내가 키운 자식, 직원들 입장에서는 대부분 회사의 아이이거나 CEO인 저의 아이를 키우고 있었습니다. 예외적으로 친자식을 이제 막 임신한 경우가 두세 건 정도 있었습니다.

'이런 상황이면 우리 임직원들이 신이 날까?' 스스로 자문해보았습니다. 저도 검찰에 있을 때 제 스스로 무슨 일을 하면 신이 났는데 상사가 지적하고 통제하면 갑자기 일하기 싫었던 기억이 납니다. 저는 회의를 마치며 우리 모두 자기 자식을 많이 키우고, 안 되면 남의 자식을 데려다가 정성을 쏟아 자기 자식처럼 키우자고 말했습니다.

'위임'. 쉽지 않은 주제입니다. 그러나 반드시 고민해보아야 하는 주제입니다. 여러분은 어떻게 살고 있나요? 직장인이라면 자기 자식을 키우고 있나요, 아니면 남의 자식을 돌보고 있나요? CEO라면 당신의 부하가 자기 자식을 키우게 기회를 주시나요? 아니면 CEO 당신의 아이만 키우게 하나요?

사람공부, 경영공부

회사 경영에서 가장 중요한 문제는 소통임을 절감하고 어떻게 하면 이를 증진시킬 수 있을까 고민하다가 코칭 전문가 고현숙 교수를 초빙하여 진단 및 훈련을 받기로 했습니다.

먼저 고 교수는 직책이 다른 직원 여섯 명을 개별 인터뷰하여 소통의 문제점을 파악하고 전체 워크숍을 개최했습니다. 두 시간에 걸쳐 전 직원을 네 팀으로 나누어 워크숍을 진행했습니다. 저도 팀원으로 참가했습니다.

가장 먼저 다룬 주제는 회사의 핵심역량이었습니다. 팀별 토론을 하여 회사의 핵심역량이라고 생각하는 다섯 가지를 큰 종이에 적으라고 했습니다. 네 팀에서 적은 네 장의 종이가 벽에 붙었습니다. 그리고 쉬는 시간에 참가자 전원에게 작은 동그라미 스티커를 다섯 개씩 나누어주고 종이에 적힌 핵심역량 중 자신이 동의하는 것 옆에 스티커를 한 장씩 붙이라고 했습니다.

회사의 핵심역량에 대한 전 직원의 선호도를 집계한 것입니다. 1위는 19표를 얻은 '전문성'이 차지했습니다. 2위는 18표를 얻은 '팀워크'였습니다. 우리는 핵심역량이 전문성에 있고 팀워크를 통해 잘 구현하여야 한다고 이해하고 있었습니다. 이렇게 팀워크를 중시하는 만큼 소통이 무엇보다 중요합니다. CEO와 직원 간의 소통, 직원 상호 간의 소통, 어떻게 하면 잘할 수 있을까요.

고 교수가 제안한 실습은 '인정하기'입니다. 참석자 전원이 두 줄로 선 다음 서로 마주 보게 했습니다. 먼저 한쪽 줄에 있는 사람이 1분간 마주한 상대방을 인정해주었습니다. '인정'이란 상대방 입장을 공감하고 상대방을 칭찬해주는 것을 말합니다. 첫 번째 시도에서는 모두 힘들어했습니다. 첫 번째 순서가 끝나고 인정하는 이야기를 한 줄이 전체 왼쪽으로 한 발짝 움직여 새로운 상대방을 만났습니다. 두 번째로 인정하는 이야기를 했습니다. 이렇게 네 번째까지 상대방을 바꾸어가며 인정하는 이야기를 했습니다.

저는 인정하는 이야기를 듣는 편에 속해 있었는데 회를 거듭할수록 사람들이 인정하는 이야기를 더 잘한다는 느낌이 들었습니다. 이번에는 역할을 바꾸어 인정을 받았던 팀이 상대방에게 인정하는 이야기를 해주었습니다. 이와 같은 방식으로 네 번 진행했습니다. 어느 팀이 더 잘했을까요? 인정하는 이야기를 먼저 들은 팀이 이야기를 더 잘했습니다. 고 교수는 "인정은, 많이 할수록 더 잘하게 되고, 많이 받을수록 더 잘하게 되는 선순환 구조를 가지고 있다"고 끝맺었습니다.

그러면서 덧붙인 한마디가 가슴을 찔렀습니다.

"직원을 인정해주는 것이 CEO의 일job입니다."

검찰에서 생활할 때는 일정한 기준을 가지고 그 기준을 넘어서는 직원들에게는 칭찬을 아끼지 않았지만 그 기준에 못 미치는 사람은 칭찬하지 않았습니다. 그런데 고 교수는 직원이 일을 잘하든 못하든 그를 칭찬하고 인정해주어 현재보다 더 성장하게 하는 것, 그것이 바로 CEO의 임무라고 강조했습니다. 제가 직원과의 소통에 문제가 있었던 것이 바로 이 부분임을 직감할 수 있었습니다.

고 교수는 워크숍을 마무리 지으며 실천의 중요성을 강조했습니다. 아무리 좋은 이야기를 들어도 워크숍이 끝나고 나면 다 잊어버리니 실천할 사항 한 가지One Thing만 정해보자고 했습니다. 네 개 팀은 실천할 'One Thing'을 한 가지씩 제안했습니다. 그중에는 '직원들이 서로 모르니 한 달에 하루, 날을 정해 직원 두 명씩 짝을 지어 함께 점심식사를 해보자'는 기발한 아이디어도 있었습니다.

돌아오는 길에 머리를 맴도는 한마디가 있었습니다. "대표님, 갓 입사한 저에게 '잘하고 있지, 잘할 수 있을 거야'라고 하신 말씀이 큰 용기가 되었습니다." 어느 직원이 인정해주기 실습에서 저에게 한 말입니다. 무심코 해준 한마디가 그에게는 큰 힘이 된 모양입니다. 직원의 사기를 북돋는 일은 반드시 보너스나 회식에만 있는 것이 아닌데 왜 이런 일에 인색했을까, 하는 자책이 들었습니다. 사무실에서 차를 한잔 나눌 때 고 교수는 다시 강조했습니다. "직원을 인정해주는 것이 CEO의 일입니다."

우리의 일은 무엇일까요? 부모님을 인정해드리는 것, 배우자를 인정해주는 것, 자녀를 인정해주는 것, 부하를 인정해주는 것, 동료를 인정해주는 것, 친구를 인정해주는 것, 아니 세상 모든 사람을 인정해주는 것이 아닐까요?

검찰에 있을 때부터 '행복경영'을 외치고 살았습니다. 대전지검장으로 발령을 받고 조직을 어떻게 운영할지 고민했습니다. 그 이전 3년간 혁신이라는 주제에 매달려 살았던 저로서는 혁신경영을 화두로 잡는 것이 가장 익숙했습니다. 그런데 3년간 혁신을 추진해보니, 혁신이란 만만한 주제가 아니었습니다. 많은 사람들이 '검찰이 수사라는 본업에 몰두하여야 하는데 혁신에 시간과 노력을 쏟다 보니 수사에 소홀해진다'는 문제를 제기했고, 혁신 피로감을 호소하는 직원들이 늘기 시작했습니다. 그런 와중에 대전지검장으로 발령이 난 것입니다.

저는 혁신을 내세우면 저항에 부딪히게 될 것이라고 생각했습니다. 그래서 선택한 것이 행복경영입니다. 제가 만든 논리는 이렇습니다.

"혁신경영을 하니 많은 사람들이 혁신 피로감을 호소했다. 혁신 피로감은 혁신 업무를 직접 하는 사람들보다 그들을 바라보고 있는 주변 사람들이 더 많이 느꼈다. 혁신 업무를 하는 사람은 대부분 성향 자체가 진취적이라 혁신 업무를 즐기는 편이었으나 그들을 바라보는 사람들은 혁신이라는 말만 들어도 거부감을 느끼기 마련이다. 그러면 이들이 느끼는 혁신 피로감을 어떻게 풀어주어야 하나? 사람이 피로감을 느끼면 어떻게 하는가? 사우나도 가고 마사지도 받지 않는가? 그렇다. 조직 구성원이 피로감을 느끼면 누군가 마사지를 해주어야 한다. 마사지를 해줄 수 있는 사람은 바로 CEO를 비롯한 간부들이다. 그들이 부하들을 행복하게 해주면 그들의 피로감이 풀릴 것이다. 즉, 혁신경영을 하고 싶으면 먼저 행복경영을 하여 혁신 피로감을 풀 수 있는 체제를 갖추어야 한다. 행복경영과 혁신경영은 상호 모순되는 개념이 아니라 행복경영은 혁신경영을 하기 위한 필수적인 전제이다."

이런 논리적 결론에 따라 행복경영을 시작했습니다. 행복경영에는 여러 가지 요소들이 있지만 가장 기본이 무엇일까 고민했습니다. '리더십 챌린지'의 저자 제임스 쿠제스James Kouzes는 2만 명의 직장인을 상대로 직장생활에서 언제 행복감을 느끼는지 조사했습니다. 1위는 '존중'을 받을 때였습니다.

그래서 행복경영의 가장 기본을 존중으로 삼았습니다. 존중이 무엇일까요? 저는 존중의 가장 기본적인 요소로 '야단치지 않는 것'을 생각했습니다. 검찰에 근무하면서 불같은 성격의 상사를 수없이 보았고, 그들에게 야단맞는 부하의 심적 고통이 이루 말할 수 없다는 사실을 잘 알고 있었습니다. 저도 불같이 화를 낸 적이 한두 번이 아니었습니다.

그래서 대전지검장 취임사에서 이렇게 이야기했습니다. "저는 여러분과 같이 지내는 1년 동안 야단치지 않겠습니다. 절대로 화내지 않겠습니다." 그 약속대로 1년간 화를 내지 않았습니다. 저는 야단치지 않으면 행복경영이 상당 부분 이루어진다고 생각했습니다. 검찰을 퇴직하고 회사를 경영하는 지금도 가급적 직원들에게 화를 내지 않으려 노력하고 있습니다.

그런데 인간은 야단치지 않는 것만으로 만사가 해결되는 그렇게 간단한 존재가 아니었습니다. 일을 매우 잘한다고 생각되고, 그의 헌신에 늘 고마운 직원이 있었습니다. 당연히 그를 잘 대해주었습니다. 가끔 칭찬도 하고 속내도 털어놓아 그가 제 마음을 잘 안다고 생각했습니다. 그런데 그 직원은 그렇게 생각하지 않았습니다. '내가 한 일에 대해 아무런 말씀이 없는 것을 보면 마음에 안 드신 것이 분명해. 아무리 이야기해도 고치기 어려울 정도의 구제불능이라 아무 말도 안 하시는지 몰라.' 그 직원은 너무 엉뚱한 억측을 하고 있었습니다. 비단 이 직원 하나만 이렇게 생각하진 않았을 것입니다.

검찰에 근무하던 시절을 회상해보면 상사의 일거수일투족에 예민했던 기억이 있습니다. 검찰총장실 여직원은 늘 총장의 오늘 심기를 물어보는 많은 간부들의 질문에 답변하여야 했습니다. 총장의 속마음은 그렇지 않았는데 부하들이 겉모습이나 표정만 보고 지레짐작하여 기분이 나쁠 것으로 속단한 경우가 많았을 것입니다. 제가 처한 사정이 비슷한 것 같습니다.

야단치지 않는 것만으로 해결되지 않는 인간의 미묘한 감정. 이 감정에 주목해야 경영을 잘 할 수 있을 것 같습니다. 몇 년 전 노령의 여성 심리상담가에게 졸저 《오늘의 행복을 오늘 알 수 있다면》을 드린 적이 있었습니다. 며칠 뒤 그분이 이렇게 말했습니다. "조 대표님, 아마도 책 제목을 달리 하셨더라면 저와 상담하실 필요가 없으셨을 텐데요." "무슨 말씀이십니까? 책 제목이 어떻게 바뀌었어야 하나요?" "'오늘의 행복을 오늘 알 수 있다면'이 아니라 '오늘의 행복을 오늘 느낄 수 있다면'으로 하실 수 있는 마음이었더라면 상담이 필요 없으셨을 것입니다." 저는 평생 무엇을 알려고 노력하며 살았습니다. 그러나 세상은 앎의 대상이기 이전에 느끼는 대상이어야 한다는 사실을 간과한 것입니다. 인간은 이성적 동물이기 이전에 감정적 동물입니다. 그래서 복잡한 것입니다.

경영을 잘 하려면 인간에 대한 공부가 앞서야 합니다. '행복마루'를 운영하는 동안, 아니 평생에 걸쳐 공부해야 할 주제입니다.

고현숙 교수가 이야기한 '직원 인정해주기', 행복경영의 기초인 '야단치지 않기' 나아가 '직원의 마음 느끼기' 등을 하나하나 실천하다 보면, 직원들의 마음도 열릴 것입니다.

직원이 일을 잘하든 못하든 그를 칭찬하고 인정해주어

현재보다 더 성장하게 하는 것,

그것이 바로 CEO의 임무라고 강조했습니다.

비 내리던 야유회의 추억

회사를 경영하면서 적어도 1년에 한 번은 야유회를 가려고 노력합니다. 봄에 날씨 좋을 때 직원들과 같이 야외에 나가 바람도 쐬고 맛있는 음식을 먹는 것은 내일의 도약을 위한 준비입니다.

2014년 7월 4일 금요일, 행복마루 직원들은 야유회를 나섰습니다. 어디로 갈까 고민하다가 직원들의 요청에 따라 2012년 봄 야유회를 갔던, 여주에 있는 비전 빌리지로 장소를 정했습니다.

9시 서초동 사무실에서 버스로 출발했습니다. 버스 안에서 저는 2년 전을 회상했습니다. 2012년 6월 야유회는 회사를 창립하고 8개월여 만에 가진 야유회였습니다. 검찰에 있을 때 봄 가을로 야유회를 가던 관행이 몸에 배어 있어 당연히 가는 것으로 생각하고 준비를 했습니다. 장소, 준비물, 프로그램 모두 다 제가 짰습니다. 직원들을 못 믿어서라기보다는 의당 제가 하여야 할 일로 생각했고 그러다 보니 제 위주로 모든 것을 준비했습니다. 프로그램도 다양하게 외부업체의 도움을 받아 구성했고, 욕심껏 이것저것 프로그램을 많이 넣었습니다. 야유회 시간도 길게 잡아 점심, 저녁 식사를 다 할 수 있게 했습니다. 직원들을 위해서 하는 것이었지만 사실 제 스타일에 맞춰 구성한 것입니다. 저는 그것이 옳다고 믿고 최선을 다 했습니다.

버스는 비전 빌리지에 도착했습니다. 2년 만에 찾은 비전 빌리지는 일부 오래된 건물을 리모델링하여 몰라보게 달라져 있었습니다. 직원의 안내로 널찍한 행사장에 자리를 잡았습니다. 저는 이날의 행사를 어떻게 준비했는지 전혀 알지 못했습니다. 2년 전에는 하나하나 제 손길이 닿지 않은 것이 없었는데 이날은 달랐습니다.

이용훈 상무가 오늘 하루 동안 야유회가 어떻게 진행될지 설명합니다.

"오늘은 종전의 '무엇을 하는' 야유회가 아닌, '아무것도 하지 않는' 힐링 야유회입니다. 이곳은 자연이 너무 좋은 곳이니 그냥 걷고 구경하고 사진 찍고 즐기세요."

어떻게 들으면 준비하는 측에서 아무것도 준비하지 않고 대충 놀라는 것으로 들릴 수도 있었지만 그다음 말을 듣고 준비 측의 의도를 알아차렸습니다.

"오늘은 게임이나 세미나는 없습니다. 대신 딱 한 가지 행사만 있습니다. 각자 가지고 있는 핸드폰으로 동료들의 사진을 찍은 다음, 그중 가장 마음에 드는 사진 하나를 저희가 임시 개설한 커뮤니티 밴드에 올려주십시오. 딱 한 장입니다. 그러면 전원이 심사위원이 되어 그 사진들을 심사하여 1, 2, 3등에게 상금을 드리겠습니다. 그리고 1, 2, 3등 사진의 모델이 되신 분들께도 소정의 상금을 드리겠습니다. 이를 위해 4인 1조로 조 편성을 해드리겠습니다. 조는 평소 같이 근무하지 못한 분들 위주로 편성했습니다. 잘 상의하셔서 좋은 작품을 제출해주시기 바랍니다."

어라! 아이디어가 썩 괜찮은 것 같았습니다. 회사 특성상 변호사, 회계사, 컨설턴트, 디지털 포렌식 전문가, 사무직원 등 여러 가지 직종이 다양한 근무 사이트에서 일하고 있어 같이 만날 기회가 많지 않습니다. 야유회는 이들을 하나로 어울리게 하는 소통의 기회입니다. 그동안 여러 가지 게임과 세미나를 했지만 그다지 효과적이지 않았던 것 같은데 이번 아이디어는 잘만 하면 좋은 효과를 거둘 수 있을 것 같기도 합니다.

저도 어느 팀에 소속이 되었습니다. 오전에는 비전 빌리지 구석구석을 구경하고 12시에 점심을 먹은 다음부터 본격적인 사진 촬영에 들어가기로 했습니다.

자, 어디에서 어떤 포즈로 사진을 찍을까요? 우연히 포착하는 스냅 사진도 좋고 모델처럼 동료 직원에게 각종 포즈를 주문해 찍는 연출 사진도 좋습니다. 다만, 동료가 들어가 있지 않은 풍경 사진이나 셀카는 규정상 출품 자격이 없습니다. 저는 직원들과 하나가 되어 재미난 포즈를 주문하고 마치 전문 사진작가라도 되는 양 정성스럽게 사진을 찍었습니다.

"박 과장, 벽에 기대어 서 봐. 그래 좋다. 이 모자도 써보고, 선글라스도 쓰고. 포즈 좋은데. 다리를 하나 들면 더 멋있을 것 같다. 조금만 더 들어봐. 아니 약간 내려. 그래 딱 좋다. 제목도 떠올랐어. 여름의 여인. 어때?"

이렇게 직원들과 어우러졌습니다.

"이 변호사, 지금 포즈 좋다. 김 대리와 멀리서 걸어와봐. 팔짱을 끼면 더 좋겠다. 양산은 약간 비스듬히 들어. 둘이 화사하게 웃어. 시골에 사는 부부야. 봄날 장터에 가는 거지. 야, 기가 막히다. 오늘의 1등감이다."

저는 이 작품을 저의 출품작으로 제출했습니다. 제목은 '봄날은 간다.' 작품 해설 시간에 이렇게 설명했습니다. "시골 노총각이 열 살 연하의 새댁과 결혼을 했습니다. 좋아서 어쩔 줄을 모릅니다. 새댁은 봄날에 장터에 놀러 가자고 신랑을 졸랐습니다. 천진난만한 새댁은 집을 나서서 장터로 간다는 사실만으로도 행복합니다. 신랑은 어린 신부가 마냥 좋기만 합니다. 이런 행복한 부부의 모습을 담은 작품입니다."

오후 4시, 전 직원 참석하에 가진 심사결과 아쉽게도 제 사진은 등수 안에 들지 못했습니다. 1, 2, 3등 모두, 순간을 포착한 스냅 사진이었습니다. 누가 등수 안에 드느냐는 아무런 의미가 없습니다. 우리 모두는 몇 시간을 정말 야유회 취지에 맞게 보냈습니다. 힐링도 하고 친목도 다지고 무엇보다 많이 웃었습니다.

저는 행사가 진행되는 내내 이런 생각을 했습니다. '꼭 내가 모든 것을 준비하여 진행하는 것만이 능사가 아니구나. 내가 한 발짝 물러나 직원들에게 맡겨두었더니 직원들의 니즈를 잘 읽어 그에 맞는 방식으로 행사를 구성했고 이것이 더 좋은 결과를 만들어내는구나.'

검찰에 있을 때와 달리, 회사를 경영하면서 어느 것이 옳은지에 대한 고민을 더 많이 하게 됩니다. 이번처럼, 경영자가 모든 것을 다 하려 하는 것이 반드시 좋은 것만은 아니라는 교훈을 여러 번 체험합니다.

2015년 6월 20일 토요일 아침 8시 30분, 서울 종로구 청운동에 있는 윤동주문학관 부근에서 행복마루 가족들이 집결했습니다. 모두들 김밥을 하나씩 나누어 받고, 이어 가장 중요한 준비물인 우비를 크기에 맞춰 골랐습니다. 90분짜리 산책로라 비가 와도 그다지 불편할 것 같지 않았고, 일기예보에 따르면 5~9밀리미터 정도의 약한 비가 내릴 예정이라니 행복마루 야유회는 이상 없이 잘 진행될 것 같았습니다.

"출발합니다." 성시현 연구원의 신호에 따라 스물네 명의 직원들은 삼삼오오 짝을 이루어 산행이 아닌 산책을 시작했습니다. 서울의 산책로가 이렇게 잘 조성되어 있다는 사실에 새삼 놀라며 3분쯤 걸었을까요? 후드득 굵은 빗방울이 떨어지기 시작했습니다. 예상했던 비인지라 걱정보다는 살짝 재미가 느껴졌습니다. '음, 올 것이 왔구나.' 모두 우비를 꺼내 입고 그 모습을 핸드폰에 담으며 낄낄거렸습니다. "비가 오니까 오히려 좋네. 언제 우리가 이렇게 비를 맞으며 걸어보겠어. 멋진 추억이 될 거야." 애써 자위하는 것이 아니라 솔직히 비가 반가웠습니다. 작년 여름 어느 날 아침 운동을 갔다가 돌아오는 길에 갑자기 소나기를 만나 신발을 벗고 맨발로 비를 흠뻑 맞으며 즐겼던 추억이 떠올랐습니다.

"자, 여기에서 단체사진 하나 찍겠습니다." 우리는 모두 가장 높은 전망대에서 색색깔의 우비 차림으로 '화이팅'을 외치며 사진을 찍었습니다. 이때까지만 해도 그런대로 비는 즐길 만했습니다. 그런데 빗방울이 점점 굵어졌고 가랑비가 점점 폭우로 변해갔습니다. 그 빗속을 뚫고 마라톤을 하는 듯 한 중년 남자가 태극마크 띠를 머리에 두르고 달려와 우리를 스치고 지나갔습니다. 약간 미친 짓 같았지만 우리 모두의 입에서

"야 멋있다!" 하는 말이 절로 나왔습니다. 저렇게 비를 맞고 뛰기도 하는데 우비를 입고 걷는 것 정도야. 다시 우리는 기운을 얻고 걷기 시작했습니다. 점점 바지 끝단부터 물이 차 올라옵니다. 곧 허벅지도 빗물이 점령했습니다. 그러나 차가운 기운이 그다지 나쁘지 않습니다.

"대표님 신발엔 물이 안 들어왔나요? 저는 싸구려 신발을 하나 사서 신고 왔더니 바로 신발에 물이 스며들어버리네요." "아직은 괜찮은데." 그 소리가 무섭게 몇 발자국 걸어가니 신발에 물이 들어오기 시작했습니다. 비는 점점 우비가 소용이 없을 정도로 엄청나게 내리기 시작했고, 이 상태로 행사를 계속하기는 어려워 보였습니다. "성 연구원, 앞으로 우리 일정이 어떻게 되지?" "한 30분 더 걸은 다음 10시 20분에 박노수미술관에 들러 관람을 하고, 11시경부터 예쁜 카페가 많은 서촌을 한 시간가량 산책하면서 각자 예쁜 사진을 찍어 사진을 제출하면 점심을 먹으면서 사진 콘테스트를 하는 순입니다." "점심을 예약해놓아서 이제 방향을 틀어 다른 데로 갈 수는 없겠네." "예, 그렇습니다." "너무 비를 맞아 미술관에 들어갈 수는 없을 것 같아. 바로 카페로 가서 몸을 좀 추스르면 어떨까?" "그렇게 하겠습니다."

계획을 긴급 수정하여 서촌의 카페로 향했습니다. 그러나 물에 빠진 생쥐꼴이 된 우리들에게 필요한 것은 한잔의 커피가 아니었습니다. 최순용 변호사가 긴급 제안을 합니다. "어디 가서 파전에 막걸리 한잔하면 어떨까요?" 모두의 생각이 일치했는지 "좋습니다!"가 하늘에 울려 퍼졌습니다. 왼편에 사직공원이 보이니 다 내려왔나 봅니다. 사직공원을 지나 자하문로 1길 음식점 골목으로 접어들었습니다. 아무 곳이나 우리 식구들이 비를 피해 쉴 수 있는 곳이면 들어가고 싶었습니다. 그러나 10시 반밖에 되지 않은 이른 시간이라 음식점들이 문을 열지 않았습니다. 신발과 바지가 모두 젖어 불편한데다가 배까지 고파 야유회가 점차 유격 훈련으로 변하고 있었습니다. 아무리 색다른 추억이라지만 모두의 표정에서 인내의 한계가 드러나고 있었습니다.

다행히 선발대인 성 연구원이 우리에게 딱 맞는 집을 찾았습니다. '체부동 잔칫집.' 24시간 영업을 한다는 이 파전집 2층은 새벽 손님들이 술과의 전쟁을 벌인 상흔을 채 치우지 못한 상태였습니다. 그래도 천국이었습니다. 우선 모두 신발을 벗었습니다. 물에 푹 빠진 신발이 우리를 가장 괴롭게 했습니다. 이 사태를 어떻게 극복할까 두리번거리다가 툇마루 밑에 있는 슬리퍼를 발견했습니다. '바로 저거다.' 슬리퍼를 가져다가 염치불고하고 신발과 양말을 벗고 슬리퍼로 갈아 신었습니다. '아, 바로 이것이 작은 행복이구나. 젖은 신발을 벗었을 뿐인데.' 다른 슬리퍼를 찾아 직원들에게 권했지만, 체면 때문인지 다들 사양했습니다. '너무 편한데.'

막걸리와 파전이 이리 맛있을 수 없었습니다. 오늘 아침은 벌써 3차째입니다. 집에서 간단히 요기하고 나와 1차, 김밥으로 2차, 파전으로 3차. 인내의 한계 상황은 어디로 가버렸는지 사라지고 모두들 웃음꽃이 한창이었습니다.

얼마가 흘렀을까요. 예약된 점심을 먹으러 출발하여야 했습니다. 다시 젖은 신발을 신자니 죽기보다 싫었습니다. 주인아주머니에게 슬리퍼를 팔라고 했더니 그냥 주었습니다. 오래된 슬리퍼가 수백만 원짜리 명품 신발보다 더 좋았습니다. 모 내는 농부처럼 바지를 걷고 슬리퍼 차림으로 서촌에 있는 식당으로 향했습니다. 이제는 다들 편안한 표정이었습니다.

식당에 들어서니 내부가 간단치 않습니다. 어느 고급 레스토랑에 들어온 것 같았습니다. 비에 젖은 우리 모습이 오히려 민망했습니다. 오늘 계획 중 제대로 진행된 것은 이 식당에서의 식사뿐이었습니다. 그러나 야유회 전체가 계획대로 진행된 것보다 이렇게 폭우라는 돌발상황이 생긴 게 우리 모두에게 더 아름다운 추억이 될 것입니다. 모두들 오늘 너무 재미있었다고 한마디씩 합니다.

인생살이가 계획대로 되는 것이 얼마나 있을까요? 가랑비가 오다가 폭우로 변하고, 그 폭우에 상황이 나빠지기 마련이지요. 그러나 그 상황을 어떻게 받아들이고, 대처하느냐에 따라 아름다운 추억이 될 수도 있고, 고통스러운 기억이 될 수도 있다는 평범한 진리를 다시금 되새기게 됩니다.

다시 젖은 신발을 신자니 죽기보다 싫었습니다.

주인아주머니에게 슬리퍼를 팔라고 했더니 그냥 주었습니다.

오래된 슬리퍼가 수백만 원짜리 명품 신발보다 더 좋았습니다.

모 내는 농부처럼 바지를 걷고 슬리퍼 차림으로

서촌에 있는 식당으로 향했습니다.

이제는 다들 편안한 표정이었습니다.

휴식

살다 보면 일보다 휴식이 중요하다는 것을 깨닫는 순간이 더러 있습니다. 그러나 저는 휴식하는 법을 솔직히 잘 몰랐습니다. 배우지 못했다고 해야 하나요. 검찰에 있을 때는 휴일에 골프를 치러 가거나 휴가 때 여행을 가는 것이 전부였습니다. 휴일에도 계획을 세워야 하고 준비되지 않은 휴식에는 당황했습니다.

2012년 3월 18일 일요일 아침, 황당한 상황이 벌어졌습니다. 어떤 분이 토요일에 전화를 하여 일요일 조찬을 하면 좋겠다고 하여 아침 7시 반으로 약속을 잡았습니다. 그런데 일요일 아침 약속 장소에 가보니 예약이 되어 있지 않았습니다. 예약 장부를 보니 일요일 7시 반으로 예약이 되었다가 취소를 하고 월요일 7시 반으로 예약이 변경되어 있었습니다. 그 사람에게 전화를 했더니, "일요일 아침이 결례일 것 같아 월요일로 변경하여 문자를 드렸는데 못 보셨나요?"하는 것이었습니다. 문자메시지를 보니 약속이 변경되어 있었습니다. 문자메시지를 받고도 당연히 일요일 약속을 확인하는 문자로 속단한 것이 이런 상황을 초래한 것이었습니다. 약속이 취소된 것은 아무런 문제가 아닙니다. 덕분에 일요일 아침 일찍부터 움직여 이른 시간을 활용할 수 있었으니까요. 그런데 문제는, 갑자기 할 일이 사라지자 머리가 텅 빈 것처럼 일시정지 상태가 된 것이었습니다.

늘 일정에 맞추어 살고 일요일마저도 할 일을 정해 살아가는 저로서는 갑자기 몇 시간이 그냥 비는 상황이 당혹스러웠습니다. 그냥 집에 들어가 쉬면 될 일인데, 머릿속으로 이 몇 시간을 가장 효율적으로 사용하는 길이 무엇인지 분주히 찾고 있는 스스로를 발견하고는 적지 않게 놀랐습니다. 휴일마저도 시간 관리의 대상이 되어버린 것입니다. 몇 가지할 일을 생각하다가 결국 헬스클럽에 가서 러닝머신에서 한 시간 뛰고 사우나를 하는 것으로 마무리를 했습니다. 약속은 어긋났지만 건강을 위해 그 시간을 소중하게 썼으니 손해 본 것이 없다는 생각이 들었습니다. 이 과정에서 휴식까지도 계획을 짜서 실천하는 자신을 돌아보고 시간 관리 중독증에 빠진 것이 아닌가 여겨졌습니다. 휴식은 말 그대로 '휴식休息'일 텐데 말이지요. 예화 하나를 소개하겠습니다.

조그만 항구 도시에 사는 가난한 어부가 자신의 보트에서 늘어지게 낮잠을 자고 있었습니다. 그때 그곳을 지나던 사업가가 어부를 깨워 말을 걸었습니다. "하루에 몇 번이나 출어하나요?" "단 한 번. 나머지는 이렇게 쉬지요." 사업가는 반문했습니다. "왜 두 번 이상 출어하지 않나요? 그럼 두 배로 많은 고기를 잡을 수 있을 것 아닌가요?" 그러자 어부가 대꾸했습니다. "그러면요?" 사업가는 기다렸다는 듯이 장광설을 늘어놓았습니다. "그러면? 2년 뒤에는 모터보트를 두 척 살 수 있고, 3~4년 뒤에는 두세 척의 보트로 훨씬 더 많은 고기를 잡을 수 있죠. 그럼 작은 냉동 창고에 훈제 생선공장, 커다란 생선 처리공장까지 지을 수 있고, 잘만 하면 헬리콥터를 타고 날아다니며 물고기 떼의 위치를 미리 어선에 알려 줄 수도 있지요." 이 말이 떨어지기가 무섭게 어부는 되물었습니다. "그런 다음에는요?" 사업가는 보란 듯이 말했습니다. "그런 다음에는 여기 이 항구에 편안하게 앉아 햇살 아래 달콤한 낮잠을 즐기는 거요. 저 멋진 바다를 감상하면서!" 그러자 어부가 묘한 미소를 띠며 말했습니다. "내가 지금 그러고 있잖소!"

어부의 이야기가 이해는 되지만 공감되지는 않습니다. 지금의 휴식과 돈을 번 뒤에 누리는 휴식 간에는 질적 차이가 있을 것이라고 나는 여전히 여겨지기 때문입니다. 그러나 어쩌면 저는 쉬지 않고 열심히 살다 성공하고는 죽을 때 후회했던 많은 바보들처럼 열심히 달리고만 있는 것일지도 모르겠습니다.

이 어부 이야기는 울리히 슈나벨Ulrich Schnabel이 쓴 《행복의 중심─휴식》에 나오는 예화입니다. 저자는 진정한 휴식을 위해서는 세 가지가 필요하다고 조언합니다.

첫째, 시간의 주인이 되어야 한다고 역설합니다. 시간 부족과 끊임없는 압박감을 피할 수 있게 시간에 대한 지배권을 가져야 한다고 말하고 있습니다. 둘째, 성공하고야 말겠다는 욕심에서 벗어나 때로는 멈추어

서서 순간의 행복을 즐길 줄 알아야 한다는 것입니다. 그런 면에서 저는 몇 시간의 휴식이 주어졌지만 멈추지 못하고 형태만 바꾸어 달리는 우를 범하고 말았습니다. 셋째, 행복이란 절제 안에 있다는 것을 깨달아야 한다고 지적하고 있습니다. 많은 돈, 큰 집, 고급 자동차, 럭셔리 해외여행이 아니라, 덜 누리는 것이 더 많은 기쁨을 준다는 사실을 알아야 한다는 것입니다. 저는 이 점에서도 착각을 한 듯합니다. 지금 누리는 소박한 휴식보다 나중에 누리는 화려한 휴식이 더 달콤할 것이라는 입증되지 않은 가설에 사로잡혀 있는 것입니다.

이 책은 휴식을, 그저 게으름뱅이의 빈둥거림이 아니라 '자신과의 만남'이라고 규정합니다. 우리가 그토록 많은 사람과 교류하기 위해 수많은 시간과 노력을 하는 만큼 자신과 만나기 위해 또 다른 형태의 노력을 하여야 한다는 것입니다.

그러나 저는 휴일에도 누군가를 만나는 약속을 정하고 갑자기 주어진 텅 빈 시간에도 저와의 만남보다는 성공을 위한 무엇을 하는 데 익숙해 있습니다. 책을 읽어도 저와의 만남을 위해서라기보다는 저의 발전을 위해 그 무엇을 읽고 있는 것은 아닌지, 곱씹게 됩니다. 이런 라이프스타일은 저만의 독특한 것이기를 바라지만 사실 다른 사람들도 그다지 다르지 않은 것 같습니다.

아인슈타인이 말한 성공 법칙이 있습니다.

S(성공) = X(말을 많이 하지 말 것) + Y(생활을 즐길 것) + Z(한가한 시간을 가질 것).

여기에도 휴식이 성공 법칙의 한 요소로 등장하고 있습니다. 우리는 성공과 행복을 위해 멈추지 않고 달리고 있지만 사실 성공하기 위해서는 역설적으로 휴식이 필요하다는 말입니다.

온전한 휴식이란 과연 무엇일까요?

휴식 : [명사] 하던 일을 멈추고 잠깐 쉼.

저는 어쩌면 하던 일을 멈추고 잠깐 쉬는 방법을 모르는 사람인지도 모르겠습니다.

몇 년 전, 제법 비싼 돈을 주고 소음 제거 헤드폰을 샀습니다. 사무실에서 이런저런 소음이 들려 문건을 읽거나 글을 쓰는 데 방해가 되기에 소음 제거 헤드폰이 있으면 도움이 되리라 생각했습니다. 써보니 효과는 제가 기대한 것보다 훨씬 좋았습니다. 그냥 헤드폰을 쓰면 '윙윙' 하는 소음이 들리다가도 소음 제거 스위치를 켜면 갑자기 세상이 고요해집니다. 세상과 단절된 느낌이라고나 할까요. 사무실이나 차 속에서 조용히 할 일이 있거나 생각할 것이 있으면 소음 제거 헤드폰을 씁니다. 그 순간만큼은 세상과 헤어져 저만의 세상으로 들어섭니다. 세상과 좀 더 네트워크하기 위해 트위터도 하고 페이스북도 하지만 때때로 세상에서 도망치고 싶어집니다.

2012년 3월 31일, 부부 네 명이 1박 2일 전라남도 여행을 떠났습니다. 여행지는 전라남도 남단의 진도와 보길도. 오랜만에 날씨가 좋아 여행길은 더없이 유쾌하였습니다.

진도에서는 조선시대 말기 추사 김정희에게 그림을 배운 뒤 남종화의

대가가 된 소치 허련의 말년 화실인 '운림산방'을 찾았습니다. 광주고검에 근무하던 2003년 방문한 적이 있어 이번이 두 번째 방문이었지만 그 빼어난 풍광에 마치 처음 방문한 사람처럼 경탄이 절로 나왔습니다. 진도의 한라산이라는 첨찰산을 병풍처럼 두른 운림산방은 아침저녁으로 피어오르는 안개가 구름을 이루었다 하여 그 명칭을 얻었습니다. 소치는 물론 뛰어난 화가이지만 이런 풍경을 매일 대하고 살면 화가적 감성이 절로 풍부해질 것 같습니다.

그다음 날 찾은 곳은 고산 윤선도가 20년의 유배 생활을 마친 뒤 생을 다할 때까지 은둔 생활을 한 완도군 보길도였습니다. 고산은 숨막힐 듯한 풍경 가운데 세연정이라는 아름다운 정자를 지어놓고는 중앙정치로 다시 돌아가지 못하는 자신의 신세를 한탄하며 통한의 세월을 보냈습니다. 그러나 아름다운 세연정은 그에게 문학적 감수성을 허락하여 〈어부사시사〉와 같은 불후의 명작을 탄생시킵니다.

두 사람의 사정은 다소 달랐지만 한양에서 천 리나 떨어진 전라남도 끄트머리 섬 자락에 자신들만의 공간을 만들어놓고 한 분은 그림의 세상에서, 한 분은 문학의 세계에서 누구도 쫓아올 수 없는 최고 경지의 위업을 쌓았습니다. 저는 세연정 연못 주위를 느릿느릿 걷다가 어느새 서울의 온갖 골칫거리를 까맣게 잊어버리고 또 다른 윤선도가 되어버린 자신을 발견하고는 빙긋이 웃음을 머금었습니다. 몸과 마음속에 켜켜이 쌓인 스트레스는 세상과 절연한 옛 선인들의 왕국에 들어서 노니는 동안 저도 모르게 사라져버린 것입니다.

그 옛날 은둔과 고독의 장소였던 운림산방과 세연정이 이제 새롭게 이해되었습니다. 오늘날처럼 네트워크가 홍수인 세상에서는 때때로 그 네트워크에서 자신을 차단시키는 노력이 필요한 것 같습니다. 그것만이 자신을 스트레스의 쓰나미로부터 보호하는 길이 될 테니까요. 운림산방과 세연정이 그런 역할을 해줄 것입니다. 그러나 꼭 운림산방이나 세연정 같은 유형의 공간일 필요는 없습니다. 가슴속에 만든 상상 속 공간으로 충분합니다. 세상의 온갖 시달림에서 자기 자신을 보호하는 일종의 심리적 은둔처 말입니다.

광주공항을 떠난 비행기는 불과 40분 만에 다시 그 복잡한 현실의 세계 서울로 데려다주었습니다. 그러나 토요일 KTX로 서울을 떠날 때의 저와는 달리, 가슴속에 운림산방과 세연정을 지니고 비행기에서 내려섰습니다. 이제 또 다른 스트레스가 엄습하면 운림산방의 아침 안개를 바라보며 세상사를 가볍게 여기는 법을 떠올릴 것이고, 또 세연정 연못에 노니는 이름 모를 작은 물고기를 바라보며 모든 일은 시간이 흐르면 지나갈 것이라는 해묵은 진리를 곱씹을 것입니다.

그러다가 어느 날 가슴속 운림산방과 세연정이 세파에 씻겨 무너지고 사라져버리면 또다시 진도와 보길도로 발걸음을 옮길 것입니다. 새로운 건축을 위해서 말입니다.

일요일에도 휴식하는 법을 알지 못하던 제가 하던 일을 멈추고 잠깐 쉬기 위해 소음 제거 헤드폰 속으로 도망치기도 하고 마음속에 지은 운림산방과 세연정으로 들어서기도 합니다. 그로부터 몇 년, 아직도 완전히 익숙하지는 않지만 휴식하는 법을 어느 정도는 배우고 익힌 것 같습니다. 요즘은 어느 날 약속이 취소되더라도 당황하지 않습니다. 그저 쉬면 되니까요.

조카들에게 꼭 필요한 것

2010년 부산고검장을 지내고 있을 때의 일입니다. 어느 구청 독서모임에서 인터뷰를 하고 싶다는 연락이 왔습니다. 책을 읽고 나서 독후감을 쓰고, 저자와 인터뷰하는 것을 주요 활동으로 하는 모임이라 했습니다. 《조근호 검사장의 월요편지》의 저자 자격으로 승낙을 했습니다. 그런데 그분들이 보내온 설문의 양이 예사롭지 않았습니다. 일곱 명의 회원이 각기 스무 개 남짓한 문항을 질문했습니다. 대부분 예상 질문이었는데 어느 대목에 이르러 말문이 콱 막히고 말았습니다.

그 질문은 이런 것이었습니다. '검사장님의 책을 읽으면 꿈, 비전, 열정, 성공 등, 좋은 내용이 많은데 왜 봉사나 기부에 관한 내용은 하나도 없나요? 특별한 이유라도 있는지요?' 저는 그 질문을 읽는 순간, 마치 도둑질을 하다 들킨 사람처럼 움찔했습니다. 저의 가장 약한 부분을 정확하게 파고들었기 때문입니다.

　제 학창시절은 그리 넉넉하지 못했습니다. 아니, 궁색했다는 표현이 더 정확할 것입니다. 그러니 성공하면 자신의 과거를 생각하여서라도 어려운 이웃을 돌보는 것이 당연할 텐데 저는 왠지 그리 내키지 않았습니다. 이유는 여러 가지를 댈 수 있겠지만, 그곳에 가면 저의 옛날이 떠올라 마음이 영 불편했기 때문입니다. 그리고 공무원 신분이라 경제 사정이 넉넉하지 않다는 것도 덧붙이는 이유였습니다. 저는 그 독서 모임 회원들을 만나서는 '월요편지는 검찰청 경영을 위해 직원들에게 보내는 편지라 직원들에게 봉사나 기부의 부담을 줄 수 없어 굳이 쓰지 않은 것일 뿐, 당연히 삶에서 중요한 부분이라고 생각하고 있습니다'라고 둘러대었습니다.

　그날 이후 봉사, 기부에 대한 부담이 가슴 한편에 늘 남아 있었습니다. 몇 달 뒤 부산고검에 검찰총장이 지도 방문하면서 보육원을 방문하고 싶다는 연락이 왔습니다. 저는 사전 방문차 한 보육원을 찾았습니다. 미리 들어보니 한 방에 같은 또래의 아이들 10여 명이 생활하고 있다고 했습니다. 저는 4~5세 방을 방문하겠다고 했습니다. 그런데 가기 전부터 걱정이 앞섰습니다. '아이들을 만나면 어떻게 놀아주지, 장난감을 가지고 가야 하나, 동화책을 가지고 가야 하나.' 그러나 저의 이런 걱정은 아무 쓸모없는 것이었습니다. 그들에게 필요한 것은 장난감도 동화책도 아닌 저의 가슴과 무릎이었습니다.

　방을 들어서는 순간, 아이들은 쏜살같이 저에게 달려들어 제 무릎을 차지하고 떠날 줄을 몰랐습니다. 아무런 말이 필요 없었습니다. 이야기를 들어보니 그들에게 '아빠'가 필요했습니다. 여성 자원봉사자들은 많이 있어 엄마는 많은데 아빠는 부족하여 늘 부성애에 굶주려 있다고 했습니다. 저는 떠나면서 마음속으로 '적어도 두 달에 한 번은 와야지.' 하고 다짐했지만 그 방문이 처음이자 마지막 방문이 되고 말았습니다.

변호사가 되어 경제적으로 여유가 생기고도 여전히 기부니 봉사니 하는 것에 엄두를 못 내고 1년 반이 지났습니다. 이번에는 마음의 여유가 없고 어찌어찌하다 보니 시간이 흘러가버린 것입니다. 마음의 짐은 점점 커져만 가고 마치 무엇을 잘못 먹고 체증에 걸린 사람처럼 늘 가슴 한편이 묵직했습니다. 이제는 다른 사람들을 위해서가 아니라 저의 체증을 해결하기 위해서라도 무엇인가를 하여야 할 상황이었습니다. 직원들의 도움을 받아 봉사활동할 만한 곳을 찾은 곳이, 신림동에 위치한 상록보육원입니다.

2011년 연말, 그곳을 두 번 방문했습니다. 먼저 어떻게 도울 수 있는지 알아보기 위해 방문했습니다. 그 보육원은 아파트 식으로 되어 있어한 호실에 연령대가 다른 아이들 열한 명이 교사(그곳에서는 '이모'라고 부름) 두 분과 함께 살고 있었습니다. 여자아이들 열한 명이 살고 있는 601호를 후원하겠다고 보육원에 약속했습니다. 그러고는 그 첫번 행사로 2011년 12월 24일 크리스마스이브에 네 살짜리부터 고 3까지 열한 명의 아이들과 첫 만남을 가졌습니다. 먹고 싶은 걸 마음껏 정하라고 했더니 '아웃백 스테이크'를 고르더군요.

무엇을 선물할까 고민하다가 추운 날씨에 필요한 장갑, 목도리, 모자 등을 각 아이들 별로 색을 맞추어 샀습니다. 오랜만에 아이들 물건을 사면서 행복감에 젖었습니다. 우리 부부와 아들, 아이들 열한 명, 이모 두

분 등, 총 열여섯 명이 정신없이 왁자지껄한 분위기에서 점심을 먹었습니다. 최근 10여 년간 전혀 겪지 못한 상황이었지만 밝고 예쁜 아이들 속에서 정말 내 자식들과 함께 있다는 느낌에 빠져들었습니다. 아이들과 호칭을 어떻게 할까 고민하다가 '큰아빠, 큰엄마'로 하기로 했습니다. 그해부터 지금까지, 상록보육원 조카들과 정기적으로 만나고 있습니다.

2013년 5월 17일, 조카들을 데리고 세종특별시에 있는 베어트리 파크에 간 일이 기억납니다. 5월 5일이 어린이날이어서 조카들에게 어떤 이벤트를 해줄까 고민하다가, 서울 근교 이외에는 가본 적이 없다기에 멀리 나들이하기로 했습니다.

아침 9시, 버스를 타고 남현동의 보육원에서 출발했습니다. 우유, 주스, 요구르트 등 먹을 것을 잔뜩 싣고 보육원 선생님 세 분, 아내와 아내 후배 모녀 등 총 열일곱 명이 출발했습니다. 평소 같으면 한 시간 반이면 도착하는 거리인데 사흘 연휴를 감안하여 두 시간 반에서 세 시간 정도 걸릴 것으로 생각하고 식당에 늦어도 12시에 도착한다고 예약했습니다. 그런데 고속도로를 들어서보니 주차장이었습니다. 한 시간 반을 달려도 아직 톨게이트도 못 닿았습니다. 자다 졸다를 한참 했지만 기흥이랍니다. 티맵을 켜고 경부고속도로와 국도를 들락날락하다가 급기야 산길로 접어들었습니다. 이미 약속한 12시는 지나버렸고, 베어트리 파크 주차장에서 만나기로 한 처제네 부부는 이미 도착했다는데 우리는 아직도 두 시간을 더 가야 한답니다. 아이들은 지칠 대로 지치고 공연히 데리고 나왔다는 후회가 앞섭니다. 베어트리 파크 표지판이 보이고 시계를 보니 오후 2시. 한 시간 반 거리를 다섯 시간 동안 달려온 것입니다. 부산을 갔어도 이미 도착했을 시간입니다.

　잠에 취한 조카들을 깨워 수목원에 들어섰습니다. 수목원에 들어서는 순간, 그간의 피로는 싹 가시고 모두 환호성을 질렀습니다. 형형색색의 아름다운 꽃들이 우리를 반겨주었고 깨끗하게 단장한 길과 건물들이 우리의 눈을 번쩍 뜨이게 했습니다. 우리는 먼저 식당으로 향했습니다. 예약 시간을 두 시간이나 지나 예약 자리는 이미 다른 손님들 차지가 되었고 하는 수없이 자리를 억지로 만들어 처제네 부부까지 열아홉 명의 대식구가 늦은 식사를 했습니다. 얼마나 손님들이 많은지, 식당은 먹은 식기를 채 설거지하지 못하고 식당 뒤편 공터에 늘어놓았는데 사진으로 찍어보니 작품이었습니다. 제목은 '흰개미 떼가 되어버린 인간.'

　반달곰 사육장에 들어서니 조카들이 신기해하며 어쩔 줄을 몰라했습니다. 곰 먹이를 몇 그릇 사주었지만 예원이가 또 달려와 "큰아빠, 먹이 사주세요"라고 웃으며 조릅니다. 그런 예원이가 예쁘기만 합니다. 사슴 우리에서는 채빈이와 지현이가 연신 사슴들에게 먹이를 줍니다. 중고생 조카들은 다소 멀뚱멀뚱하지만 어린 조카들은 더없이 좋은 모양입니다.

　미니 폭포가 있는 아름다운 정원에서 단체사진을 찍고 전망대로 향했습니다. 전망대에서 삼삼오오 사진을 찍고 놀다가 누군가가 "예후! 어디에 있어요?" 하는 소리에 모두 예후를 찾았지만 전망대 부근에는 없었습니다. 선생님 한 분이 사진기를 열어 폭포 앞 단체사진을 보았더니 그 사진에도 예후는 없었습니다. 분명히 사슴 우리에서는 있었는데……. 모두가 놀라 한걸음에 달려 내려갔습니다. '좋은 뜻에서 아이들을 데리고 왔는데 아이를 잃어버리기라도 하면 어떻게 하지.' 하는 방정맞은 생각이 머릿속을 왔다 갔다 했습니다. 이리 뛰고 저리 뛰고를 10여 분, 아내에게서 전화가 걸려왔습니다. "예후, 찾았어요!" 사슴 우리에서 모두 전망대를 향해 위쪽으로 올라갈 때 예후만 아래로 간 모양입니다. 그래도 일곱 살 예후는 울지 않고 씩씩하게 혼자 내려가다가, 선생님을 만나고서는 그만 울음을 터뜨렸답니다. 저 혼자 '이런 추억이 있어야 훗날 오늘의 나들이를 잊어버리지 않지.' 하는 생각이 들었습니다.

더 머물고 싶어 하는 조카들을 재촉하여 5시에 베어트리 파크에서 서울로 출발했습니다. 상경하는 길은 막히지 않아 수월하게 올라올 수 있었습니다. 올라오는 길에 운전을 맡은 허 선생님과 이런저런 이야기를 나누었습니다. 보육원에 있는 아이들은 고등학교를 졸업할 때까지는 아무 문제 없이 지낼 수 있답니다. 그런데 고등학교를 졸업하고 대학교에 진학하면 입학금만 보육원에서 대주고 나머지는 알아서 마련해야 한답니다. 대학을 못 간 아이들은 퇴소해야 하고요. 그러나 다행히도 25살까지는 퇴소 후 보육원 옆에 마련해준 거처에서 지낼 수 있지만 그 이후에는 자립해야 하는데 대부분 그러지 못하고 방황한다고 했습니다.

대학교 진학률도 매우 낮다고 합니다. 보육원 전체 분위기가 공부하는 분위기가 아닌 것이 문제라고 덧붙였습니다. 아마도 공부에 대한 동기부여가 낮고 가정에서처럼 누군가가 열심히 공부를 챙기지도 않는 것이 문제인 것 같았습니다. 먹고 입고 잠자는 문제를 해결하는 기초적인 복지에서, 이 아이들이 사회에 나가 평범한 가정의 아이들처럼 잘 적응하고 살아가게 하려면 '공부'에 매진할 수 있게 독려하는 복지가 필요해 보였습니다. 저는 저녁을 먹으며 고1 현정이와 중1 선정이에게 공부를 열심히 하자고 강조했습니다.

"큰아빠도 학교 다닐 때, 집이 무척 가난해 어려움을 많이 겪었어. 공부를 열심히 했더니 서울대학교도 가고 사법시험도 합격하게 되었지. 내가 살던 것에 비하면 너희들 지금 사는 것은 정말 괜찮은 여건이야. 다만 다른 건, 부모님이 안 계신다는 점인데, 서울에 유학 왔다고 생각하려무나. 큰아빠와 약속하자. 열심히 공부하기로. 대학교에 합격하면 큰아빠가 4년간 등록금을 대줄 테니 열심히 하자."

저의 강권에 못 이겨 아이들은 고개를 끄덕이며 그렇게 하겠다고 다짐했습니다. 이때 멀리 앉아 있던 초등학교 4학년 지현이가 "큰아빠! 반에서 1등하면 선물해주실 거죠?"라고 큰 소리로 외쳤습니다. "물론이지." 야무지고 적극적인 지현이는 아마도 1등을 할 것입니다.

저는 공부 열심히 할 구체적인 방안으로 아파트 거실에 있는 TV를 없애자고 선생님들에게 제안했습니다. 없애기 어려우면 주중에는 보지 말고 주말에만 보자고 권했습니다. 은희와 정희는 선뜻 동의하지 못합니다. 오늘 한 번에 공감대를 형성하지는 못하겠지만, 언젠가 TV를 없앨 것입니다. 그것만이 이들을 현실에서 탈출하게 해줄 것이라 믿기 때문입니다.

저는 조카들과 헤어지면서 바람이 생겼습니다. 이 예쁜 아이들이 열심히 공부하여 대학교에 합격하면 입학식에도 가고 졸업식에도 갈 것입니다. 그리고 모두 여자인 열한 명의 조카들이 결혼할 때 손잡고 버진로드를 걸어갈 아빠가 없으면 제가 대신 데리고 들어가고 싶습니다. 조카들이니까요. 아마도 다섯 살 아름이가 시집가려면 적어도 25년은 걸릴 테니 80세까지는 건강하게 살아야겠습니다. 이런 아름다운 상상을 하니 저도 몰래 입가에 미소가 번졌습니다.

아내가 인솔 차 따라온 상록보육원 선생님에게 들었다며 이런 이야기를 건넵니다. "보육원에 후원하는 사람은 제법 있대요. 그런데 이 아이들에게 부족한 것은 미래에 대한 꿈이래요. 아이들이 보고 자라는 것이 제한되어 있어 큰 꿈을 가질 수가 없다는군요. 그래서 아이들이 대부분 대학을 포기하거나, 가더라도 법대나 의대 같은, 보통 아이들이 바라보는 전공을 꿈꾸지 못한대요. 꿈이 작으니 동기부여도 되지 않고 그러니 공부도 열심히 하지 않게 되는 악순환이 있다고 해요. 당신이 아이들을 위해 꿈과 비전 그리고 동기부여를 위한 강의를 좀 해주면 어때요?"

몇 년째 상록보육원 조카들을 후원하면서 내 마음속에 있던 의문에 대한 해답을 아내가 주었습니다. '이렇게 두 달에 한 번 정도 저녁이나 야유회를 함께하는 것이 아이들에게 무슨 도움이 될까? 어떤 의미를 지녀야 하는데······.' 그 해답이 바로 '꿈과 비전'이었던 것입니다. 아이들에게 그들이 접해보지 못했던 세상을 보여주는 것입니다. 어떤 아이는 그 세상을 보고 자신의 처지에 감당이 되지 않는다고 좌절할 수도 있지만 어떤 아이는 도전할 것입니다. 저는 그 한 명을 위해 이런 일을 하고 있는지도 모릅니다. 아이들은 저와 함께한 경험을 통해 어떤 꿈과 비전을 배웠을까요. 각자 배우고 느낀 것이 다르겠지만, 분명히 자극이 되었을 것입니다. 헤어질 때 손을 흔드는 조카들을 바라보며 제가 다음번에 어떤 꿈과 비전을 주어야 할지 고민했습니다.

이 예쁜 아이들이 열심히 공부하여 대학교에 합격하면

입학식에도 가고 졸업식에도 갈 것입니다.

그리고 모두 여자인 열한 명의 조카들이 결혼할 때

손잡고 버진로드를 걸어갈 아빠가 없으면

제가 대신 데리고 들어가고 싶습니다. 조카들이니까요.

6

추　　　　　억
다　　시　　　　보　　기

한여름 밤의 앵두서리

한여름 밤에는 무엇인가 재미난 일이 일어날 것만 같습니다. 한낮의 무더위는 한풀 꺾이었지만 쉽사리 잠자리에 들지 못합니다. 제 인생에는 특별히 기억되는 한여름 밤의 추억들이 있습니다.

"지난 주말에 이어화 사장님 부부와 같이 살구를 땄는데 정말 재미있었어요. 눈처럼 하얗게 살구가 떨어져 있었어요. 발에 밟히는 것이 전부 살구였어요. 한밤중에 골프 카트를 타고 골프장에 가서 살구를 따는 재미, 누가 경험해보겠어요. 아마 반 말은 땄을 거예요. 이렇게 주인 몰래 살구서리를 해도 되는 건가요? 그 살구로 잼을 만들어보려 했는데, 실패했어요. 인터넷으로 레시피를 찾아보니 살구를 넣고 그 위에 물주머니로 눌러주어야 한다고 하기에 비닐 주머니에 물을 넣어 눌러두었는데, 그만 물주머니가 터져버렸어요. 살구잼이 아니라 살구 주스가 되어버렸지요.

그런데 그 물이 정수기 물도 아닌 수돗물이었지 뭐예요, 호호호."

일흔이 다 된 양승희 교수님은 친구에게 첫사랑 경험을 털어놓는 여고생처럼 살구 서리 경험을 신나게 설명했습니다. 우리는 '서리'라는 경험을 하기 어려운 시대에 살고 있습니다. 먹는 것이 부족하던 그 시절, 시골 어린아이들의 가장 큰 행사는 수박 서리, 참외 서리였습니다. 서리를 막으려는 주인과 서리에 성공하려는 아이들 간의 한판 승부. 그러나 대부분 실패하고 성공담은 그리 흔치 않았습니다. 그래도 그 성공담 몇몇이 전설처럼 우리들에게 전해져 '서리'라는 말만 들어도 왠지 흥분되고 설레었습니다. 나쁜 짓을 함께할 때 느끼는 집단적 쾌감이라고나 할까요?

살구 서리를 지휘했던 이 마을 터줏대감 이어화 사장은 양 교수님의 서리에 대한 자책감을 덜어주려는지 서리 작전 전의 상황을 털어놓았습니다. "사실 살구를 따러 가기 전에 골프장 측에 사전 양해를 구했습니다. 골프장에서는 어차피 떨어져 못 먹게 될 살구라 얼마든지 따가라고 했습니다." 허락된 서리, 그래도 평생을 곱게 살아 서리라고는 상상도 해본 적 없는 양 교수님에게는 짜릿한 경험이었을 터입니다.

"우리 오늘 또 뭐 따러 갈까요? 이 사장님, 오늘은 뭐 딸 것 없나요? 살구 딸 때 보니까 앵두가 많이 열렸던데, 오늘 앵두 딸까요?"

양 교수님은 서리에 재미를 붙인 게 틀림없습니다.

"예, 가시죠. 이번에는 사전에 이야기하지 않았으니 명백히 서리네요." 이 사장은 넉넉한 웃음으로 대답하며 지휘관답게 작전 시각을 하달했습니다. "준비들 하시고 밤 10시에 이곳에서 만나죠."

이렇게 해서 '앵두 서리 부대'가 급조되었습니다. 양 교수님 부부, 이 사장 부부, 우리 부부와 아들, 이렇게 일곱 명이 부대원이었습니다.

작전 시각 10시. 모두 집결장소에 모였습니다. 준비물은 손전등과 앵두 담을 통. 7인의 특공대는 어둠을 틈타 작전 차량 골프카트에 정원을 초과해 타고 공격 지점으로 향했습니다. 여름 밤바람은 상쾌함을 넘어 맛있었습니다. 부대원들은 스무 살부터 70세까지 다양했지만, 공격 지점이 가까워지자 모두 10대 소년소녀가 되어버렸습니다. 길이 어두워 손전등 두 개를 차량 앞에 비추어야 했습니다. 골프장 첫 번째 홀을 지나 두 번째 홀 입구에서 차량은 멈추었습니다. 특공대장 이 사장이 이미 지난 주말 봐둔 장소입니다. 대원들은 차량에서 내려 손전등을 들고 목표물인 앵두를 찾기 시작했습니다.

"골프 치는 분들이 다 따 먹었나 봐요. 없네요." 이 한마디에 대원들은 모두 실망하는 기색이 역력했습니다. 그 순간 "이쪽에 많아요. 안쪽을 보세요." 누군가 나무 하나를 손전등으로 가리키며 소리를 질렀습니다. 다들 그곳으로 모였습니다. 과연 앵두가 가지마다 수북했습니다. 빨간 앵두가 수줍은 듯 나뭇가지 안쪽에 감추어져 있었던 것입니다. 목표가 바로 이것입니다. 서로 도와가며 앵두를 서리하기 시작 했습니다. "더 위쪽을 보세요." "이 가지 좀 잡아주세요." 여기저기서 수확의 즐거움이 만개했습니다. 모두 적어도 수십 알의 앵두를 땄을 것입니다.

지난 주말 살구 서리 작전에 참여하지 못했던 우리 부부는 살구가 남았는지 가보자고 했습니다. 특공대원들은 장비를 챙겨 다음 작전지로 이동했습니다. 지난 주말 살구가 지천으로 깔려 있던 곳. 그러나 일주일 새 땅에 떨어진 살구는 모두 상해버렸고 나뭇가지에서 살구는 찾아볼 수 없었습니다.

"여기에 뭔가 매달려 있어요." 아들이 소리쳤습니다. 모두 달려가보니 노란 열매가 주렁주렁 달려 있었습니다. "저건 자두예요. 아직 익지 않았네요. 1~2주 지나야 딸 수 있겠네요." 역시 특공대장 이 사장은 서리 경험이 풍부한지라 모르는 것이 없었습니다.

"살구는 없네요. 보리수가 있나 보러 가시죠." 이 한마디에 대원들은 차량에 탑승했습니다. 잠시 뒤, 대장의 지시에 따라 하차하여 걸어서 목표 지점까지 이동했습니다. 역시 이 사장이 앞장을 서고 대원들이 줄지어 언덕배기 정상에 있는 골프장 홀을 걷기 시작했습니다. 시원한 밤바람이 온몸을 에워쌉니다. 멀리 도시의 불빛이 하늘로 향하고 있습니다. 이 시각 서울의 밤은 어떠할까? 후덥지근한 더위 때문에 에어컨을 틀고 잠을 설치고 있을 게 분명합니다. 그러나 이곳은 초가을입니다. 바람이 차가울 정도입니다. 그도 그럴 것이, 서울과 이곳은 적어도 5도 이상은 차이가 나니 말입니다.

10여 분을 열심히 찾았지만 보리수는 찾지 못했습니다. 그래도 모두 들떠 있었습니다. 흥분 그 자체였습니다. 애당초 앵두나 보리수가 목표는 아니었습니다. 한여름 밤 여럿이 모여 '서리'라는 아주 오래된 단어를 떠올리며 함께 골프장을 누비고 다니는 것만으로도 이미 '황홀경'입니다. 차량 쪽으로 돌아오는 길에 아들이 "신발을 벗고 걸으면 어떨까요?"라고 제안했습니다. 이 한마디에 모두들 신발을 벗고 잔디밭을 걸었습니다. 밤이슬이 촉촉이 내려 적당한 수분이 발바닥에 공급되었습니다. 한여름 밤에 딱 어울리는 걷기였습니다. 우리 생애에 언제 이런 경험을 해볼 수 있을까요? 이곳은 필시 천국임에 틀림없습니다.

한 시간에 걸친 7인 특공대의 한여름 서리 작전은 이렇게 막을 내렸습니다. 저는 이날, 별이 쏟아지는 하늘을 보며 소설의 한 구절이 떠올랐습니다.

'저 숱한 별들 중에 가장 가냘프고 가장 빛나는 별님 하나가 그만 길을 잃고 내 어깨에 내려앉아 고이 잠들어 있노라.'

혹시 '스테파네트 아가씨'를 기억하시나요? 뤼르봉 산에서 사냥개 라브리와 함께 양을 치던 스무 살 어린 목동이 그토록 그리고 소식을 궁금해하던 주인집 '스테파네트 아가씨'. 알퐁스 도데의 《별》에 나오는 여자 주인공 이름입니다.

두 주일에 한 번씩 농장 꼬마 미아로와 노라드 아주머니가 양식을 싣고 오곤 했었지요. 그러던 어느 일요일, 미아로와 노라드 모두 사정이 생겨 스테파네트 아가씨가 노새에 식량을 싣고 직접 오게 됩니다. 아가씨를 가까이에서 바라본 적이 없던 목동은 어쩔 줄을 모릅니다. 그러나 아가씨는 양식만 내려놓고 이내 가버렸습니다. 그는 그녀와 헤어지는 것이 안타까워 석양이 질 때까지 멍하니 그대로 앉아 있었죠.

그런데 이게 웬일입니까? 소나기로 불어난 강을 넘다가 물에 빠진 그녀가 다시 그 앞에 나타난 것입니다. 그래서 그와 그녀는 수없이 많은 별이 있는 밤하늘을 바라보며 이야기를 나눕니다. 그가 별에 대해 한참을 이야기하고 있을 때 무언가 산뜻하고 보드라운 것이 그의 어깨 위에 살며시 내려오는 것을 느꼈습니다.

그녀가 졸음에 겨워 머리를 기대어온 것입니다. 가슴이 설레고 심장이 뛰던 목동은 밤새 자세를 흩트러뜨리지 않고 그대로 있었습니다. 이런 생각을 하면서. '저 숱한 별들 중에 가장 가냘프고 가장 빛나는 별님 하나가 그만 길을 잃고 내 어깨에 내려앉아 고이 잠들어 있노라'고.

2014년 7월의 한여름 밤, '앵두 서리'에서 만난 여름밤의 별은 그 옛날 스테파네트 아가씨에게 어깨를 빌려준 목동이 밤새도록 바라본 그 별이었을까요, 아니면 대학교 4학년 무렵 제가 설악산에서 만난 그 별이었을지도 모르겠습니다.

1981년 여름방학 어느 날, 대학교 4학년 남녀 학생 예닐곱이 설악산을 오르고 있었습니다. 기운이 펄펄 넘쳤지만 대부분 초행길이라 어설프기 짝이 없었습니다. 백담사에서 조금 들어간 곳에 있는 수렴동 계곡에서 1박을 하고 출발을 했습니다. 30분쯤 갔을까요? 어느 한 여학생이 물병을 놓고 왔다고 난감해했습니다. 설악산 중턱부터는 물이 없어 물병은 필수품. 누군가 가서 가지고 와야 할 상황이었습니다. 왕복 한 시간, 누구도 쉽게 나서지 못했습니다. 순간 객기가 발동하여 제가 자원을 했습니다. 왕복 한 시간에 물병 회수에 성공하고 다시 출발했습니다.

"근호야, 네 다리가 풀린 것 같아. 갈짓자 걸음을 하고 있잖아." 뒤에서 저의 걸음걸이를 지켜보던 친구가 외쳤습니다. 간신히 초콜릿 두 판을 먹고 기운을 차려 재출발했습니다. 이러는 사이 예정보다 시간이 늘어졌고 다들 지치기 시작했습니다. 한참을 걸었습니다. 소청봉 정상 직전에 있는 봉정암에 도착했습니다. 봉정암에서 정상까지는 외길이랍니다. 어느 여학생 하나가 자신은 전에 와본 적이 있다며 맨 뒤에 서겠다고 했습니다. 그러라고 하고 모두 낑낑대며 올라갔습니다. 중간에 한참을 기다렸지만 그 여학생이 오지 않았습니다. 무슨 일이 난 것이 틀림없었습니다. 남학생 세 명이 다시 헤어진 지점까지 내려갔습니다. 없었습니다.

다시 올라가는데 갈림길이 눈에 보였습니다. 혹시 이 길로 간 건 아닐까? 1백여 미터를 따라 들어가니 멀리서 돌아오고 있는 그 여학생이 보였습니다. 길을 잘못 들어섰다가 돌아오는 길이었습니다. 반가움에 그 여학생은 손을 흔들었습니다. 그 순간 그녀가 비명을 지르며 주저앉았습니다. 놀라 달려갔습니다. 손짓하는 순간 그녀는 그만 뱀을 밟은 것입니다. 길을 잃고 헤매느라 지친 데다 뱀까지 밟았으니, 그녀는 일어서지 못했습니다. 결국 덩치 좋은 친구가 그녀를 업고 저와 나머지 친구는 배낭을 어깨와 가슴에 메고 소청봉까지 올라갔습니다.

이러는 사이 벌써 어둑해져, 원래의 예정대로 하산하여 반대편에 있는 희운각까지 가는 게 무리인 상황이었습니다. 산악구조대의 권고대로 하는 수 없이 아무도 캠핑을 하지 않는 소청봉 꼭대기에 텐트를 쳤습니다. 남학생들은 물을 길어오고 저녁을 짓기 시작했습니다. 저는 가뜩이나 체력도 시원찮은 데다 두 번을 왕복하는 객기를 부린 탓에 저녁도 못 먹고 잠에 곯아떨어졌습니다. 얼마를 잤을까요. 배가 고파 깨어보니 밤 1시입니다. 모두들 자고 있습니다.

텐트에서 나와 밖을 보니 산봉우리들이 사라지고 없었습니다. 소청봉이 높은 봉우리이니 나머지 산봉우리들은 그 발밑에 있어야 하는데 아무것도 없었습니다. 우리가 텐트를 친 바로 밑까지 밤바다가 밀려 들어와 있었습니다. 우리는 분명 산 정상에 있는데 웬 바다. 정신을 차려 자세히 보니 모두 구름이었습니다. 구름이 하늘에 있는 것이 아니라 바닥 전체에, 산 전체에 드리워져 있었습니다. 이름하여 운해雲海입니다. 구름바다입니다. 고개를 들어 하늘을 보았습니다. 하늘에는 수많은 별이 촘촘히 박혀 있습니다. 이리 보아도 저리 보아도 별들뿐입니다. 그 별빛을 받은 구름바다는 연푸른색을 띠고 있었습니다.

상상해보십시오. 밤 1시. 깨어 있는 사람 아무도 없는 설악산 정상. 발 아래는 구름바다가 한없이 펼쳐져 있고, 하늘에는 구름 한 점 없이 별들만이 자신의 빛을 자랑하는 순간, 내 생애 이런 순간을 다시 볼 수 있을까요? 새벽 동이 틀 때까지 꼼짝하지 않고 구름바다와 별 하늘을 바라다보고 있었습니다. 그때 머리를 스치는 구절 하나가 있었습니다.

'저 숱한 별들 중에 가장 가냘프고 가장 빛나는 별님 하나가 그만 길을 잃고 내 어깨에 내려앉아 고이 잠들어 있노라.'

그날의 추억을 평생 가슴에 간직하고 인생이 힘들고 막막하고 캄캄할 때마다 가슴속에 있는 이 장면을 꺼내어 봅니다. 그 장면은 제게 속삭입니다. '네가 본 그날의 모습은 신이 네게 준 선물이야. 그 아름다운 자연의 경이를 볼 수 있었다는 사실만으로도 네 인생은 이미 가치가 있다.'

'한여름 밤의 앵두서리', 이제 인생이 힘들 때 꺼내 볼 장면이 하나 더 늘었습니다.

봄날은 봄날대로 만추는 만추대로

친한 친구가 CD 한 장을 주었습니다. 가수 백설희가 부른 명곡 〈봄날은 간다〉를, 백설희를 비롯한 스물세 명 가수들이 각자의 창법으로 노래한 CD였습니다. 한가한 일요일 오후, 이 CD를 듣기 시작합니다.

첫 번째 곡은 강허달림이라는 가수의 〈봄날은 간다〉입니다. 〈봄날은 간다〉의 첫 소절 가사는 이렇습니다. "연분홍 치마가 봄바람에 휘날리더라. 오늘도 옷고름 씹어가며 산제비 넘나드는 성황당 길에 꽃이 피면 같이 울고 꽃이 지면 같이 울던 알뜰한 그 맹세에 봄날은 간다."

강허달림은 제목 '봄날은 간다' 다섯 글자를 낭독하고는, 한참을 쉽니다. 마치 낭독을 끝마친 듯 가만히 있습니다. 소리를 내뱉을 듯 말 듯 더듬거리며 첫 소절을 낭독하기 시작합니다. 가사를 천천히 질경질경 씹어삼키는 것 같습니다. 노래도 아니고 낭독도 아닌 방법으로 "연분홍 치마가 봄바람에 휘날리더라"를 툭 내뱉어버립니다. 그녀의 노래를 들으면, 아니 낭독을 들으면, 치마, 옷고름, 산제비, 성황당 등의 단어가 끈적끈적 그녀의 입에 붙어 떨어지기 싫어하는 듯합니다. 간신히 입에서 떨어져 나온 단어들은 허공에 오래도록 멈춰 있습니다. 그녀의 낭독은 어느새 블루스 곡으로 바뀌어 노래가 되었습니다. 그러나 왠지 그녀의 낭독 목소리가 귓가에 맴돕니다.

첫 곡이 끝나고 두 번째 〈봄날은 간다〉가 이어집니다. 도입부에 멋진 색소폰 소리가 울려 퍼집니다. 누구의 노래인지 궁금해집니다. 그런데 가사가 나와야 할 대목에 계속 색소폰 소리만 이어집니다. 궁금하여 CD 재킷에 있는 가수의 이름을 흘낏 봅니다. 강승용. 전혀 알지 못하는 이름입니다. 재빨리 핸드폰으로 '강승용'을 검색했더니 이런 표현이 뜹니다. '대한민국 색소폰의 역사, 강승용.' 대한민국 최고의 색소폰 명연주가 귓속을 파고듭니다. 가사 없는 〈봄날은 간다〉. 색소폰 소리 속에 봄날의 아지랑이가 피어오릅니다.

색소폰 소리에 푹 빠져 있다가 다음 곡으로 넘어갑니다. 먼저 가수의 이름을 보았습니다. 권윤경. 생소한 이름입니다. 어떻게 부를까 궁금해집니다. 그런데 나오는 가사가 어라, 일본어입니다. 일본어로 〈봄날은 간다 春は行く〉를 부른 것입니다. 일본어를 잘 모르는 저로서는 어떤 내용인지 전혀 가사가 전달되지 않습니다. 그런데 한국말 가사보다 더 애잔하게 들립니다. '꽃이 피면 같이 울고, 꽃이 지면 같이 울던'에 해당하는 일본어 가사 '하나사키 호호에미 하나치리 나이테타 花咲き 頬笑み 花散り泣いてた' 를 들으며 뜻은 몰라도 감성만큼은 한국어와 같다는 생각이 들었습니다.

몇 곡이 흘러갔습니다. 여섯 번째 곡입니다. 전주가 예사롭지 않습니다. 매우 익숙한 소프라노 색소폰 소리입니다. 젊은 날 가보았던 나이트 클럽의 밴드 음악임이 분명합니다. 아마도 블루스 타임에 이 곡을 연주했을 것 같습니다. 허스키한 음색의 끈적임이 온몸을 감아돕니다. 흐릿한 불빛에 사이키 조명이 돌아갑니다. 술에 취한 남녀가 노래에 몸을 맡깁니다. 누가 불렀는지 궁금해집니다. 최헌입니다. '오동잎 한 잎 두 잎 떨어지는 가을밤에'라는 가사로 시작하는 〈오동잎〉을 불러 공전의 히트를 친 가수, 바로 그 최헌입니다. 1994년 녹음한 최헌의 〈봄날은 간다〉에 몸을 맡기고 블루스를 추던 청춘 남녀는 '봄날은 간다'는 의미를 알았을까요? 더 나아가 '봄날은 짧다'는 사실을 알고 있었을까요?

8번 트랙에 반가운 이름이 있습니다. 가왕 조용필입니다. 제가 대학교 1학년이던 1977년, 그는 〈돌아와요 부산항에〉를 들고 나타났습니다. 우리는 모두 열광했습니다. 모든 곳에서 이 노래가 들려 나왔습니다. 술에 취해 몽롱한 정신에 선술집 쪽 의자에 기대 듣던 조용필의 〈돌아와요 부산항에〉를 지금도 잊을 수 없습니다. 1977년, 우리는 출신 지역이 어디든 관계없이 모두 '부산항' 출신이었습니다. 그 조용필이 〈봄날은 간다〉를 부릅니다. 탁한 그의 음색은 한마디 인사도 없이 속절없이 떠나가버리는 봄날을 야속해하는 심정을 표현하는 데 제격입니다. '꽃이 피면 같이 웃고 꽃이 지면 같이 울던 알뜰한 그 맹세에 봄날은 간다'를 노래하는 대목에서 조용필의 〈한오백년〉이 떠오릅니다. "한 많은 이 세상, 야속한 님아, 정을 두고 몸만 가니 눈물이 난다." 봄날에 대한 이별이나 이 세상에 대한 이별이나 서럽기는 매한가지입니다. 버리고 가는 임은 홀쩍 떠나가버리면 그만이지만, 남아 임을 그리는 사람은 어찌하란 말입니까. 이별을 노래할 때 '조용필'은 더욱 빛이 납니다.

또 몇 곡이 흘러갑니다. 다 맛이 다릅니다. 그러나 제 귀를 사로잡기에는 무언가 부족합니다. 이래서 명가수 뒤에 노래를 부르면 손해라는 말이 있나 봅니다. 조용필의 여운이 한참을 갑니다.

그런데 갑자기 어느 노래에서 귀가 쫑긋해졌습니다. 누군가 했더니 은방울 자매입니다. 1962년에 결성된 우리나라 최초의 여성 듀오입니다. 은쟁반에 옥 구르는 소리가 바로 이런 것을 두고 하는 말인 것 같습니다. 어찌 들으면 혼자 부르는 것도 같고 어찌 들으면 메아리가 치는 것도 같은 묘한 분위기입니다. 그 옛날 가수들이 노래를 더 잘했다는 생각이 듭니다. 그 당시에는 녹음 시설도 변변찮았을 텐데 음색이 이리 고울 수 없습니다.

다음은 이 곡의 최초 가수, 원조 백설희의 〈봄날은 간다〉입니다. 이 노래의 앞에는 이런 사설이 있습니다. 요새 식으로 하면 랩입니다. "봄이 오면 오신다던 임의 말씀은 애당초 잊으라는 부탁인가. 산제비 넘나드는 성황당 길에 행여나 임 오실까 기다려보아도 그리운 우리 임은 소식도 없고 무정한 세월만 가네. 아하 봄날은 간다." 부르는 이의 마음을 열어 보이는 이 이야기를 들으니 애처로움을 넘어 숙연해지기까지 합니다.

이어지는 백설희의 노래는 왜 이 곡이 수없이 리메이크되었는지 알게 해줍니다. 원곡의 힘이란 바로 이를 두고 하는 말인가 봅니다. 지금까지 부른 다른 가수들의 노래는 하나의 목소리로 부른 것이라면, 백설희의 노래에는 확연히 구별되는 그 무엇이 있습니다. 그녀의 목소리는 선천적으로 화음이 들어 있습니다. 위의 고운 음에는 가사가 실려 있고 아래의 떨리는 음에는 감정이 실려 있습니다. 두 음이 절묘하게 한 음으로 소리 납니다. 백설희의 이 목소리 DNA가 아들에게 유전되어 가수 전영록이 탄생했나 봅니다.

몇 곡을 이어 들어봅니다. 다 잘 부르지만 평범하게 들립니다. 그런데 이번 곡은 재즈로 편곡되었습니다. 가수 이동원은 마치 노래를 부르기 싫은 사람처럼 느리고 길게 끌면서 한껏 게으름을 피웁니다. 한 소절 한 소절 끝날 때마다 음이 뚝뚝 떨어집니다. 무심한 듯 체념한 듯 달관의 경지에 들어선 도인처럼 떠나가는 봄날을 읊조립니다. 〈봄날은 간다〉의 두 번째 소절은 이렇습니다. "새파란 풀잎이 물에 떠서 흘러가더라. 오늘도 꽃 편지 내던지며 청노새 짤랑대는 역마차 길에 별이 뜨면 서로 웃고, 별이 지면 서로 울던 실없는 그 기약에 봄날은 간다."

그가 '새파란 풀잎이 물에 떠서'를 부르는 대목에서 갑자기 쳇 베이커의 〈마이 퍼니 밸런타인My funny Valentine〉이 가슴에 떠오릅니다. 술에 취한 듯 사랑에 취한 듯 흐느적거리며 자신이 사랑하는 밸런타인이 그 예전의 밸런타인으로 남아 있기를 바라는 심정을 재즈의 선율에 실어 전합니다. 마지막 가사는 이렇게 끝이 납니다. "Each day is valentine's day." 〈봄날은 간다〉를 부른 모든 가수의 심정은 이럴지도 모릅니다. "Each day is spring day." 모든 노래를 듣고 끝으로, 제가 가장 좋아하는 가수 장사익의 〈봄날은 간다〉를 들으려 합니다. 소리꾼 장사익의 목소리가 이 노래에 제격이기 때문입니다.

그에게 노래를 부른다는 표현은 너무 가볍습니다. 그는 피를 토하듯 소리를 냅니다. 그는 한을 토해냅니다. 그는 아마도 소리를 하다 죽을 것 같습니다. 그만큼 그는 노래 하나하나에 자신을 불태웁니다. 우리의 가슴을 후비다 못해 뚫어버립니다. 이런 그가 〈봄날은 간다〉를 노래했습니다. 듣기 전부터 가슴이 설렙니다. 제 가슴을 꼭 부여잡습니다. 전주에 들리는 북소리에 가슴이 쿵쾅거립니다. 벌써 가슴이 흔들립니다. "연분홍 치마가 봄바람에 휘날리더라"를 듣다가 CD 플레이어를 잠깐 스톱시킵니다.

아직 제 가슴은 그의 노래를 끝까지 들을 준비가 덜 되었나 봅니다. 음하나하나에 전율이 느껴집니다. 사람의 목소리 중 한국인의 한을 이보다더 잘 표현할 수 있는 목소리가 있을까요. 간신히 호흡을 가다듬고 다시노래를 재생시킵니다. "오늘도"에서 혼절할 것만 같은 정신줄을 간신히부여잡고 어금니를 깨물어 진정시킵니다. 이렇게 끝까지 들을 수 있을까요? 왜 이렇게 우리의 온몸을 흔드는 것일까요? 아마도 조금은 느린 듯한 박자가 제 심장박동 리듬과 같기 때문이 아닌지요. 황홀경 속에 그의노래가 끝이 났습니다.

저는 반사적으로 그의 히트곡 〈찔레꽃〉을 찾아 들으며 장사익이라는마약에 스스로 취해봅니다. 이렇게 〈봄날은 간다〉는 끝이 났습니다. 스물세 명의 가수들 노래를 들으며 역시 명가수는 자신만의 확실한 색깔로 노래를 부른다는 사실을 다시 한 번 깨닫게 되었습니다.

봄날은 유난히 짧습니다. 겨울이 지독하게 길어 아예 봄날이 오지 않을 것만 같더니만 한두 그루 나무에 야들야들한 연두색 새싹이 나고 얄궂은 봄바람이 심통을 몇 번 부리고 나면 개나리 진달래가 한꺼번에 피더니 산자락이 초록색으로 바뀌면서 봄날이 떠날 채비를 합니다. 우리는 여름날 가을날 겨울날이라는 표현은 자주 쓰지 않으면서도 봄날이라는 표현에는 아쉬움과 섭섭함을 담아 빈번히 사용합니다. 이래서 봄날이 더 아름다운가 봅니다.

〈봄날은 간다〉 CD를 보내준 친구가 최근에 이메일을 보내왔습니다. 그의 연락에는 항상 그만의 독특한 색깔이 있어서 궁금한 마음에 얼른 열어보았습니다. 아이유라는 어린 가수가 부른 〈낭만에 대하여〉 노래입니다. 〈유희열의 스케치북〉이라는 TV 음악 프로그램에 아이유가 출연해 노래 부른 것을 녹화한 동영상 링크를 보내준 것입니다.

"저희 아빠는 뮤지션이에요. 그래서 아빠가 항상 부르시는 레퍼토리가 있어요. 그중 가장 첫 번째 곡이 〈낭만에 대하여〉거든요. 저는 유치원과 초등학교 때 〈낭만에 대하여〉가 세상에서 가장 멋있는 곡이라고 생각했어요. 그래서 제가 콘서트로 전국 투어를 할 때 항상 그 무대에서 〈낭만에 대하여〉를 불렀어요."

아이유의 이런 사연이 흘러흘러 〈낭만에 대하여〉의 원 가수인 최백호 씨에게 전달되었고, 이번에 두 사람이 같이 음반 작업을 하게 되었다는 이야기였습니다.

이 이야기를 듣고 사회자 유희열이 아이유가 부르는 〈낭만에 대하여〉는 어떤 느낌일지 들어보자고 했습니다. 그러니까 아이유는 "좋죠"라고 대답했습니다. 아이유의 "좋죠"라는 이 대답이, 그냥 "좋죠"가 아니라 자신의 아버지가 늘 즐겨 부르던 노래 〈낭만에 대하여〉, 그리고 자신이 존경하고 만나기를 원했던 가수 최백호를 만나게 해준 노래 〈낭만에 대하여〉를 TV 무대에서 부른다는 사실이 "너무 '좋죠'"라고 하는 것처럼 제게 들렸습니다.

아이유의 〈낭만에 대하여〉는 "궂은 비 내리는 날"로 시작했습니다. 선배 가수가 부른 노래를 리메이크해 부르는 하고많은 아이돌 가수 중 하나가 아니었습니다. 어릴 적부터 아빠가 부르던 노래를 따라 부르기를 수백 번 아니 천 번 이상, 그 세월 속에 〈낭만에 대하여〉는 이미 아이유의 것으로 변해 있었고 아이유는 그 노래에 스무 살 새내기의 낭만을 새기고 있었습니다. 그러면서도 아이유는 20대답지 않게 원숙하게 노래를 불렀습니다. '새빨간 립스틱에 나름대로 멋을 부린 마담에게 실없이 던지는 농담'을 알 리 없는 세대이지만, 그의 감성에는 아이유의 감성이 아닌 그녀 아버지의 감성이 묻어 있었습니다. 홀린 듯 시간이 금방 흘렀습니다. 역시 아이유였습니다. 1절의 마지막 가사 '잃어버린 것에 대하여'를 부를 때는 원곡보다 훨씬 길게 '대하여' 부분을 허공에 긴 창을 던지듯 내뿜었습니다.

그리고 이어지는 간주. 관객의 박수가 터지고 나란히 앉아서 노래 부르고 사회 보던 아이유와 유희열도 간주에 맞추어 몸을 흔듭니다. 그 순간 무대 뒤편에서 "밤늦은 항구에서"를 묵직한 음색으로 던지며 최백호가 서서히 무대 중앙으로 걸어 나옵니다.

오랜만에 보는 최백호의 모습은 반백 초로의 신사입니다. 1950년생. 60대 후반의 그는 '낭만'이라는 단어가 어찌 그리 잘 어울릴까 할 정도의 멋진 모습이었습니다.

"밤늦은 항구에서 그야말로 연락선 선창가에서.

돌아올 사람은 없을지라도 슬픈 뱃고동 소릴 들어보렴.

첫사랑 그 소녀는 어디에서 나처럼 늙어갈까.

가버린 세월이 서글퍼지는 슬픈 뱃고동 소릴 들어보렴."

귀에 익은 2절 가사가 이어지는 동안 가슴 저 아래에서 묵직한 것이 가벼운 단상들을 밀치고 올라오고 있었습니다. 그것이 무엇인지는 알 수 없었습니다. 다만 그 느낌은 분명했습니다.

'이제 와 새삼 이 나이에 청춘의 미련이야 있겠냐만은' 이 대목에서 그 느낌이 무엇인지 알 것 같았습니다. 가슴 깊이 켜켜이 묻혀 있던 청춘의 추억들이 최백호의 목소리에 깨어나 흔들리며 가슴 밑바닥에서 비상하기 시작한 것이었습니다.

"왠지 한 곳이 비어 있는 내 가슴이/다시 못 올 것에 대하여/낭만에 대하여."

늘 그랬습니다. 〈낭만에 대하여〉는 늘 이 대목에서 가슴을 휘저어버립니다. 가슴이 울컥합니다. 오늘 아침, 최백호의 목소리는 그 어느 때보다 더 감정을 흔들어놓습니다. 노래가 끝났습니다. 저는 제 눈가에 이슬이 맺힌 것을 뒤늦게 알았습니다. 이제 〈낭만에 대하여〉가 실감 나는 나이가 되었나 봅니다. 곰곰이 생각해보니 '청춘'이 그리운 것이 아니라 '청춘의 추억'이 그리웠고, '낭만'이라는 단어보다는 〈낭만에 대하여〉라는 노래가 더 심금을 울렸습니다. '낭만'이라는 단어는 머릿속에는 독립적으로 존재하지만 우리의 가슴속에는 홀로 존재하지 못합니다. 반드시 〈낭만에 대하여〉로만 존재합니다.

얼마 전, 97세이신 연세대학교 김형석 명예교수님의 명강의가 화제가 되었습니다. 유인경 선임기자가 그분을 뵙고 인터뷰한 기사에 이런 대목이 있었습니다.

"교수님, 90여 년을 살아보시니 나이별로 특징이 있던가요?"

"김태길, 안병욱 교수와는 셋 다 동갑이고 전공도 같아서 친분이 깊었습니다. 이젠 두 사람 다 고인이 되었지만 90세까지는 살았죠. 어느 날 우리끼리 '달걀에 노른자가 있어서 병아리도 나오는데 우리 인생에서 노른자의 시기는 언제일까'란 이야기를 했어요. 그런데 '65세에서 75세까지가 우리 인생에서 가장 아름답고 좋은 시절'이라고 의견 일치를 보았습니다. 인간적이나 학문적으로 가장 성숙한 시기였습니다. 진정한 행복이 무엇인지도 알게 되더군요."

계절을 다 지내고 보면 봄은 봄대로 아름답지만 그 봄은 아직 어리고 풋풋해 깊이가 적고, 풍성한 가을이 더 깊고 화려함을 잘 알면서도 유독 인생을 이야기할 때면 청춘만 이야기하고 만추는 왜 이야기하지 않는지 궁금해집니다.

저는 이제 〈낭만에 대하여〉를 지나간 20대 청춘을 추억하며 부르지 않으렵니다. 김형석 교수님이 말씀하신 '인생의 노른자' 65세부터 75세까지를 기다리며 아직 겪어보지 않은, 그러나 너무나 기대되는 그 10년 '만추'에 만나게 될 화려한 낭만을 꿈꾸며 부르렵니다.

"왠지 설레고 흥분되는 내 가슴이/다가올 만추에 대하여/낭만에 대하여."

장대비 속 산사음악회

살다 보면 뜻하지 않은 행운이 찾아오기도 합니다. 특히 생각지도 않았던 황홀한 경험을 하면 횡재를 맞은 것 같기도 하지요. 그런 일은 오래도록 기억을 사로잡는 법입니다.

그런 일이 2015년 4월 찾아왔습니다. 봄이 되었습니다. 꽃들이 밤도둑처럼 우리 주변에 몰래 들어왔습니다. 학교 담벼락에는 개나리가 피기 시작했고 목련은 허락도 받지 않고 벌써 만개했습니다. 벚꽃은 너무도 조용히 피고 있습니다. 누구도 벚꽃이 피었다는 말을 크게 하지 않았는데 벚꽃 군단은 제가 사는 방배동을 점령할 기세입니다. 야산에는 진달래가 고개를 빼어 들고 누가 봄산을 찾는지 기웃거립니다.

그래도 봄에는 남쪽 나라가 제격입니다. '산 너머 남촌에는' 누가 사는지 무슨 일이 있는지 어떤 꽃이 피었을지 늘 궁금합니다. 모르는 '아무

개'가 남쪽을 가자고 하면 바람이 나 홀쩍 떠나버릴 것만 같은 계절입니다. 그런데 기적처럼 그 '아무개'가 나타난 것입니다.

친구 강신장 원장이 "조 대표, 다음 주 토요일 혹시 미황사 가지 않을래요? 산사에서 작은 음악회가 있어요"라고 속삭여온 것입니다. 이게 무슨 횡재입니까? 산 너머 남촌을 갈 기회가 생긴 것입니다. 만사를 젖히고 대열에 합류했습니다. 이렇게 봄바람이 나 전라남도 해남군 땅끝 마을에 있는 미황사를 찾은 것이 정확하게 2015년 4월 4일 토요일이었습니다.

아침 7시 55분 서울에서 출발한 KTX는 10시 27분 목포역에 도착했습니다. "겁나게 빨리 와부렀소." 호남 고속철 개통의 위력으로 2시간 32분 만에 도착한 것입니다. 일행들은 준비된 관광버스에 몸을 싣고 미황사로 향했습니다. 비가 온다는 예보가 있었지만 그 양이 매우 적을 것이라는 말에 모두들 날씨는 그다지 신경 쓰지 않는 눈치였습니다. 한 시간을 달려 미황사에 도착했습니다. 버스에 내려서자 날씨가 만만치 않음을 금방 느낄 수 있었습니다. 먼저 우리를 영접한 것은 주지스님이 아니라 매서운 바람이었습니다. 소풍 나온 학생들 같은 마음이었지만 봄을 시샘하는 바람에는 옷자락으로 몸을 감쌀 수밖에 없었습니다.

이 바람을 맞으니 얼마 전 이탈리아 피렌체 여행에서 본 우피치 미술관이 자랑하는 보티첼리의 〈프리마베라(봄)〉라는 그림이 떠올랐습니다. 봄이 오기 위해서는 반드시 서쪽 바람의 신인 제피로스가 입으로 바람을 불어야 한다는 것입니다. 그 제피로스가 대한민국의 땅끝 마을까지 찾아온 모양입니다. 봄을 실어 나르기 위해서 말입니다. 그러나 제피로

271

스가 강도 조절에 실패한 듯합니다. 너무 세게 불어 봄을 봄처럼 느끼지 못하게 합니다.

이럴 때는 먹는 것이 최고입니다. 모두들 산사의 정갈한 음식에 바람 소동은 잠시 잊은 듯했습니다. 식사를 하고 있는 중에 주지스님이신 금강스님이 다른 행사 때문에 마중을 못 했다고 하시며 일행들에게 인사를 했습니다. 남기면 안 된다는 말에 모두 말 잘 듣는 아이가 되었습니다. 식사 뒤 주지스님 방에서 차를 한잔 얻어 마시며 미황사에 대해 이런저런 말씀을 들을 수 있었습니다. "여러분은 모두 저와 '절친'이 되었습니다. 절에서 만난 친구이니까요." '절친'에 대한 새로운 해석, 주지스님의 위트였습니다.

산사에서의 차 한잔은 종교와 관계없이 누구에게나 자신을 돌아보는 미약입니다. 속세에서 잔뜩 짊어지고 사는 멍에를 잠시 내려놓고 스님의 말씀에 진정한 나를 찾아가는 시간을 갖습니다. 어느 스님은 멈추면 보인다고 하십니다. 모든 세대가 멈추기만 해서 될까, 하는 생각을 늘 하지만 50대에는 멈추라는 말이 가슴에 와 닿습니다. 주위에 아무도 없으면 더 좋고요.

음악회는 3시에 열리니 한 시간 반가량 여유가 있습니다. 스님께 인사를 여쭙고 모두들 바깥으로 나왔습니다. 불자들은 대웅전으로, 아닌 분들은 미황사 여기저기를 눈으로 귀로 가슴으로 느낍니다. 사찰 뒤편 길을 따라가다 보니 동백꽃을 일부러 뿌려놓은 듯 예쁜 동백꽃 양탄자가 나타납니다. 겨우내 피었을 동백이 이제는 진달래에 자리를 내어주고 자신은 아름다운 양탄자가 되었습니다. 감히 그 양탄자 위를 밟지는 못합니다. 카메라를 들이대는 것밖에 그 동백에게 할 수 있는 게 아무것도 없습니다. 자연이 만들어내는 아름다움에 다시금 옷깃을 여밉니다.

그럴 때가 아닌데 날이 어둑어둑해지더니 비라도 한차례 내릴 기세입니다. 바람이 너무도 세차 더 이상 밖에 머물기 어려워졌습니다. 주지스님께 차를 얻어 마신 방으로 몇몇이 모입니다. 이야기꽃을 피우기 딱 좋은 시간입니다. 시시껄렁한 이야기에 키득거리며 시간을 보냅니다. 고구마라도 있으면 좋겠다고 누군가 이야기합니다. 옥수수도 생각나네요. 노닥거리고 있으려니 진행요원이 준비가 다 되었다고 알려줍니다. 그런데 밖에 나와 보니 이게 웬일입니까? 장대비가 내리기 시작했습니다. 우산 하나를 두 명씩 끼어 쓰고 음악회가 열리는 자하루에 도착했습니다.

2백 명쯤 들어간다는 자하루 정가운데에 피아노가 한 대 놓여 있고 그 둘레로 우리 일행과 사찰 식구들 약 40여 명이 모여 앉았습니다. 난방이 되지 않는 곳이라 모두들 몸을 움츠리고 앞으로 전개될 광경을 마음속으로 그려보고 있었습니다. 이제 비는 장대비에서 주룩비로 바뀌고 있었습니다. 빗소리가 점점 커져 과연 이런 소란한 상황에서 음악회가 가능할까, 하는 걱정이 되었습니다. 그러나 참석자 모두 이 광경을 매우 특별하게 받아들이고 있음이 분명했습니다. "그냥 날씨가 좋다면 우리는 이 음악회를 그저 아름다운 음악회로만 기억할 것입니다. 그러나 이 장대비가 이 음악회를 특별한 음악회로 만들고 있습니다." 누군가의 말에 모두 공감했습니다.

드디어 음악회가 시작되었습니다. 연주자를 대표하여 바이올리니스트 이경선 서울대 음대 교수가 인사를 했습니다. "예쁜 드레스를 가지고 왔는데 너무 추워 평상복으로 연주할 수밖에 없음을 양해해주시기 바랍니다." 평상복을 입은 최고의 연주자들, 이것 역시 흔히 경험하기 어려운 일이었습니다. 하프시코드라는 악기를 위해 헨델이 작곡한 곡을 요한 할보르센이 바이올린과 비올라를 위해 편곡했다는 그 유명한 〈파사칼리아〉가 첫 곡이었습니다. 이어 바이올린, 비올라, 피아노가 만들어내는 음악은 청중들을 환상의 세계로 끌고 다녔습니다. 음악회 중반쯤 어느 분이 창문을 열어보자고 제안하셨습니다. 창문을 여니 밖에는 주룩비가 억수로 변해 있었습니다. 갑자기 찬 공기가 방 안을 휘감았고 세찬 빗소리가 악기 소리를 삼켜버릴 듯했습니다. 그런데 이런 조화가 어디에 있겠습니까? 연주자들은 억수 소리와 때로는 경쟁하듯, 때로는 화음을 맞추듯 연주해나갔습니다. 연주회는 이미 실내 연주회가 아니었습니다. 자연 속의 야외 연주회가 되어버렸습니다.

예정된 네 곡이 끝나고 연주자들이 인사를 하자 그새 60여 명으로 불어난 청중들은 앙코르를 연호했습니다. 첫 번째 앙코르 곡을 연주하기에 앞서 이경선 교수가 "이 곡은 들으시면 모두 아실 겁니다. 만약 모르시면 그때 제가 설명을 드리겠습니다"라고 했습니다. 저는 무슨 곡이 연주될까 귀를 쫑긋 세웠습니다. 느리게 시작된 연주는 드디어 우리 모두가 잘 아는 멜로디로 이어졌습니다. '나의 살던 고향은 꽃피는 산골/복숭아꽃 살구꽃 아기 진달래/울긋불긋 꽃 대궐 차린 동네/그 속에서 놀던 때가 그립습니다.' 바로 동요 〈고향의 봄〉이었습니다.

그 곡조를 들으며 저도 모르게 눈가에 이슬이 맺히는 것을 느꼈습니다. 고향이 어디라도 상관없습니다. 〈고향의 봄〉에 나오는 그 '고향'은 대한민국 지도 그 어디에 있는 곳이 아니라 우리의 어린 시절 마음에 있는 바로 그곳이지요.

이렇게 빗속 음악회는 끝이 났습니다. 모두들 일어설 줄을 몰랐습니다. 이 감흥, 이 여운을 길게 간직하고픈 마음에서일 것입니다. 간단히 주전부리를 하고 1박을 할 일행을 남겨두고 나머지 일행은 서울행 관광버스에 몸을 실었습니다. 창밖에는 아직도 비가 하염없이 창을 때리고 있습니다. 봄 내음을 찾아 남도에 왔건만 남도에는 아직 봄이 오지 않은 것 같았습니다.

차창을 때리는 빗소리에 시 한 구절이 생각납니다.

당나라 때 시인 동방규東方逵가 중국 4대 미인 중 한 명인 왕소군王昭君을 생각하며 지은 시에 나오는 '호지무화초 춘래불사춘胡地無花草 春來不似春(오랑캐의 땅에 꽃과 풀이 없으니, 봄이 왔으나 봄 같지 않구나)'이 바로 그것입니다. 중국 전한시대 원제의 궁녀였던 왕소군은 흉노와의 화친정책으로 흉노족 왕인 호한야선우呼韓邪單于에게 시집을 갑니다. 흉노 땅에는 봄이 와도 꽃이 피지 않습니다. 왕소군은 봄에 꽃이 피는 고향을 늘 그리워했습니다. 훗날 시인 동방규는 왕소군의 심정을 빼어난 시구로 읊습니다. 제가 찾은 남도는 유화초인데 장대비를 맞고 보니 제 심정이 춘래불사춘의 심정이 되고 말았습니다.

서울로 올라오는 버스 안에서 잠시 오늘의 행운을 곱씹어보았습니다. 장대비 속 산사음악회. 얼마나 멋진 대조인가요. 그런데 '장대비'와 '산사음악회'라는 두 단어는 저의 기억 속에서 또 다른 한 장면을 끄집어내기 위해 안간힘을 쓰고 있었습니다. 드디어 그 두 단어는 스스로 미끼가 되어 기억의 바다 속에 잠겨 있던 아름다운 추억 하나를 낚는 데 성공했습니다.

2004년쯤 일입니다. 제가 광주고검에서 근무하고 있을 때 해남지청장으로 있는 후배가 관내에 한번 놀러 오라고 성화를 해 주말에 해남 대흥사에 들렀습니다. 후배는 객지에서 근무하는 선배의 시름을 달래주려고 대흥사 일지암에서 머물 수 있게 신경 써주었습니다.

일지암은 우리나라의 다도를 정립해 다성으로 일컬어지는 초의선사가 1826년부터 40년간 머문 곳입니다. 중국 당나라의 시승 한산의 시 '뱁새는 언제나 한 마음이기에 나무 끝 한 가지―枝에 살아도 편안하다'에서 일지를 따와 일지암이라 이름 붙였다고 합니다. 초의선사는 이곳에 머물면서 다산 정약용, 추사 김정희와 교류했고 진도 운림산방의 주인공 소치 허련을 가르쳐 추사에게 보내기도 했습니다. 일지암 바로 옆에는 초의선사의 살림채로 연못에 네 개의 돌기둥을 쌓아 만든 누마루 건물이 있으니, 자우홍련사입니다.

저녁을 밖에서 먹고 느지막이 일지암을 찾은 우리 일행은 자우홍련사 툇마루에 앉아 당대 최고의 다도 전문가인 여연스님이 직접 만드신 차를 마시며 차에 관한 이야기 삼매경에 빠져들었습니다. 산에는 칠흑 같은 어둠이 내려 한치 앞도 분간할 수가 없었고 산새나 산짐승들도 잠자리에 들어 우리 이야기를 방해하는 것은 그 무엇도 없었습니다.

그런데 그 순간, 갑자기 내리기 시작한 장대비가 이야기를 끊어버렸습니다. 말소리가 잘 들리지 않을 정도로 퍼붓는 비에 산사의 밤은 신묘하기까지 했습니다. 모두들 불빛에 반사되는 빗물을 바라보며 한참을 말없이 앉아 있었습니다. 다들 무슨 생각을 하고 있을까요? 삶의 전쟁터에서 부대끼며 살다가 시간이 멈추고 공간이 비어버린 이곳에 옮겨 앉아 우리네 인생이 어디로 달리고 있는지, 우리는 그 무엇을 위해 이리도 죽음을 향해 나아가고 있는지 묻고 있는지도 모릅니다.

누군가 스님은 방을 어떻게 해놓고 사시는지 궁금하다며 방으로 초대해주기를 간청했습니다. 자우홍련사 방 한 칸에서 기거하시는 스님은 다소 겸연쩍은 표정으로 비밀의 방을 공개했습니다. 그런데 그 방에 떡하니 자리 잡고 있는, 높이 1미터는 되어 보이는 탄노이 웨스트민스터 스피커에 우린 압도당했습니다. 스님은 원하는 곡이 있으면 신청해보라고 하셨습니다. 우리 일행은 클래식에서 재즈, 팝송, 가요까지, 우리가 듣고 싶은 곡을 무던히도 신청하여 검은 산의 적막을 깨뜨렸습니다.

분에 넘치는 한 시간여의 음악의 향연이 끝난 뒤, 스님은 그 스피커의 사연을 전해주셨습니다. 대학교 때 출가하신 스님은 원래 오디오광이셨답니다. 그러나 가난한 스님 신분에 오디오를 구입하기 어려워 예전에 듣던 오디오를 한동안 듣고 지내다가 스님이 다도로 유명해진 뒤 기고와 강연으로 들어오는 수입을 오디오에 투자하시게 되었답니다. 그래서 큰마음 먹고 작은 크기의 탄노이 스피커를 한 조 구입하여 감상하고 지냈는데, 외부 강연 때문에 며칠 산사를 비웠다가 돌아와 보니 누군가 훔쳐가버리고 말았더랍니다.

스님은 도저히 사람이 훔쳐갈 수 없는 무게의 제품을 사기로 마음먹고 오랜 기간 돈을 모아 탄노이 웨스트민스터 대형 스피커를 구입하시게 되었답니다. 그런데 스피커가 크다 보니 그 스피커를 산 아래에서 일지암까지 옮기는 것이 큰 행사였습니다. 인부 여럿이서 조심조심 한 발짝 한 발짝씩 옮겨 몇 시간에 걸쳐 운반할 수 있었습니다. 그날 스님의 지인 한 분이 기념으로 이 광경을 캠코더로 찍으셨답니다. 그런데 그 영상이 매우 독특하여 재미삼아 탄노이 사에 보내게 되었고, 그 회사에서 산악 지방인 스코틀랜드 지역 광고에 사용하고 싶다고 해 승낙하였다고 합니다.

우리 귀를 호사스럽게 만들어준 이 스피커는 퍽 유래가 있는 스피커였습니다. 그 사연을 접하고 들으니 음색이 더욱 처연하게 우리 가슴을 파고들었습니다. 그날 밤은 이렇게 깊어갔고 제 생에 잊지 못할 밤으로 자리 잡았습니다.

'장대비'와 '산사음악회'라는 두 단어가 왜 이 추억을 끄집어내려 했는지 알 수 있었습니다. 미황사의 추억과 일지암의 추억에는 절묘하게도 어울리지 않는 이 두 단어가 공통으로 들어 있었습니다. 이 음악회는 일부러 만들려 하여도 만들 수 없습니다. 장대비라는 배경음악 없이는 도저히 경험할 수 없는 음악회입니다. 그런데 저는 한 번도 아니고 두 번 경험했습니다. 그러니 행운이 아니라 횡재인 것이지요.

내년에 내릴 눈은 어떤 추억이 될까

겨울에는 눈이 많이 내려야 제격입니다. 눈이 많이 오면 교통이 마비되는 등 피해가 적지 않지만, 눈은 여전히 우리에게 아름다운 존재입니다. 눈에 얽힌 세 가지 추억을 이야기하렵니다.

첫 번째는 2014년 2월 9일의 눈 이야기입니다.

저는 주말이면 서울에서 한 시간 거리에 있는 골프장 안의 숙소에서 지내곤 했습니다. 어느날, 그곳에서 자고 일어나 창밖을 보니 베란다 앞 골프장이 하얗게 변해 있었습니다. 평상시엔 새벽에도 골프 치는 사람들이 왔다 갔다 하던 골프장이 아무도 없이 고요한 흰색 설원이 되어버린 것입니다. 창틀을 통해 보는 장면은 그대로 작품입니다. 그림 같다는 것은 바로 이런 것을 두고 하는 말인 것 같습니다.

오후에 저희 부부는 이 눈밭을 걸어보기로 했습니다. 언제 또 눈 덮인 골프장을 아무도 없이 저희 부부만 걸을 수 있을까요?

9번 홀을 걷기 시작했습니다. 평소 골프 칠 때와 달리 그린에서 티박스로 거꾸로 걸었습니다. 많이 쳐본 홀이지만 이렇게 거꾸로 걸으니 풍경이 전혀 딴판입니다.

하얀 파우더를 뿌린 것 같은 눈밭을 걷기가 미안해집니다. 하늘에 계신 누군가가 작품을 만드시려고 땅 위에 파우더를 곱게 뿌려놓았는데, 못된 놈들이 허락도 없이 들어와 파우더에 그들의 발자국을 남기고 있습니다. 아마도 그분은 속상하기 그지없으실 것입니다. '내가 얼마나 정성들여 만든 작품인데 이놈들이!' 하는 생각이 들지도 모르겠습니다.

그러나 저희 부부는 이에 아랑곳하지 않고 백옥 같은 눈밭에 발자국을 남기기에 여념이 없습니다. 아내는 눈에 빠지기 싫다며 저의 발자국을 따라 옵니다. 30미터쯤 걸었나 봅니다. 뒤돌아보니 똑바로 걷겠다고 신경 써서 걸은 길이 삐뚤삐뚤합니다.

그 발자국을 따라 걷다 보니 아내의 발자국도 삐뚤삐뚤합니다. 그 발자국을 보면서 우리네 인생길도 이렇지 않을까 생각해봅니다. 나름대로 열심히 반듯하게 살았다고 생각했지만 돌아보면 삐뚤삐뚤, 우리 뜻대로 된 게 그리 많지 않습니다. 그래서 가끔 뒤를 돌아보고 반성해야 하나 봅니다. 그러나 한편으로는 어디 반듯하기만 하면 무슨 재미가 있을까요. 반듯하게 살아야겠다고 생각하지만 가끔은 술 취한 사람의 발자국처럼 이리 비틀 저리 비틀 하는 것도 멋있지 않나요. 너무 자주만 아니라면 말입니다. 그러나 한 가지 걱정이 있다면, 아이들도 저 발자국을 보고 따라올 테니 저의 인생이 아니라 그 아이들의 인생을 위해서라도 가급적 반듯이 살아야 할 것 같습니다.

6홀 5홀 4홀을 말없이 걷기만 했습니다. 이 장엄한 경치 앞에 무슨 말을 한다는 것은 자연에 대한 예의가 아닌 듯싶습니다. 그런 마음이 통했는지 아내도 아무 말없이 걷기만 합니다. 한 시간 반쯤 흘렀나 봅니다. 멀리 3번 홀 그린에서 누군가가 눈꽃에 사진기를 들이대고 있는 것이 보입니다. 이제 골프장을 그분에게 내드리고 우리 부부는 비켜야 할 것 같습니다. 골프장 오너 놀이는 이쯤에서 멈추기로 했습니다.

아마도 살면서 이런 경험을 쉽게 하지는 못할 것입니다. 눈이 적당히 내리고 날씨도 그다지 춥지 않아야 하고 특히 그 눈이 주말에 내려야 하니, 이런 조합이 쉽겠습니까? 저는 운이 좋게 이런 아름다운 추억을 만들었습니다.

두 번째 눈 이야기는 2015년 1월 18일의 일입니다.

밤에 눈이 펑펑 내렸습니다. 마침 저희 부부는 앞서 골프장 숙소에 있었습니다. 밤 8시경부터 내리기 시작한 눈은 금세 온 세상을 뒤덮어버렸습니다.

아이들처럼 눈밭을 이리 걷고 저리 걷고를 되풀이했습니다. 바닥에 누워보기도 하고 눈을 뭉쳐보기도 했습니다. 한 30분이 지났을까요. 신기하게도 눈이 딱 그쳐버렸습니다. 전 골프장이 갑자기 고요해졌습니다. 눈 내리는 소리가 멈춘 그곳에는 무어라 설명하기 어려운 신비가 드러나고 있었습니다. 세상의 모든 허물이 이 눈 속에 덮여버리고 아무것도 없는 하얀 평원만 이어져 있었습니다. '새롭게 다시 시작한다'는 표현이 저절로 머리에 떠올랐습니다. '내가 살아온 인생의 죄과와 허물을 눈으로 모두 덮어버리고 새롭게 이 하얀 평원에서 인생을 다시 시작할 수 있다면, 과연 어떻게 살아가게 될까?'

발은 눈밭을 파고들며 저절로 움직였고, 머릿속 '생각'은 그 다리의 움직임과 별도로 자신만의 행로를 따라 항해하고 있었습니다. 그 '생각'이 처음 도착한 곳은 바로 오늘 아침 설교 장면이었습니다.

김장환 목사님은 '때는 지금이다'라는 제목으로 설교를 했습니다.

"몇 해 전 미국의 〈볼티모어 선〉지가 독자들에게 설문을 했습니다. '만약 당신이 1년만 살고 죽는다면 그 1년을 어떻게 살겠습니까?' 수많은 응답이 있었는데 집을 산다든지 돈을 더 벌겠다는 대답은 전혀 없었다고 합니다. 가장 많은 내용은 '더 많은 도움을 주겠다. 더 많은 미소를 주겠다. 더 많은 사랑을 주겠다. 조금이라도 이 세상을 더 밝게 해보겠다' 등등의 내용이었다고 합니다. 사람들은 죽음을 의식하면 세상을 가치 있게 살아야겠다고 생각하는데 왜 죽음을 잊으면 값없는 순간의 쾌락만 추구할까요."

다시 '생각'은 조금 더 과거로 달려갔습니다. 유독 2014년 말과 2015년 초에는 장례식이 많았습니다. 문상을 갈 때마다 이런 생각이 들었습니다. '내가 어제 죽었다면 무엇을 못 해본 것을 가장 아쉬워할까?' 마당이 천 평쯤 된 대저택을 가지지 못한 것, 홀인원을 해보지 못한 것, 명품을 사지 못한 것, 이런 것들은 분명 아니었습니다. 아프리카를 여행하지 못한 것, 알래스카를 가보지 못한 것, 중남미를 가보지 못한 것, 이런 것들은 조금 아쉬울 것 같습니다. 그러나 가장 아쉬운 것은 연로하신 어머님이 옛날 이야기를 하실 때 더 들어드리지 못한 것, 아내에게 수고했다고 사랑한다고 한 번 더 말해주지 못한 것, 아이들에게 지금도 잘 하고 있고 앞으로는 더 잘 할 거라고 한 번 더 격려해주지 못한 것, 친구들에게 아무 이유 없이 전화해 밥 먹자고 말해보지 못한 것, 미워하는 사람에게 술한잔 건네며 미워해서 미안했다고 이야기하지 못한 것, 세상 사람들의 아픔을 내 아픔처럼 느끼고 아파해주지 못한 것 등이 아쉬울 것 같았습니다. 그러나 생각뿐입니다. 장례식장을 나서서 세상으로 돌아오면 여전히 똑같습니다.

'생각'은 지난해 가을, 구름 한 점 없어 골프 치기 좋은 날 차를 타고 골프장으로 가고 있는 저 자신에게 멈추어 섰습니다. 갑자기 뒤에서 오던 차가 쏜살같이 추월을 해 앞으로 달립니다. 수행기사인 이창용 과장에게 물었습니다.

"저 차 어디로 가는 걸까?"

"아마도 골프 티업 시간에 늦은 차인 모양입니다."

"아니지, 화장터로 가는 길이라네."

"예? 무슨 말씀을……."

이 과장은 제 말이 잘 이해되지 않는 표정이었습니다. 저는 덧붙였습니다.

"우리 모두는 죽으러 가고 있는 것 아닐까. 다만 그 화장터 가는데 누구는 20년 누구는 30년 누구는 50년 걸려 잘 느끼지 못하는 것뿐이지. 나도 지금 골프장으로 가고 있는 것이 아니라 내 화장터로 가고 있는 거라네. 몇십 년짜리 긴 운행을 하고 있지. 그 화장터 가는 길에 잠깐 시간을 내어 골프장도 들르고, 식당도 들르고, 서점도 들르고.

궁극의 목적지는 '조근호의 화장터'겠지. 그런데 뭐 가는 길이 이리도 복잡한지 몰라. 가는 길에 누구를 사랑하면 좋을 텐데 미워하며 가고 있지. 다 부질없는 일인데도 말이야."

"대표님, 그렇게 생각하면 허무주의로 빠지지 않을까요?"

"그럴 염려는 없어. 이 차에서 내리면 언제 그런 생각을 했던가 싶게 궁극의 목적지를 잊어버리고 눈앞의 목적지에 집중하게 되지. 그게 인생의 신비로움이야. 만약 우리가 매일 궁극의 목적지만 생각한다면 너무 힘들 거야. 그래서 하느님은 가끔씩만 이런 생각을 떠올리게 하시는 것 같아."

차는 골프장 입구를 지나고 있었습니다.

다리가 눈밭에 푹 빠지면서 저는 제정신이 들었습니다. 하얀 눈으로 뒤덮인 골프장에 안개가 끼고 있었습니다. 이 안개가 사라지고 어둠이 걷히면 내일 아침 온 세상은 새로운 시작을 알리는 순백의 향연이 펼쳐질 것입니다. 저는 오늘 눈밭에서 처음 한 생각을 떠올렸습니다.

'내가 살아온 인생의 죄과와 허물을 눈으로 모두 덮어버리고 새롭게 이 하얀 평원에서 인생을 다시 시작할 수 있다면, 과연 어떻게 살아가게 될까?'

세 번째는 2016년 2월 28일의 눈 이야기입니다.

오후에 창밖이 잔뜩 흐렸습니다. '눈이 내리려나.' 한 시간여 책을 읽었을까요. 문득 고개를 들어 창밖을 보니 눈발이 날리기 시작합니다. 함박눈이 내리면 좋을 텐데 싸라기눈이라니. 다시 책으로 고개를 돌렸습니다. 한참 후 창밖이 궁금해 다시 봅니다. 눈이 제법 내립니다. 하늘을 드문드문 채우던 눈송이가 하늘을 촘촘히 메우고 춤을 추며 하강합니다. 눈의 속도는 초속 얼마일까? 구글링해봅니다. 대개 초속 50센티미터랍니다. 〈초속 5센티미터〉라는 아름다운 만화영화가 있습니다. 이 초속 5센티미터는 벚꽃이 바람에 날려 떨어지는 속도입니다. 그러니 눈이 벚꽃보다 열 배나 더 빠른가 봅니다. 점점 눈의 속도가 빨라집니다. 눈송이들이 서로 경쟁을 하듯 앞다투어 낙하산 부대처럼 구름에서 점프를 하고 있습니다.

눈의 공격을 감당할 만큼 완전무장을 하고 눈의 뽀얀 속살을 더듬으러 나섰습니다. 눈은 하강 속도를 조절하며 더디게 내립니다. 천천히 내리는 눈을 맞으며 아무도 없는 골프장을 걷노라니 문득 한 장면이 떠오릅니다.

2012년 2월 21일 새벽 6시, 저는 일본 아키타의 어느 료칸에 있었습니다. 아키타의 겨울은 늘 폭설이 내립니다. 전날 4미터쯤 되는 설벽 사이로 12인승 버스가 한참을 달려 도착한 곳은 6만 평이 넘는 삼나무와 측백나무 숲속에 달랑 객실이 열 개밖에 없는 '미야코와스레都わすれ' 료칸이었습니다. 새벽녘에 삼나무와 측백나무에 쌓인 눈이 저를 오래 자게 내버려두지 않습니다. 창밖을 보니 눈이 느릿느릿 내리고 있었습니다. 이곳의 눈은 습기가 많은 소위 습설입니다. 대나무 우산을 들고 아내와 함께 새벽 산책을 나섰습니다.

아무도 없습니다. 눈 내리는 소리 말고는 아무 소리도 들리지 않습니다. 눈 밝는 소리를 내기가 미안합니다. 아내와 같이 걸어도 혼자 걷는 것 같습니다. 아무도 말을 하지 않습니다. 왠지 그래야 할 것 같습니다. 수십 미터를 하늘로 치솟은 삼나무와 측백나무는 호위무사입니다. 침묵의 호위를 받으며 끝도 모르는 하얀 길을 천천히 눈 내리는 속도로 걷습니다. 어느 이름 모를 행성에 나 홀로 있는 것 같습니다. 이렇게 얼마나 걸었을까요. "안녕하세요. 일찍 나오셨네요." 산책을 마치고 돌아오는 여행사 이철구 사장의 인사에 제 의식은 그 행성을 떠나 지구로 돌아왔습니다.

골프장 한 홀을 걷고 다음 홀로 접어들었습니다. 점점 눈보라가 세차집니다. 직선으로 내리던 눈이 사선으로 내리기 시작합니다. 우산이 휘어집니다. 더 높은 곳으로 올라왔기 때문인 모양입니다. 힘들게 한 걸음 한 걸음 앞으로 나아갑니다. 우산을 들어 앞을 보니 먼발치에 한 꼬마가 서 있습니다.

1970년 3월 19일의 '조근호'입니다. 당시 저는 '국민학교'(그때는 초등학교를 그렇게 불렀습니다) 6학년이었습니다. 부산에서 국민학교를 다니다 집안 사정상 5학년 여름방학에 서울로 올라와 다시 부산으로 돌아가지 못하게 되었다. 서울에 눌러앉은 지 9개월 만에 학교에 다시 가게 되었습니다. 5학년 2학기를 집에서 보내면서 그토록 가고 싶던 교실로 돌아가는 첫날이었습니다. 그날, 오늘처럼 앞이 보이지 않을 정도로 세찬 눈보라가 몰아쳤습니다. 전날부터 내리던 눈은 아침 등교 시각까지 이어졌습니다. 어머니의 손을 잡고 3학년인 동생과 같이 서울시 도봉구 수유리(지금의 강북구 수유동)에서 우이동에 있는 우이국민학교까지 걸어갔습니다. 눈이 빵떡모자 위에 소복이 쌓이고 가방을 든 손이 시렸지만, 가슴만은 따뜻했습니다. 그동안의 어려움을 이 눈이 다 덮어주는 듯했습니다. 갑자기 눈이 멈추었습니다. 햇살까지 비추기 시작합니다. 발걸음이 가벼워집니다. 어머니는 우리 형제를 돌아보며 이렇게 말씀하셨습니다. "이제 지난 과거는 모두 눈에 묻어버리자. 전학 첫날 햇살이 너희를 비춰주는 것을 보니 이제 모두 다 잘 될 징조구나." 그날의 어머니 목소리가 지금도 귓전에 생생합니다. 3월 19일이라는 날짜도 또렷하고요.

추억에 잠겨 눈밭을 걷다가 다시 고개를 들어보니 그 꼬마는 어디론가 사라지고 없습니다. 눈이 제법 쌓여 발이 깊숙이 빠집니다. 골프장의 이 많은 눈을 어떻게 치울지 걱정입니다. 그 옛날 눈을 치우느라 고생했던 한순간이 파노라마처럼 눈앞에 펼쳐집니다.

30년 전인 1986년 2월 어느 날, 저는 속초지청 검사로 근무하고 있었습니다. 아침 일찍 울리는 전화벨 소리에 잠을 깼습니다. 검사실 주남수 계장입니다. "검사님, 눈이 너무 많이 와서 검사님 댁 아파트 출입문이 막혔습니다. 제가 굴을 파서 열어드릴 테니 나오실 때 양복 입지 마시고 스키장 가는 복장을 하고 나오십시오. 눈이 1미터나 왔답니다." 두꺼운 옷으로 몇 겹 단단히 껴입고 집을 나섰습니다. 과연 주 계장 말대로 아파트 출입문이 눈에 막혀 있었습니다. 아파트가 저지대에 있다 보니 바람에 눈이 날려 이곳에 특별히 눈이 많이 쌓인 것입니다. 주 계장은 삽으로 길을 내며 앞으로 인도했습니다. 아파트를 빠져나가 큰길로 나섰습니다.

천지가 눈입니다. 아무것도 보이지 않습니다. 길가에 세워둔 차도 눈에 파묻혔습니다. 어디가 인도이고 어디가 차도인지 분간이 되지 않습니다. 길 건너편에서 "검사님, 안녕하세요." 하고 인사하는 소리가 들립니다. 돌아보니 속초지원 이 계장입니다. 서로 손을 흔들어 인사를 하는데 갑자기 이 계장이 어디론가 사라져버렸습니다. 깜짝 놀라 허벅지까지 빠지는 눈을 헤치고 가보니 이 계장은 살얼음 위에 눈이 쌓인 맨홀 구덩이에 빠진 것이었습니다. 다행히 깊지 않아 다치지는 않았습니다. 서로 웃으며 청사로 향합니다.

청사에 도착하니 모두가 눈을 치우느라 정신이 없습니다. 사무실로 들어가지도 못하고 삽을 하나 배정받아 청사 앞마당 눈을 치우기 시작했습니다. 사람의 힘으로는 도저히 안 될 것 같습니다. 재주꾼 총무계장이 불도저 사업자에게 전화를 하자, 몇 시간 뒤 작은 불도저가 도착하여 눈을 쓱쓱 치워냅니다. 직원 모두가 한나절 했던 일보다 더 많은 일을 불과 30분 만에 해치웁니다. 눈동산 앞에서 기념사진도 찍었습니다.

업무도 전폐하고 하루 종일 눈과 씨름하며 보냈습니다. 퇴근 시간이 다 될 무렵 사무실을 문을 열고 60대로 보이는 한 남자가 들어왔습니다. 눈이 이렇게 많이 온 날 검사실을 찾아올 사람이 없는데 누구인지 궁금해집니다. "어떻게 오셨나요?" "벌금 내러 왔습니다. 점심 무렵 출발했는데 눈 때문에 걸어오다 보니 이제야 도착했습니다. 늦어서 미안합니다." 가벼운 폭행 사건 벌금을 내러 온 것이었습니다. 족히 몇 시간은 걸어온 듯했습니다. 그 정성이 대단하게 느껴져 다시 그의 기록을 보니, 용서할 수도 있는 사건이라 용서에 해당하는 기소유예 처분을 했습니다.

숙소를 나선 지 벌써 한 시간이 넘었습니다. 눈발이 너무 강해 이제 숙소로 들어가야겠습니다. 잠시나마 눈 속을 혼자 걸으며 지난 추억에 젖을 수 있었습니다. 저의 인생에 눈은 여러 가지 모습으로 찾아왔습니다. 앞으로도 눈은 저에게 여러 가지 의미가 될 것입니다. 기왕이면 아프고 아린 추억보다는 포근하고 따스한 추억을 주길 기원해봅니다.

어머니는 우리 형제를 돌아보며 이렇게 말씀하셨습니다.

"이제 지난 과거는 모두 눈에 묻어버리자.

전학 첫날 햇살이 너희를 비춰주는 것을 보니

이제 모두 다 잘 될 징조구나."

그날의 어머니 목소리가 지금도 귓전에 생생합니다.

무모한 도전이 가장 아름다운 추억이 된다

2007년 봄, 우연히 지인들에게서 MTB 자전거를 같이 타자는 권유를 받았습니다. 고등학생 때 타보고는 손을 놓은 자전거를 30년 만에 다시 시도해보는 것이었습니다. 특별히 자전거를 타겠다는 욕망이나 필요가 있는 것도 아니었는데, 지인들의 권유에 이끌려 거의 충동적으로 거금을 들여 MTB를 장만했습니다. 이렇게 자전거와의 재회가 시작되었습니다.

그런데 막상 구입한 뒤에는 주말에 몇 번 자전거 전용도로에서 타보았을 뿐, MTB 이름값에 걸맞은 산길은 한 번도 가보지 못했습니다. 사실 MTB는 처음부터 제게 과분했습니다. 이렇게 저의 애마 MTB는 현관에 방치되었고, 집을 드나들며 이것을 바라볼 때마다 일종의 죄책감마저 느끼기 시작했습니다. 그러기를 두 달여 지난 어느 날 저는 중대결심을 했습니다.

'자전거로 출근을 해보자.'

아마도 그 자전거의 가격이 수십만 원 정도였으면 이런 무모한 결심을 하지 않았을 것입니다. 너무 비싼 자전거를 방치하고 있다는 죄책감이 저를 밀어붙여 무모한 도전의 길로 나서게 한 것입니다.

2007년 당시 저는 일산에 있는 사법연수원에 부원장으로 재직하고 있었습니다. 답사를 통해 아침에 집이 있는 방배동에서 지하철 동작역까지 시내를 관통해 이동한 뒤 동작역에서 한강 자전거도로로 내려서서 여의도를 거쳐 성산대교 아래 주차장까지 가면 약 한 시간이 걸린다는 사실을 알았습니다. 그래서 기사에게 부탁해 아침에 집으로 와서 옷가방을 싣고 성산대교 아래 주차장까지 와달라 했고, 저는 별도로 집에서 자전거로 그 장소까지 이동하여 그곳에서 승용차를 타고 사법연수원으로 출근했습니다. 조금 번잡하고 성가신 이런 출근방식의 장점과 기쁨을 느끼는 데는 불과 며칠이 걸리지 않았습니다.

자전거를 타고 한강변을 달리는 체험은 해보지 못한 사람은 절대로 느낄 수 없는 황홀함이 있습니다. 두 발로 걷는 것과는 달리, 자전거 페달을 젓다가 힘들면 가만히 있어도 저절로 굴러갑니다. 이 순간 주위도 돌아보고 숨도 깊이 쉬고 풀내음도 느껴봅니다. 아하! 봄이구나. 벌써 여름이네. 자연스럽게 계절이 느껴집니다. 다시 페달을 힘차게 저어봅니다. 오른 다리에 힘이 들어가고 동시에 생각의 한 가닥이 머리에 떠오릅니다. 그 생각의 실마리를 따라 상상은 저만의 페달을 밟습니다. 자전거 페달과 상상의 페달이 한참을 앞서거니 뒤서거니 달리다가 이번에는 또다른 기억의 한 자락이 엉클어진 머릿속으로 비집고 들어옵니다. 앞선

생각과 새로 떠오른 생각이 뒤섞여 머릿속은 복잡해집니다. 이런 식으로 한 시간 동안 상상의 페달을 밟다 보면 어느새 머리는 생각의 용광로가 되어 온갖 걱정, 근심, 잡념이 타버리고 그 과정에서 살아남은 건강한 생각만 자리를 잡습니다. 매일 한 시간씩 생각의 용광로를 가동하다 보니 정신적으로 강해지고 있음을 느낍니다.

서울시가 그리 고마울 수 없었습니다. 제가 요청한 것도 아닌데 한 주가 멀다 하고 화단에 있는 꽃들을 바꿔 심어 제 눈을 호강시켜줍니다. 빨강, 노랑, 하양, 형형색색의 꽃들이 잔치 놀이를 펼칩니다. 입장료 한 푼 내지 않고 미안하게 누리기만 합니다. 서울시가 있어 시민의 삶이 좋다는 것을 진심으로 느낀 순간입니다. 어느 날 아침, 가을비가 내렸습니다. 자전거에 비, 왠지 어울리지 않는 조합이지만 실제로 겪어보면 절묘한 궁합입니다. 그리 춥지 않고 그리 양이 많지도 않은 가을비를 온몸으로 맞으며 한 발 한 발 페달을 굴립니다. 빗소리로 온 세상이 조용합니다. 비로 둘러싸인 작은 공간이 이동하고 있습니다. 생각의 용광로도 작동을 중지합니다. 아무 생각 없이 고개를 숙이고 오로지 페달만 밟습니다. 이 순간만큼 '정진'이라는 표현이 걸맞을 때도 없을 듯합니다.

10개월간의 자전거 출근은 많은 기쁨의 순간을 선사했습니다. 다시 한 번 도전하고 싶은 아름다운 추억입니다.

2014년 3월 초, 문득 2007년의 이 경이로운 추억이 떠올랐습니다. 다시 한번 해보면 어떨까? 그러나 강남역에 있는 저희 사무실로 자전거를 타고 출근하는 것은 현실적으로 제약이 너무 많았습니다. 이리저리 궁리하다가 판을 키워버렸습니다.

'자전거로 부산까지 가보자.'

'자전거로 출근을 해보자'는 무모한 발상을 했던 저는 자전거와 관련된 두 번째 무모한 발상을 한 것입니다. 그러면 언제 누구와 같이 갈 것인지가 문제였습니다. 달력을 보니 5월 1일이 노동절, 5월 3일이 토요일, 5월 4일이 일요일, 5월 5일이 어린이날로 공휴일, 5월 6일이 석가탄신일로 공휴일이어서 5월 2일만 휴가를 내면 6일이라는 긴 휴가를 쓸 수 있었습니다. 이 기간을 이용하면 자전거로 부산까지 갈 수 있을 것 같았습니다. 자전거를 좋아하는 친구 윤건백을 유혹하여 동행 승낙을 받아냈습니다. 그러나 아무래도 50대 중반의 남자 둘이 자전거로 부산까지 가는 것은 걱정이 되어 후미에 차량을 따라오게 했습니다. 만일의 사태에 대비해서 말입니다.

이 거사를 위해 매일 한 시간씩 걷고 아침에 시간 있을 때마다 한 시간가량 한강변에서 자전거를 탔습니다. 그러나 준비량은 턱없이 부족합니다. 날짜가 다가오자 슬슬 걱정이 되기 시작했습니다. 4월 19일 일요일, 예행연습을 했습니다. 아침 10시 동작대교 아래 한강변에서 출발하여 한강 상류를 따라 자전거 페달을 밟았습니다. 두 시간 반을 달려 남양주 다산 유적지에 도착했습니다. 그런대로 탈 만했습니다. 다리가 뻐근하지만 견딜 만합니다. 점심을 먹고 30분을 더 탔습니다. 그러니 도합 세 시간쯤 탄 것이지요. 이 실전 연습을 통해 준비물로 무엇이 더 필요한지 알게 되었습니다. 다리가 아플 것으로 예상했는데 뜻밖에 다음 날 아침이 되니 팔목이 몹시 아팠습니다. 핸들을 잡느라 팔목을 너무 꺾었나 봅니다. 전문가에게 문의했더니 너무 앞으로 숙이고 타서 그렇다며 자세를 교정해주었습니다. 사실 모르는 것투성이었습니다. 그래도 도전하렵니다. 어차피 다 준비하고 사는 인생도 아니잖습니까?

나이를 의식하지 않고 새로운 도전을 해보고자 했습니다. 2007년 '자전거로 출근을 해보자'는 도전이 상상하지 못했던 아름다운 추억을 안겨주었듯이, 2014년 '자전거로 부산까지 가보자'라는 도전이 저에게 어떤 경험을 가져다줄지 알 수 없었습니다. 그러나 분명한 것은 어떤 결과가 나오더라도 후회하지 않을 것 같았습니다.

도전 그 자체가 아름다운 것이니까요.

5월 1일부터 6일까지, 해외여행을 갈 수도, 내리 골프를 칠 수도, 방에 틀어박혀 TV만 볼 수도 있습니다. 그러나 먼 훗날 이 도전을 회상하면 가장 의미있게 시간을 보냈다고 자부할 것이라고 생각했습니다.

2014년 5월 1일 아침 8시 반, 친구 윤건백과 저는 약속한 대로 팔당 댐에서 남한강 상류 쪽으로 좀 더 올라간 이포교에서 만났습니다. 윤건백의 부인과 둘째아들이 응원을 나왔습니다. 우리 두 사람은 독립운동이라도 떠나는 사람처럼 각오가 비장했지만 우리를 떠나보내는 가족들은 걱정이 태산인 모양입니다. 지금의 모습대로 돌아올 수 있을까? 아니면 어딘가 깁스를 한 모습으로 차에 실려오지나 않을까? 자못 걱정되는 모습들이었습니다. 우리는 인근 식당에서 가볍게 아침식사를 하고 출발했습니다.

며칠 동안 자전거를 타고 안 일이지만, 자전거를 탈 때 가장 귀찮은 일이 자전거에 올라타는 일입니다. 반대로 가장 편안한 순간은 자전거를 타고 페달을 저을 때입니다. 시작하자마자 언덕이 나옵니다. 자전거족들에게 2대 강적, 오르막과 맞바람 중 하나가 나타난 것입니다. 기어 변속을 잘못하여 헛바퀴가 돌기 시작합니다. 걱정이 되어 자전거에서 내려섰습니다. 처음부터 창피를 무릅쓰고 '끌바'('끌다, 바이크'의 준말로, 바이크족들 사이에서 수치의 대명사랍니다)를 했습니다. 친구는 저 멀리 시야에서 사라지고 말았습니다. 이제 혼자서 자전거를 타고 머나먼 여정을 가야합니다. 뒤에서 보급차량이 따라오고 동행하는 든든한 친구가 있기는 하지만 누구도 대신 페달을 굴려주지 못합니다. 스스로 페달을 저어 부산까지 가야 하는 무모한 도전의 첫발을 내딛었습니다.

걱정했던 것과는 달리, 달리기 시작하니 그런대로 자세가 잡힙니다. 시속 20에서 25킬로미터까지 달리기도 합니다. 50여 분을 달려 처음 도착한 곳은 여주보입니다. 4대강 사업을 하며 이런 보를 강마다 여러 군데만들었습니다. 우리가 만난 첫 번째 보가 여주보입니다. 이곳에서 우리는 인증수첩을 샀습니다. 4대강 자전거 전용도로가 만들어진 이후 4대강을 비롯한 자전거길 군데군데에 인증센터를 만들어놓았습니다. 자전거족들의 도전의식을 불어넣기 위한 조치인 모양입니다. 인증수첩에는구간별 약도를 그려놓고 각 인증센터에서 스탬프를 찍을 수 있게 빈 공간을 두었습니다.

여주보에서 만난 관리실 아저씨는 인심 좋게 생긴 분이었습니다. 묻지도 않았는데 자진하여 이곳이 포토존이라며 위치를 정해주며 사진도 찍어주었습니다. 보너스로 보통 커플들이 왔을 때 해주는 이벤트라면서 여주보라고 새겨진 돌판의 '주'자에 '사랑해'라고 쓴 하트 모양의 스티커를

붙여주었습니다. 이렇게 하고 보니 '여주보' 돌판이 '여보 사랑해'로 바뀌었습니다. 그분의 강권에, 이 돌판을 배경으로 사진 찍고 아내에게 카톡으로 보냈습니다.

우리는 첫 번째 보까지의 장정(?)을 무사히 마치고 다음 목표를 향해 출발했습니다. 이제 좀 여유가 생겨 강변을 둘러볼 수 있게 되었습니다. 4대강 사업에 대해 엄청난 논란이 있었고 그 사업을 둘러싸고 수사도 이루어져 많은 사람이 구속되기도 했습니다. 저는 4대강 사업에 대해 그다지 관심이 없어 무엇을 해놓았는지 잘 알지 못했습니다. 그런데 남한강을 거슬러 자전거 여행을 해보니 4대강 사업이 무엇인지 짐작할 수 있었습니다. 4대강 사업의 본질은 그냥 흘러 내려가는 강물을 담아두기 위해 강 중간중간에 보를 만들어 작은 저수지를 만든 것이었습니다. 그러다 보니 자연스럽게 강 주변을 정리할 수밖에 없었고 자전거도로도 그렇게 탄생한 것이었습니다.

4대강 사업의 최대 수혜자는 자전거족들이라는 생각이 들었습니다. 천천히 페달을 밟으며 우리나라가 이렇게 아름다웠던가 새삼 느끼게 되었습니다. 우리는 사실 한강둔치, 그것도 잠실에서 여의도 정도까지밖에 잘 모릅니다. 아이들이 다 커버려 굳이 한강시민공원에 갈 일도 없었습니다. 그러나 강변을 따라 자전거를 타면서 우리나라 레저문화의 중심축이 강변으로 옮겨졌고, 앞으로 그 현상은 가속화될 것이 분명하다고 느꼈습니다. 넓은 땅, 탁 트인 시야, 시원한 강바람, 요트를 띄워도 충분한 수량, 아름다운 꽃들로 정리된 강변 정원, 캠핑장, 자전거도로 등, 무한한 확장성을 가진 강변이야말로 우리 국민들 레저산업의 보고임이 분명했습다. 초보 자전거 여행자이지만 마음만은 벌써 레저문화 전문가 수준을 넘나들고 있었습니다.

이때 뒤에서 무슨 소리가 들렸습니다.

"근호야, 기어 변속이 잘 맞지 않는 것 같아. 그렇게 하면 힘만 들고 속도가 나지 않아. 큰 기어를 첫 번째에 놓고 뒷바퀴 기어를 7단이나 8단에서 바꾸어 봐. 그렇게 하면 약간 빡빡한 느낌이 드는 지점이 있을 거야. 그곳이 너의 최적 지점이니 그곳을 중심으로 위아래로 하나씩 전체 세 개 정도의 기어를 쓰는 것이 좋아."

친구 건백이의 걱정 어린 잔소리가 시작되었습니다. 워낙 성격이 자상한 친구라 제가 헛힘을 쓰는 것을 보고 안타까워 한마디한 것입니다. 이런 친구의 보살핌이 없었으면 저는 부산까지 갈 엄두를 내지 못했을 것입니다. 우정이 얼마나 소중한지 뼈저리게 느껴졌습니다. 저는 그에게 그런 우정을 보일 수 있을까? 그 친구는 평생 친구이기보다는 늘 후원자로 보호자로 저를 지켜 보아주었기 때문입니다. 제가 부산까지 가보겠다는 무모한 도전을 선언했을 때, 아무 주저함 없이 가족을 6일간 내팽개치고(?) 저를 따라 나서준 그입니다.

우리는 20분에서 30분 사이에 한 번씩 쉬었습니다. 물도 마시고 호흡도 가다듬었습니다. 다음 목표인 '강천보'에 도착한 것은 11시입니다. '강천보', 처음 들어보는 이름입니다. 앞으로 이런 처음 들어보는 이름이 많이 나올 것입니다. 익숙한 지명도 있지만 이번 4대강 사업 때문에 유명해진 지역 이름들이 있습니다. '강천보'도 그중 하나인 것 같습니다. 여주보와 강천보를 보고 나니 건설업체들이 경쟁적으로 보를 아름답게 만든 것 같다는 생각이 들었습니다. 강을 가로질러 물을 관리하는 보와, 보의 수문을 관리하는 다리 자체가 아름답고 거대한 예술품이었습니다. 강천보를 떠나 자전거를 잠시 타니 강천섬에 접어들었습니다. 아하! 강천보란 강천섬에서 그 명칭을 따 온 모양입니다. 저는 남한강에 이렇게 아름다운 섬이 있는 줄 몰랐습니다.

외국을 여행하면서 아름다운 잔디밭에서 가족과 친지들이 삼삼오오 모여 바비큐를 해먹는 모습을 보고 이 나라들은 어떻게 하여 이런 복을 받았나 부러워한 적이 있었는데, 바로 그 모습이었습니다. 저는 대한민국을 너무도 몰랐던 것입니다. 대한민국은 어느 노래의 가사처럼 '아름다운 강산'이었는데 저는 그 진면목을 몰랐던 것 같습니다. 아름다운 강천섬에 사람은 거의 없습니다. 고즈넉한 강천섬, 저는 이곳에서 눈길과 발길을 다 떼지 못했습니다.

그래도 달려야 합니다. 여정이 까마득히 남았으니까요. 다시 자전거에 올라탑니다. 이 순간이 가장 어색한 순간입니다. 그러나 몇 번 비틀거리다가 곧바로 자세를 잡았습니다. 다시 달립니다. 보급차량과 만나기로 한 비내섬까지 가야 합니다. 그런데 만만치 않습니다. 오늘 출발한 이래 처음 힘겨움을 느낍니다. 앞으로도 몇 킬로 남았는데 기운이 다 떨어져 갑니다. 억지로 페달을 밟습니다. 머릿속에 학창시절 외웠던 노산 이은상의 시 구절 '고지가 바로 저긴데 예서 말 수는 없다'가 저절로 떠오릅니다. 드디어 비내섬 인증센터 1킬로미터 전방이라는 팻말이 보입니다. 마지막 스퍼트를 냅니다. 가자! 가자! 드디어 도착했습니다. 비내섬 인증센터. 비내섬이라는 지명도 처음 들어봅니다. 이렇게 첫날 반나절이 지나갔습니다. 시각은 오후 2시. 출발 이후 거의 다섯 시간이 지났습니다. 한 번도 넘어지지 않고 잘 버텼습니다. 비내섬 인증센터에는 점심 먹을 만한 곳이 없어 보급 차량에 자전거를 싣고 이동하여 점심을 먹고 다시 비내섬 인증센터로 돌아와 그곳에서 오후 일정을 시작했습니다.

자전거를 타고 얼마를 가니 또 아름다운 광경이 눈에 들어옵니다. 지도를 꺼내 어디인지 찾고 싶지만 그것도 힘들고 귀찮은 일입니다. 간신히 핸드폰을 꺼내 들고 사진을 찍었습니다. 증명사진이라도 찍어야 한다는 강박관념이 피곤한 몸을 움직이게 만듭니다. 자전거 여행을 떠나며 과연 기록을 어떻게 할까 고민했습니다. 사진은 어떻게 찍고 새롭게 겪게 되는 수많은 일들을 어떻게 기록하고 순간순간 스치는 생각과 감동들을 어떻게 붙잡아둘 것인가. 자전거 종주기를 쓴 분들은 신통하게도 그 감동을 실감나게 펼치는데, 우리는 어떻게 할까 많은 생각을 했습니다.

심지어 《여행 작가의 모든 것》이라는 책을 읽기도 했습니다. 요즘은 여행이 일반화되어 여행 작가를 지망하는 사람이 많은가 봅니다. 그래서 여행 작가 코치라는 직업도 생겼습니다. 이 책은 그 코치 중 한 분인 문윤정이라는 분이 쓴 책입니다. '당신도 여행 작가가 될 수 있다'가 그녀의 슬로건입니다. 이 책을 읽노라면 언젠가 저도 여행에 관한 책을 쓸 수 있을 것만 같습니다. 사실 자전거를 타면서 무엇인가를 기록한다는 것은 불가능에 가깝습니다. 몸이 지쳐 자전거 페달을 밟기도 버거운데 무엇을 쓴다는 것은 사치입니다. 저는 가장 간단하고 쉬운 방법을 택하기로 했습니다. 핸드폰으로 사진을 찍어 친지들 밴드에 올리기로 한 것입니다. 사실 이것도 쉽지 않은 일이지만 이것마저도 하지 않는다면 무엇이 남을까 걱정이 되어 부지런히 사진 찍고 밴드에 실시간으로 올렸습니다.

아름다운 풍경이 나오면 풍경도 찍고 풍경을 배경으로 우리들 사진도 찍습니다. 사실 성능 좋은 카메라도 가지고 왔지만 밴드에 올리려니 그 카메라는 무용지물입니다. 성능 좋은 카메라로 작품사진을 찍고 싶은 욕심은 굴뚝같았지만 그마저 육체의 피곤이 허락하지 않았습니다.

점심을 먹고 두 시간 반을 더 달렸습니다. 충주댐과 탄금대 갈림길에서 저희는 자연스럽게 충주댐 쪽으로 방향을 잡았습니다. 수안보에서 1박을 할 생각으로 충주댐이 그 방향이라고 생각한 것입니다. 충주댐 전방 10킬로미터 지점에서 잠시 쉬기로 했습니다. 자리에 앉자 갑자기 탈진상태가 되어버립니다. 배터리가 나간 것입니다. 드러누웠습니다. 아무래도 무엇을 먹어야 할까 봅니다. 저희가 비상식량으로 준비한 것은 초콜릿과 바나나입니다. 초콜릿을 꺼냈더니 배낭에서 녹아 곤죽이 되었습니다. 도저히 수저나 젓가락 없이는 먹을 수가 없었습니다. 그런데 수저나 젓가락이 있을 리 만무입니다. 친구가 꾀를 냅니다. 나뭇가지를 꺾어 껍질을 벗겨내고 젓가락을 만들었습니다. 궁즉통입니다. 이렇게 먹는 초콜릿은 꿀맛입니다. 한판을 거의 다 먹으니 눈이 뜨입니다. 살고 볼 일이라 바나나도 꺼내 먹었습니다. 4박 5일 동안 바나나를 엄청 먹었습니다. 최고의 비상식량은 바나나입니다.

이제 다시 힘을 내어 달려봅니다. 탄수화물을 마구 먹었더니 시속 30킬로미터까지 속도가 납니다. 30~40분 달려 충주댐에 도착했습니다. 저희 계산으로는 충주댐을 지나면 수안보가 나와야 하는데 무엇인가 이상합니다. 충주댐이 종착지 같습니다. 자전거 여행을 하는 다른 사람들에게 물어보니 저희가 길을 잘못 들어섰다고 합니다. 자전거로 서울에서 부산까지 종주하는 사람들은 충주댐으로 오지 않고 저희가 쉰 갈림길에서 탄금대를 거쳐 수안보 그리고 새재 고개를 넘는다는 사실을 뒤늦게 알았습니다.

보급차량을 운전하는 이창용 과장은 수안보에서 저희를 기다리고 있는데, 저희는 남한강의 발원지인 충주댐에 도착한 것입니다. 이 과장에게 전화를 넣어 충주댐으로 와달라고 하고 그가 올 때까지 충주댐 이곳저곳을 둘러보았습니다. 첫날부터 계획이 어긋나기 시작했습니다. 어둑어둑해지고 있었습니다. 보급차량을 가지고 오지 않았더라면 이곳에서 꼼짝없이 다시 자전거로 수안보까지 한 시간 이상 달려야 했습니다. 다른 사람들이 보급차량을 가지고 자전거 여행을 하는 저희가 부러웠는지 "황제 사이클링을 하십니다"라고 한마디씩 합니다.

멀리서 보급차량이 보이자 반갑기 그지없습니다. 자전거를 차에 싣고 수안보로 향했습니다. 정말 오랜만에 수안보에 왔습니다. 아마 20년도 더 된 것 같습니다.

먼저 식사를 한 뒤 숙소에 들어가 짐을 풀고 대중목욕탕에 가서 온천을 하기로 했습니다. 그러나 마음과 몸이 따로 놀았습니다. 가벼운 옷차림으로 온천을 하러 나왔지만 이미 자꾸 내려앉는 눈꺼풀이 꿈나라로 달려가고 있었습니다. 저와 친구는 커피를 한잔 마시고 각자 방에서 온천수로 샤워하는 것으로 만족할 수밖에 없었습니다. 이렇게 첫날밤이 깊어가고 침대에 드러눕자마자 기분 좋은 피곤함이 저를 잠의 세상으로 인도했습니다.

다음 날 아침, 언제 자전거를 탔더냐 싶게 산뜻한 몸과 마음으로 호텔 방을 나설 수 있었습니다. 밖에 나와 보니 다들 저를 기다리고 있었습니다. 저희는 당초 서울에서 부산까지 가기로 한 계획을 급수정했습니다. 서울에서 부산까지 가려면 충주 탄금대에서 상주 상풍교까지 가는 새재 자전거길을 통과해야 하는데 이 길은 초보자가 자전거로 넘기에 너무 힘이 드는 오르막길이라 계획 단계부터 어떻게 할까 고민했습니다. 그런데 예정에 없던 충주댐을 올라가게 되어 계획을 남한강 자전거길과 낙동강 자전거길을 종주하는 것으로 급변경했습니다. 저는 친구에게 궁색한 논리를 펼쳤습니다. "우리는 4대강 사업을 시찰하러 온 거야. 이번에는 남한강과 낙동강만 시찰하자고."

대신 우리는 다른 팀들이 잘 가지 않는 탄금대에서 충주댐까지의 길과 안동댐에서 상풍교까지의 길을 가기로 했습니다. 우리 일행은 차량을 타고 수안보에서 안동댐까지 이동했습니다. 아침은 안동 간고등어. 이번 여행의 큰 즐거움 중 하나는 먹을거리입니다. 각 지역 마다의 고유한 음식을 맛보는 맛기행이라 해도 그리 틀린 말을 아닙니다. 4박 5일 동안 15끼니를 먹었는데 모두 다른 음식을 먹었습니다.

안동댐에 도착하여 슬슬 워밍업을 했습니다. 다른 팀들이 잘 가지 않는다는 안동댐에서 상풍교까지 거리는 무려 60킬로미터입니다. 중간에 만난 사람들이 그 길은 내리막이라 별로 힘이 들지 않는다고들 했기 때문에 첫날에 비해 마음은 한결 가볍습니다.

그런데 막상 출발해보니 어디가 자전거도로인지 잘 알 수가 없습니다. 어찌어찌하여 자전거도로를 찾았습니다. 그런데 좁고 울퉁불퉁한 것이 위험하기 짝이 없습니다. 한 시간쯤 달렸나 봅니다. 강 건너편에 안동병원 건물이 위용을 자랑합니다. 제가 부산고검장 시절 강의를 하러 간 적도 있는 안동병원을 만나자 반갑기 그지없습니다. 안동병원 강보영 이사장님께 전화를 드렸더니 잘 연결되지 않습니다. 안부 문자를 남기고 다시 달리기 시작했습니다. 그런데 자전거 탄 사람을 한 명도 만날 수가 없었습니다. 자전거족들이 안동댐에서 상풍교까지 코스를 잘 이용하지 않는 모양입니다. 친구가 자전거를 세우고 지도를 한참을 들여다보더니 무엇인가 잘못되었다고 합니다. 강 건너편으로 달려야 하는데 반대편을 달리고 있는 것입니다. 자전거 티맵에 해당하는 티맵바이크를 핸드폰에서 켜고 이리저리 방향을 찾았습니다. 우회로가 있기는 있습니다. 하는 수 없이 차도를 이용하여 우회하기로 했습니다. 차가 쌩쌩 달려 위험하기 짝이 없습니다. 하는 수 없이 '끌바'를 합니다.

이번 자전거 여행에서 새로이 알게 된 사실 중 하나가, 지자체의 재정상태와 단체장의 관심에 따라 강변 개발에 엄청난 차이가 있다는 사실입니다. 표지판이 제대로 되어 있지 않은 것을 보면 안동시는 강변 개발에 관심이 적은 듯했습니다. 다행히 얼마 지나지 않아 자전거 전용도로를 다시 만날 수 있었습니다. 이렇게 편할 수가 없습니다. 차도를 달릴때의 불편함을 경험한 뒤라 이 쾌적함은 말로 표현할 수가 없습니다. 이렇게 얼마를 달렸습니다. 그런데 앞에 엄청난 오르막길이 나타났습니다. 아니 안동댐에서 상풍교까지는 내리막만 있다던 사전 정보는 어찌 된 것인가요.

자전거를 타면 오르막길도 나오고 내리막길도 나옵니다. 오르막이 없으면 내리막도 없지요. 그런데 2일째 타다 보니 오르막길을 타고 올라가는 요령이 생겼습니다. 제 자전거에는 기어가 두 개 있습니다. 큰 기어는 3단이고 작은 기어는 9단입니다. 이 두 개가 작동을 하면 27단 기어인 셈입니다. 언덕을 올라갈 때는 큰 기어를 중간에 놓고 작은 기어를 하나씩 풀면서 올라갑니다. 이렇게 하면 이론적으로는 총 18단 기어를 가지고 언덕을 올라갈 수 있습니다. 그러나 대부분 9단 정도로 언덕을 올라갑니다. 그러니 눈대중으로 언덕을 7~8등분하여 한 등분을 올라갈 때마다 기어를 하나씩 풉니다. 이렇게 하면 정상에 다다를 때 1~2단의 여유가 남습니다. 인생길도 힘든 구간이 있고 편한 구간이 있습니다. 힘든 구간은 그 기간을 어림잡아 몇 구간으로 나누고 돈과 노력을 단계별로 투입하며 버텨야 합니다. 자전거를 타다 보면 인생을 배우게 됩니다. 이 고갯길을 넘고 나니 시원한 내리막입니다. 인생이 이렇기만 하면 얼마나 좋을까요. 그러나 힘든 고갯길이 있어 이런 내리막이 더 기분 좋은 것 아닐까요.

내리막을 따라 한참을 달립니다. 표지판에 '하회세계탈박물관' '병산서원' '안동 하회마을' 등이 나옵니다. 그 유명한 하회마을을 지나고 있음에 틀림없습니다. 마음 같아서는 방향을 틀어 하회마을에 들르고 싶지만 일정이 허락하지 않습니다. 제가 언제 또 이 지역을 지날 수 있을까요. 아마 당분간 지나지 못할 것입니다. 하회마을을 볼 절호의 기회를 우리가 만든 '일정'이라는 족쇄 때문에 포기하고 마는 것이 안타까운 일이지만 인생살이도 이와 별반 다르지 않다고 생각하니 조금은 위안이 되었습니다. 평지 길을 한참 달리다 보니 멋진 한옥 몇 채가 나타납니다.

어디인지도 모른 채 좀 쉬었다 가기 위해 잠시 멈춰 섰습니다. 팻말을 보니 '안동 유교 문화길 안내소'입니다. 짐작건대 안동이 유교 유산으로 유명한 곳이니 안동시에서 유교 문화길을 만들고 안내소를 지어놓은 모양입니다.

큼지막한 한옥이 세 채나 되었습니다. 물을 한잔 얻어먹으려고 이곳저곳을 기웃거리는데 촌로 한 분이 화분에 옮겨 심을 식물을 들고 있다가 우리 일행을 반가이 맞아주십니다. 국화차를 끓여주며 오랜만에 사람을 만난 듯 묻지도 않은 말을 주절주절 늘어놓습니다.

"처음에는 야심차게 출범했지요. 말 그대로 유교 문화길을 도보로 여행하는 사람들을 위해 만든 쉼터이지요. 그런데 안동시의 예산이 부족하여 소장 한 사람만 임명하고 그나마 운용비도 얼마 주지 않으니 이 좋은 시설을 놀리고 있지요. 방도 마련되어 있어 길 가는 나그네가 하룻밤 쉬어가기 안성맞춤인데 홍보 부족으로 묵으려는 사람이 거의 없어 안타까워요."

전시행정의 극치를 보는 것 같아 씁쓰레했습니다. 소장님은 우리에게 국화차와 안내서를 굳이 주려고 했습니다. 사실 종잇조각 하나도 짐이 되는 처지라 손사례를 치고 싶은 심정이었지만 소장님의 간절한 눈빛에 고맙다는 인사말에 보태어 널리 홍보하겠다는 마음에도 없는 말을 하고 말았습니다.

벌써 시각은 2시 반을 넘어서고 있었고 자전거를 네 시간 반이나 타서 기력이 거의 소진되어가고 있었습니다. 그래도 근처에는 점심을 먹을 곳이 없어 하는 수 없이 30분을 더 타고 안동시 풍천면 구담리라는 곳으로 들어섰습니다. 작은 마을이라 음식점이 몇 집 없었는데 저와 친구는 똑같이 쇠고기가 먹고 싶었고, 마침 태왕가든이라는 고깃집이 있어 쇠고기를 시켰는데 세 덩어리를 정말 눈 깜짝할 사이에 해치워버렸습니다.

쇠고기를 먹고 나니 눈이 좀 뜨이고 살 것 같았습니다. 마음은 청춘이지만 몸은 자전거 타기를 이겨내지 못하는 모양입니다. 주섬주섬 일어나 다시 출발하려는데 마음씨 좋은 주인아주머니가 한사코 들렀다 갈 곳이 있다며 안내하겠다는 것이 아닙니까. 마음은 급한데 그래도 시골 인심을 뿌리칠 수 없어 따라 나섰습니다. 뒷골목을 10여 미터 돌아가자 으리으리한 대갓집 한옥이 나옵니다. 문을 열고 안으로 들어서자 상상도 하지 못한 도원경이 펼쳐집니다. 이름하여 '구담정사.'

원래 광산 김씨 안동파 종택이던 곳을 지금의 주인이 사서 손질을 좀 했다고 합니다. 자연과 호흡하는 열린 공간이라는 설명이 딱 들어맞는 곳입니다. 정말 망외의 소득이란 이를 두고 하는 말인가 봅니다. 식당 주인아주머니의 정성에 마지못해 따라온 곳이 상상도 할 수 없는 아름다운 한옥이라니, 여행길에는 이런 뜻하지 않은 행운도 있나 봅니다. 한없이 머물고 싶지만 그놈의 '일정'이 재촉을 합니다.

경북 의성군 다인면이 바라다 보이는 의성하천관리사무소에서 잠시 쉬었습니다. 그때 앞서가던 친구가 길을 잘못 들어 20여 분을 헤메다가 돌아오고 있다고 전화를 했습니다. 그는 지친 기색이 역력합니다. 한참을 쉬었다가 상풍교 인증센터까지 한숨에 달렸습니다. 목표는 상주보를 거쳐 낙단보까지 가는 것이었는데 오늘도 어제와 마찬가지로 계획만큼 다 가지는 못하게 되었습니다. 낙단보에서 모텔을 잡고 기다리고 있는 이 과장을 상주보까지 불렀습니다.

벌써 날이 저물어 깜깜해져 저희 일행은 하는 수 없이 야간 라이딩을 하게 되었습니다. 낙동강 바람은 생각보다 매서웠고 밤이 되자 더 거세어졌습니다. 아무것도 없는 캄캄한 밤길을 희미한 라이트에 의지하고 맞바람을 헤치며 묵묵히 페달질을 하노라면 인생의 어느 고비에 언제인지는 확실치 않지만 이런 순간이 있었음이 어렴풋이 생각납니다. 드디어 상주보에 도착하여 강을 건너기 시작했습니다. 강 건너편에는 이 과장이 기다리고 있을 것입니다. 가쁜 숨을 몰아쉬며 한 바퀴 또 한 바퀴, 자전거를 몰고 갑니다. 차량의 모습과 함께 이 과장이 보입니다. 이리 반가울 수 없습니다. 헤어진 형제라도 만난 양 만남을 자축합니다.

이렇게 해서 둘째 날 라이딩은 안동댐에서 시작하여 상주보에서 끝이 났습니다. 우리는 차량에 몸을 싣고 낙단보로 향했습니다. 매운탕을 하는 식당에 들어갔습니다. 매 끼니마다 메뉴가 달라지는 것이 참 신기했습니다. 피곤이 엄습합니다. 간신히 모텔 방에 들어가 샤워를 하고 뻗어버립니다. 하루가 이리 간단할 수 없습니다. 자전거 타고 밥 먹고 잠자고, 단 세 가지로만 구성되어 있습니다.

모텔에서 잠을 자고 세 번째 날을 시작했습니다. 아침은 낙단보가 잘 보이는 '어울렁 더울렁'이라는 식당에서 해장국으로 해결했습니다. 낙단보가 생겨 가장 큰 혜택을 본 곳이 이 식당일 것 같습니다. 보가 없던 시절에는 전망이라는 것이 그저 말라버린 강뿐이었을 텐데 이제는 수량이 풍부한 연못이 전망으로 펼쳐지니 말입니다. 우리는 차량으로 상주보까지 다시 가서 그곳에서 자전거 타기를 시작했습니다. 출발시각은 8시.

308

상쾌한 기분에 한 시간 동안 16.8킬로미터를 달려 단숨에 낙단보까지 도착했습니다.

사흘째가 되니 슬슬 탄력이 붙는 것 같습니다. 평균 시속 25킬로미터로 구미보, 칠곡보를 통과했습니다. 어디서 점심을 먹을까 고민하다가 칠곡보를 지나 어느 도심지에서 참치정식으로 늦은 점심을 때웠습니다. 자전거 여행을 할 때 가장 큰 문제가 점심입니다. 강변의 자전거 전용도로를 달리다 보니 식당을 제때에 만나기가 쉽지 않습니다. 군데군데 자전거 리조트라도 있어 식당이 있으면 좋으련만 아직은 그런 시설이 없습니다. 점심을 먹고 계속 달렸습니다. 정말 사흘째는 달리기만 하고 있습니다. 특별한 일도 생기지 않고 사고도 없어 그저 달리기만 하고 있을 뿐입니다.

저희 일행은 강정고령보에 도착했습니다. 조금 더 갈까 하다가 오늘 110킬로미터를 달린 터라 이미 많이 달렸다고 생각하여 해가 있을 때 사흘째의 라이딩을 마치고 이른 저녁을 먹기로 했습니다. 강정고령보에서 보니 50년 되었다는 식당이 서너 개 보입니다. 그중에 하나를 찾아 들어갔습니다. 메뉴는 닭볶음탕과 석쇠 불고기. 이번 여행은 맛 기행이라고 불러도 과언이 아닙니다. 어찌 이리도 메뉴가 제각각일까요. 잠자리는 또 모텔입니다. 우리나라에 이리도 모텔이 많은 줄 몰랐습니다. 이번 여행의 또 다른 테마는 모텔 기행입니다. 이렇게 사흘째 밤이 깊어갑니다. 지독한 피곤함을 체험하는 것도 점점 익숙해지고 있습니다.

새로 개업한 고령의 모텔에서 잠을 자고 아침을 먹으러 이곳저곳을 차로 둘러보았지만 마땅히 아침을 먹을 곳이 없습니다. 간신히 계명대학교 근처에서 가마솥 국밥집을 찾았습니다. 가마솥 국밥도 이번 여행에서 는 처음 먹어보는 음식입니다. 아침을 든든히 먹고 우리 일행은 다시 강 정고령보로 갔습니다. 어제 자전거 주행을 마친 곳에서 다시 시작하려는 것입니다. 멋지게 증명사진을 한 장 찍고 강정고령보 위의 다리를 건넜 습니다.

강정고령보는 특이하게 첨탑을 지니고 있습니다. '보'마다 그 모습에 특색이 있지만 그동안 지나온 보 중에는 상주보가 가장 아름다웠습니다. 특히 상주보의 야경은 환상이었습니다. 앞으로 낙동강에는 세 개의 보가 더 남아 있습니다. 우리는 그 보를 다 통과하여야 합니다.

강정고령보에서 달성보까지는 단숨에 달렸습니다. 그런데 문제는 지 금부터입니다. 달성보에서 합천 창녕보까지 가는 원래 길은 험한 고갯길 이 도사리고 있습니다. '다람재.' 모든 사람들이 다람재를 피해 갈 것을 권했습니다. 사정이 이렇다 보니 결국 4대강 자전거길을 만든 주최 측에 서 묘안을 내놓았습니다. 우회하는 도로를 찾은 것입니다. 그렇지만 우 회도로는 찻길을 이용해야 하는 길입니다. 차가 쌩쌩 달리는 길 우측을 이용하여 상당 기간을 달려야 합니다. 우리는 조심조심 찻길을 달렸습니 다. 속도가 늦더라도, 소위 '끌바'를 하더라도 안전이 최고입니다. 합천 창녕보에 도착하니 긴장이 한꺼번에 풀려 무너져버립니다. 자전거 전용 도로와 찻길이 이리도 차이가 있다니, 4대강을 따라 자전거도로가 만들 어진 것이 바이크족들에게는 얼마나 큰 행운인지 다시 한 번 실감했습 니다.

합천 창녕보에서 차량을 만나 이 과장이 안내하는 식당으로 향했습니다. 이 과장은 창녕군 이방면 장터 천막에 마련된 수구레국밥집으로 안내했습니다. 사람들이 와글와글했고 그들이 먹고 있는 수구레국밥이 구수해 보였습니다. 5천 원짜리 국밥을 먹기 위해 이리도 많은 사람이 장터에 모인 것입니다. 그런데 신기한 것은, 이 집만 사람이 인산인해를 이루고 그 옆집은 손님이 단 한 명도 없었습니다. 그리도 맛이 다를까 궁금해졌습니다. 한참을 기다리니 주인아저씨 조카라는 젊은 총각이 환한 미소를 지으며 국밥을 가지고 왔습니다. 국물을 맛보자 저는 왜 이곳 노천 식당에만 사람이 많은지 바로 알게 되었습니다. 이번 여행에서 먹은 음식 중에 가장 맛있는 음식이었습니다. 우리 일행은 점심을 먹고 출발했습니다.

원래대로라면 창녕 함안보로 가야 하지만 합천 창녕보에서 창녕 함안보로 가는 길이 낙동강 구간에서 가장 힘든 코스라고 합니다. '재'가 세 개나 있고, 대부분 눈물의 끌바를 하여야 하는 구간이라 굳이 무리해서 갈 필요 없다고, 할 수만 있다면 차로 이동하면 좋다고 조언자들이 한결같이 말했습니다. 우리는 낙동강 자전거길 종주라는 명칭에 오점을 남기는 것이 안타까웠지만 예정대로 부산에 도착하려면 어쩔 수 없이 이 구간을 전문용어로 '점프'할 수밖에 없었습니다.

우리 일행은 남은 시간 동안 창녕 함안보에서 삼랑진교까지 가기로 했습니다. '삼랑진'은 가슴이 설레는 명칭입니다. 어릴 적 부산에 살던 저는 여름방학이면 가족들과 함께 서울에 있는 친척 집에 놀러 갔었습니다. 방학이 끝날 무렵 기차를 타고 부산에 돌아오는 길은 너무도 멀고 멀었습니다. 그런데 기차 구내방송에서 "여기는 삼 - 랑 - 진, 삼랑진역입니다." 하는 구수한 경상도 톤의 목소리가 들리면 '아! 부산 다 왔구나' 하는 생각이 들곤 하던 그 추억의 이름입니다.

'점프'를 한 죄책감도 있어 삼랑진교까지는 25분에 한 번씩 쉬면서 질주하기로 했습니다. 왜 30분이면 30분이지 25분이냐고요? 자전거를 며칠 타면서 체력을 실험한 데이터가 쌓이기 시작했습니다. 첫째, 저는 한 번 자전거를 탈 수 있는 적정시간이 25분이었습니다. 20분이면 무엇인가 좀 덜 탄 것 같고 30분이 되면 헉헉거렸습니다. 그래서 애매하지만 25분마다 쉬면서 물도 마시고 간식도 먹었습니다. 둘째, 간식은 바나나가 최고였습니다. 초콜릿, 오이, 견과류 등 여러 가지를 먹어보았지만 바나나만 한 것이 없었습니다. 셋째, 제 신체활동 최적 시간대는 오후 5시부터 8시까지였습니다. 친구는 아침 9시부터 12시까지인 데 반해 저는 저녁 시간대였습니다. 그 시간대가 되면 평균 시속이 25에서 30킬로미터가 됩니다. 친구는 그 시간대의 저의 라이딩을 일컬어 "또 쇼타임이 시작되었네"라고 한마디 건넬 정도였습니다. 사람마다 신체활동 최적 시간대가 있나 봅니다.

한참을 탔습니다. 수산교라는 데 도착하여 앞에 달리고 있던 친구에게 전화를 했습니다. 좀 천천히 가자고요. 그런데 친구는 또 길을 잘못 들어 20분을 다른 길로 갔다가 되짚어 오고 있는 중이라고 했습니다. 친구는 이번 여행에서 몇 번을 이리 했는지 모릅니다. 인생살이도 이와 같을 때가 있을 것입니다. 빨리 달렸지만 길을 잘못 들어 다시 되돌아오는 때 말입니다. 그러면 힘이 두 배 아니 세 배는 들 것입니다. 다소 느려도 바른 길로 가는 것이 더 중요하다는 당연한 사실을 다시 깨닫게 합니다. 문득 머리에 링컨의 말이 떠올랐습니다. "I am a slow walker, but I never walk backwards(나는 천천히 걸어가는 사람입니다. 그러나 절대로 뒤로는 가지 않습니다)."

점점 어두워집니다. 저의 쇼타임이 시작되었습니다. 아무것도 보이지 않는 어둠 속을 희미한 헤드라이트에 의지하여 페달질을 합니다. 처음에는 약간 으슥한 기분이 들지만 점차 어둠이 편해집니다. 포근하게 느껴집니다. 의식도 희미해집니다. 누가 페달을 밟는지 모르겠습니다. 이게 생시인지 꿈속의 라이딩인지도 구분이 없습니다. 세찬 맞바람은 저의 의식을 점점 흐릿하게 해줍니다. 멀리 앞에서 달리는 친구의 불빛이 제가 살아 있음을 느끼게 해주는 유일한 징표입니다. 얼마를 달렸는지 모릅니다. 어디를 달리고 있는지도 모릅니다. 시간과 공간의 구분 없이 태초의 어둠이 저를 인도하고 있습니다. 자전거의 바이크 티맵이 목표 지점까지 얼마 남지 않았음을 가르쳐줍니다. 조금만 더 힘을 내면 됩니다.

코너를 돌아보니 반가운 얼굴이 손을 들어 신호를 줍니다. 이창용 과장입니다. 그가 재치 있게 저희가 오는 길목까지 나와주었습니다. 얼마나 반가운지 모릅니다. 이산가족을 상봉한 심정입니다. 그의 안내를 받아 식당으로 갔습니다. 웅어 회를 잘한다는 온정횟집. 바다에 살다가 4~5월이면 산란하러 강으로 올라오는 웅어. 이 계절이 아니면 낙동강에서 먹을 수 없는 희귀 어종을 딱 제철에 맛봅니다. 웅어 회 한 접시를 단숨에 먹어치우고 또 한 접시를 시켰습니다. 맛이 일품입니다. 맛기행의 정점을 찍는 것 같습니다.

이제 그 무엇도 부럽지 않습니다. 입에 먹을 것을 가득 물고 배를 두드린다는 한자성어 '함포고복 含哺鼓腹'이 생각납니다. 자, 이제 자는 일만 남

있습니다. 삼랑진역 부근 모텔에 여장을 풀었습니다. 이제는 퍽 익숙한 일과입니다.

아침에 일어나 일행들을 만나 보니 모텔 방 천장이 열렸다고 합니다. 물론 위에 유리 천장이 있지만 버튼을 누르면 천장이 열려 파란 하늘을 감상할 수 있었답니다. 돈 들여 왜 그런 장치를 했는지 알 것도 같지만 이곳 시골 삼랑진역 부근에 이런 모텔이 있다니 세태를 가늠케 합니다. 아침은 다슬기 탕입니다. 편의점에서 커피도 한잔 사먹고 여유를 부립니다. 이제 부산까지 얼마 남지 않았습니다. 아마도 12시 전에 도착할 것입니다. 다시 차로 온정횟집까지 이동하여 구舊삼랑진교에서 기념사진 한 장 찍고 출발했습니다.

몸도 마음도 모두 상쾌합니다. 낙동강의 아침은 물내음마저 신선합니다. 데크로 만든 수변 길은 색다른 기분을 맛보게 해줍니다. 얼마 달린 것 같지 않은데 벌써 양산 물문화관 인증센터입니다. 며칠 자전거를 탔더니 익숙한 얼굴들 몇몇이 보입니다. 넉살 좋은 친구 윤건백은 여러 사람들과 인사도 하고 길 안내도 해줍니다. 마치 자신이 자전거 종주를 수없이 한 사람처럼 말입니다. 외국인 여자에게도 서툰 영어로 뭐라고 하더니 이내 친해집니다. 이 친구의 친화력은 탁월합니다. 이런 주책도 여유가 있어 다 가능한 일입니다.

이제 마지막 구간입니다. 양산 물문화관 인증센터가 부산 낙동강 하구언 인증센터 전에 있는 마지막 인증센터입니다. 마음의 각고를 단단히 합니다. 무릇, '사고는 출발 5분 도착 5분에 발생한다'는 안전수칙을 되뇌고 출발했습니다. 시원한 낙동강 바람이 서서히 부산 앞바다 바닷바람으로 바뀌고 있습니다. 그런데 부산의 자전거길은 별로입니다. 황산문화체육공원과 화명생태공원을 통과하는 구간은 자전거길과 인도가 함께 가고 중간중간 차도로 끊어져 있어 여건이 별로입니다. 앞으로 남은 거리는 20킬로미터. 5킬로미터마다 멈춰 기념사진을 찍었습니다.

자! 이제 진짜 마지막 구간입니다. 목표지점까지 10킬로미터. 이제 쉬지 않고 단숨에 갑니다. 페달에 힘을 주어봅니다. 아직 힘이 펄펄 남아 있습니다. 드디어 멀리 낙동강 하굿둑이 보입니다. 페달에 힘을 가할수록 하굿둑이 성큼성큼 앞으로 다가옵니다. 라스트 피치. 우회전하여 낙동강 하굿둑에 올라섰습니다. 이제 이 다리만 건너면 그 끝에 목적지가 있습니다. 마지막 낙동강 바람과 마주합니다. 멀리 이 과장이 보입니다. 핸드폰으로 우리가 도착하는 장면을 찍습니다. 마치 결승점에 도착하는 마라토너처럼 손을 들고 들어섭니다. 드디어 대장정이 끝이 났습니다.

이포교에서 낙동강 하굿둑까지 4박 5일을 달렸습니다. 족히 4백 킬로미터 이상을 달렸습니다. 매일 여덟 시간 정도, 80킬로미터에서 1백 킬로미터를 달렸습니다. 저 자신을 칭찬하고 싶습니다. "아직까지는 무엇에 새로이 도전할 용기가 충분하구나. 수고했다. 조근호."

이 경험을 통해 앞으로 인생에 그 무엇이라도 새로운 도전을 할 수 있다는 자신감을 가지게 되었습니다. 평소 등산도 좋아하지 않고 마라톤은 아예 도전해볼 생각도 가지지 않았는데 자전거가 저를 새롭게 해주었습니다. 인간의 몸은 우리 스스로가 생각하는 것보다 더 무한한 가능성을 지니고 있나 봅니다.

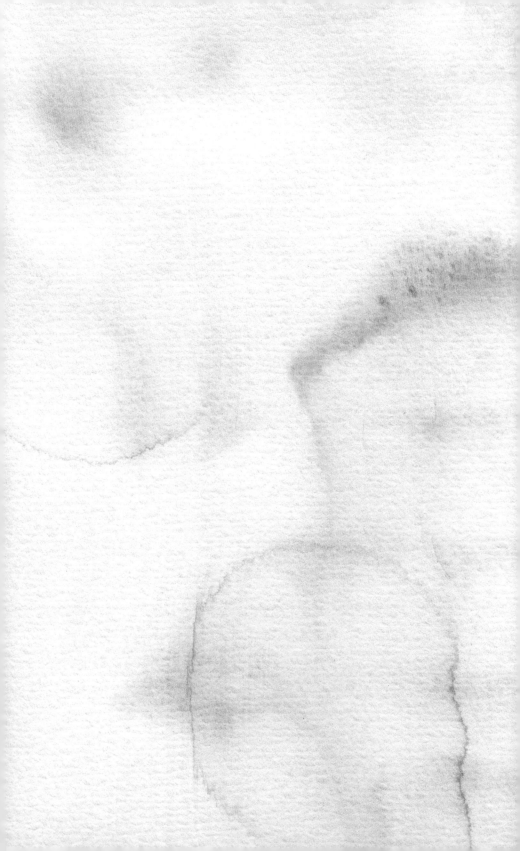